La folle avoine

Guy Georgy

La folle avoine

A mes petits-enfants

Cette édition de *La folle avoine*
est publiée par les Éditions de la Seine
avec l'aimable autorisation des Éditions Flammarion

I

De quel néant, de quelle semence perdue suis-je sorti peu à peu comme la folle avoine qui naît n'importe où, au gré du vent, sur une motte minuscule entre deux pierres ?

Les souvenirs de cette émergence ne tiennent pas une grande place dans ma mémoire, à peine quelques images furtives : un couvercle de marmite retourné pour faire boire les poules au pied du noyer qui ombrageait notre porte, les larges pierres disjointes de ce qui avait été un escalier, un muret le long du chemin vicinal ; le chemin lui-même au long duquel s'étiraient deux longues ornières et où passaient, de temps à autre, des charrettes cahotantes tirées par de grands bœufs noirs ou rouges. Il y avait également un petit âne qui portait régulièrement sa maîtresse au champ et s'annonçait de loin par un grelot qui tintait au rythme de sa marche. De l'autre côté du chemin se dressait une grande muraille de pierres sèches qui soutenait les terres de la propriété voisine. Dans les anfractuosités de ses blocs grossièrement assemblés vivaient des lézards gris, des escargots aux longues traînées d'argent, des araignées, des musaraignes qui me semblaient venir d'un monde souterrain inquiétant. Dans l'une d'elles, ma grand-mère cachait la clé de la maison quand elle partait à son travail.

Je me souviens du tablier noir de cette petite femme voûtée et alerte auquel je m'accrochais parfois, de ses doigts noueux qui prenaient ma main, de ses sabots à batte de cuir qu'elle laissait devant la porte.

Quelques lambeaux de vie courante subsistent également, comme de faibles lueurs sous une cendre épaisse ; le dépeçage d'un cochon suspendu à une échelle et dont on m'offrait la queue pour jouer ; la mort de mon grand-père, un vieil homme grognon à la moustache blanche qui roulait sans fin des cigarettes.

L'élargissement progressif de mon champ de vision et la prise de conscience du monde ambiant ne tardèrent pas, heureusement, à meubler ce grand vide et à me doter d'un stock d'images plus élaborées. Au premier rang de ces souvenirs, je vois d'abord le vieux noyer, avec sa longue balafre, son écorce moussue et ses grosses branches réduites à des moignons ; on devait m'apprendre plus tard qu'il était tombé sur la maison lors du grand ouragan de 1917 et qu'il avait fallu l'alléger d'une bonne partie de sa ramure pour pouvoir le redresser avec des bœufs. Il avait bien résisté à l'épreuve, et de nouvelles pousses lui avaient redonné une frondaison épaisse.

Au-delà du noyer, il y avait également deux cognassiers noueux et déplumés qui supportaient un bûcher rustique peuplé de quelques fagots, car nous n'avions pas assez d'argent pour le remplir de bûches. Quelques mètres plus loin, au couchant, des rangs de vigne fermaient mon horizon, et, au sud, se profilait une ancienne treille encore vigoureuse sur ses échalas effondrés, qui s'obstinait à donner des grappes succulentes que j'appris très tôt à disputer aux guêpes et aux frelons. De l'épaisseur de ses pampres surgissait un poirier mutilé qui portait quelques fruits véreux, mais très odorants, qu'on appelait des poires de bonnes sœurs pour les différencier des poires de curés, qui restaient toujours vertes et poussaient en plein vent. Je distingue encore un rosier « France » aux fleurs abondantes et parfumées et un groseillier de Corinthe aux fruits aigrelets. Les champs et leurs récoltes saisonnières changeantes venaient mourir à notre porte.

Au centre de cet univers s'élevait notre chaumière : une bâtisse carrée de cinq mètres de côté avec un toit très plat fait de tuiles romaines façonnées à la main. Les murs de pierres grossières liées au mortier de terre avaient été recouverts dans des temps anciens d'un crépi à la chaux, qui s'était écaillé et fissuré avec l'âge. Une large lézarde courait sur une des façades et il avait fallu, à la suite d'un autre orage historique, soutenir le bâtiment par trois tirants en fer pour qu'il ne s'effondrât pas.

Cette maison des champs avait été construite vers le milieu du siècle précédent, par un oncle de ma grand-mère, un certain Joseph Lasfargues, domestique de ferme de son état et maçon à ses heures. Il avait, à temps perdu et à moindre coût, dressé au bout de son champ, le plus près possible du chemin pour ne pas perdre de place, un abri pour ses vieux jours. Ma grand-mère Françoise, née Lasfargues, avait hérité de cet oncle célibataire. Après de longues errances dans les métairies du voisinage, quand l'âge était venu, elle s'était réfugiée avec mon grand-père dans le seul bien qu'ils possédaient. Ils y subsistaient chichement en cultivant les quelques arpents de terre d'alentour, en élevant un cochon annuel, une dizaine de brebis et quelques volailles.

Le bâtiment ne comportait qu'une seule pièce élevée sur cave et un minuscule grenier. Sur la façade ouest, face aux vents dominants et à la pluie, s'ouvrait une porte de bois vermoulue marquée d'une croix celtique en fleurs de millepertuis, renouvelée chaque été à la Saint-Jean ; d'un médaillon délavé du Sacré-Cœur-de-Jésus et d'une plaque rouillée attestant que cette habitation était assurée contre l'incendie par la compagnie « Le Monde ».

Près de l'embrasure de la porte saillait la pierre de l'évier où s'épanouissait, de saison en saison, un géranium ou un basilic, planté dans le culot d'une terrine brisée.

Sur la façade sud, face à la barre de Domme dont la crête frangée de maisons dominait la vallée de la Dordogne, était percée l'unique fenêtre. Elle était pourvue de contrevents disjoints, que l'on ne fermait que les jours de tempête, et de deux battants vitrés assujettis par une barre de bois basculante qui tenait lieu d'espagnolette.

Une vaste cheminée à encadrement de bois occupait le milieu du panneau situé à l'est. C'était un antre noir comportant deux coffres latéraux, appelés salières, sur lesquels on s'asseyait, les soirs d'hiver, pour être plus près des flammes. Deux chenets de fer forgé, une plaque de fonte sans reliefs et une crémaillère complétaient l'ameublement. Sur la tablette qui couronnait l'encadrement s'alignaient des objets disparates, deux douilles d'obus de 75 de la guerre de 1914 portant des feuilles de chêne et des glands gravés par un artiste des tranchées, un moulin à café, deux bougeoirs de cuivre, une lampe Pigeon, quelques boîtes aux usages imprécis et une Vierge dans un cadre à la vitre brisée, qui avait remplacé le fusil du grand-père, confisqué par la gendarmerie à la suite de braconnage.

Le mur du nord, qui jouxtait le chemin, était occupé par deux armoires, une grande pour abriter le linge et quelques objets précieux, et une petite qui recelait les réserves pour la cuisine, les pots de graisse et un lot d'assiettes dépareillées, réputées de porcelaine.

Dans l'entrée, une pendule à coffre de bois signée Cyprien Chaumeil, horloger à Gourdon, égrenait les heures dans une cascade de déclics, de ronflements, de sonnailles et de gémissements mécaniques. Trois lits en bois à courtine occupaient les trois angles disponibles de la pièce ; une grande table de bois fruitier flanquée d'un banc et de quelques chaises toujours en cours de dépaillage meublaient ce qui restait d'espace libre, au centre de la maison. Le plancher, légèrement affaissé, était composé de planches disjointes d'âges et de formats divers. Le plafond, soutenu par des poutres de chêne vert grossièrement équarries, avait pris à la longue, sous l'effet des épaisses fumées de bois humide, une teinte charbonneuse presque brillante.

Au-dessus de ce ciel d'anthracite se trouvait le grenier, s'il est permis d'appeler ainsi un espace si réduit qu'il n'était possible d'y accéder qu'en rampant entre les fermes d'une charpente sommairement chevillée et un plancher vermoulu dont les lattes cédaient parfois sous la pression des genoux. Il y avait là deux vieilles malles emplies de hardes informes, une caisse pour recevoir quelques sacs de blé, des chapelets d'ail, des provisions d'herbes médicinales sèches cueillies par ma grand-mère, les restes d'un rouet et un bassin de cuivre pour faire les confitures.

Au sous-sol, dans la cave obscure et humide, vivaient sept ou huit brebis et leurs agneaux, parqués dans une enceinte de planches branlantes, une dizaine d'oies et de canards que l'on rentrait le soir pour les protéger des sauvagines nocturnes et deux barriques contenant le vin de notre vigne.

À cause du plancher disjoint, la pièce d'habitation de la maison baignait dans le remugle de cette étable. Les bêlements des moutons, le cacardement des oies, le cancanement nasillard des canards ont imprégné mon enfance, et pendant longtemps les jours de pluie ont été associés, au fond de moi, à la plainte lancinante des animaux qu'on ne pouvait conduire au pâturage.

Il y avait encore à l'extérieur, sous notre fenêtre, un appentis couvert de papier bitumé qui abritait les clapiers et les poules et une petite étable où trônait le cochon : un prestigieux animal, objet de tous les soins, que ma grand-mère appelait en patois *lou moussur*, le monsieur.

Il faut dire que mon aïeule n'était pas avare de substantifs, ni de références pittoresques. Le coq, qui conduisait si fréquemment les poules aux endroits prohibés, était surnommé Gamelle, Gargamelle ou Gargantua. La brebis noire, qui était la plus cabocharde du troupeau, se faisait communément traiter de général Bugeaud ou de Lucifer, quant au jars qui entraînait les oies dans des vols criards et sans suite, il avait droit au titre de M. de Commarques : un châtelain des environs qui avait la réputation d'avoir plus de prétention que d'intelligence. La chatte, qui passait sa vie à traquer oiseaux et lapins pour nourrir ses fréquentes portées, répondait au nom de « Pauvre Jeanne de Léger », une complainte du Quercy.

Ma grand-mère aimait également donner des sobriquets ou *chafra*, non seulement à nos voisins, mais à tous les habitants de la paroisse. Il faut savoir qu'à La Roque-Gageac nul ne portait son nom de famille, ni son prénom. S'agissait-il de tromper les esprits malfaisants ou d'échapper à l'identification officielle, personne n'aurait pu le dire. Mon grand-père était appelé Grezou et sa famille de Nabirat : les Escarrots, les gauchers, singularité héréditaire semble-t-il. Le voisin Angibeau était connu sous le nom de Crépin, en souvenir d'un ancêtre cordonnier. La famille Pelen s'appelait Trompette, celle de M. Truffeil, Brunelle, mais le chef de famille était « le vieux Biron ». Les Dimené étaient « lou Fringaîré », le fringant, les Peyrat « Chez la Rate ». Les Lavergne avaient un sobriquet par maison : il y avait Mouniquelle, Cambajou, Franconie, Jazicou. Les Verdun étaient également, selon leurs demeures, le Garonnais ou Mostaganem, d'autres portaient des noms étranges : Cambaliot, Lecacou, Le Claou, Vinaigre, Renard, Barraquette, le Pagnou. Il en allait de même des prénoms. Ma grand-mère s'appelait en réalité

Marie, mais elle n'était connue que sous le nom de Françoise, un de mes cousins était prénommé Moïse mais on l'appelait Alain, quant à moi qui étais porté Guy à l'état civil, pour tout le monde j'étais Noël. À cette pratique, qui la ravissait, ma grand-mère ajoutait la fantaisie d'inventions burlesques. Un crève-la-faim était un pauvre « Mintzopocanno » (Mange-pain quand il en a), un bon à rien sans initiative était un « Retemecantombi » (Retiens-moi quand je tombe), un petit margoulin était un « Macouyouna-can-taïvi » (Tu m'as trompé quand je t'ai vu). Pour se moquer d'un prétentieux, elle l'appelait « Raoufiné Lou Tzola », peut-être à cause du village de Fraissinet-le-Gelat, dans le causse de Gramat, où les gens étaient réputés hâbleurs et fanfarons malgré leur pauvreté.

Elle avait l'esprit moqueur, « moucandier » disait-on, et épinglait le moindre travers ; un voisin s'étant éborgné, elle l'avait baptisé « Jean d'un œil », une fermière un peu légère « Lescalfolé » (le chauffe-lit), une paroissienne qui avait passé quelque temps à Paris et feignait de parler pointu n'était plus évoquée que sous le nom de « Mourre-pountsu » (museau pointu) à moins que ce ne fût de « Meletocrouton », car, à tout propos, la pauvre fille évoquait l'omelette aux croûtons qui était, disait-elle, le plat préféré des Parisiens.

Mais ces traits de caractère risqueraient de donner une image trop superficielle de mon aïeule vénérée. Aussi vais-je, sans plus tarder, la dépeindre telle que je la voyais avec mes yeux d'enfant.

Marie Lasfargues, dite Françoise Lasfargues, était née au mois de septembre 1858, au hameau de Gaillardou, commune de La Roque-Gageac, en Périgord, de François Lasfargues et de Catherine Siossac. Son père, originaire du village, avait, à l'âge de vingt ans, tiré au sort un mauvais numéro et avait fait sept ans de service militaire. Il avait notamment appartenu, en 1854, au corps expéditionnaire franco-anglais en Crimée. Parti de Porquerolles au mois de juin, il avait participé à la bataille de l'Alma, puis au siège de Sébastopol. Fait prisonnier par les Russes au mois de juillet 1855 et interné dans un cimetière, il avait été délivré en septembre par l'assaut victorieux de Mac-Mahon sur la redoute de Malakoff qui provoqua la chute de la citadelle et la retraite de l'armée russe. Rapatrié au printemps 1856, le voltigeur Lasfargues rapportait de ses campagnes la médaille commémorative de la reine Victoria et des souvenirs dont quelques-uns me sont parvenus à travers la saga familiale.

Prisonnier dans son cimetière, le pauvre Périgourdin avait échappé au choléra qui venait d'occire le commandant anglais lord Raglan et le général français de Saint-Arnaud. Ses compagnons de captivité, affaiblis par les privations, n'offraient aucune résistance à la terrifiante épidémie et se laissaient mourir de désespoir, l'estomac douloureusement vide. François Lasfargues, qui songeait à son champ de La Roque-Gageac, observa que de grandes quantités de pourpier poussaient parmi les tombes. Mais c'est de la bonne salade dans mon pays ! Il cueillit donc les petites feuilles rondes et charnues et s'en rassasia. Cette nourriture abondante et vitaminée l'immunisa contre le choléra et lui assura la vie sauve.

Quand il revint au village, il avait déjà vingt-huit ans et songea à se marier. Il rencontra une jeune brunette, Catherine Siossac, du village de Lachapelle-Pechaud, près de Castelnaud, et la mena devant l'autel. Le jeune ménage devint métayer de M. Pontou, un riche notable de Domme, et se fixa dans le hameau de Gaillardou. Un an plus tard, ma grand-mère vint au monde, suivie à peu de distance par une sœur qui devait mourir du croup à l'âge le plus tendre.

Elle échappa elle-même à une fièvre typhoïde qui la conduisit à deux doigts de la mort et ne dut son salut qu'à un guérisseur, le fameux Pipette, qui, à la barbe de la médecine officielle, la tira d'affaire de la façon suivante : il lui tondit les cheveux et les enterra sous un rosier qui se trouvait dans la cour, puis il lui coupa les ongles des pieds et des mains qu'il glissa dans une omelette. Après avoir jeté cette préparation aux chiens, il saisit la main droite de la malade, et la fixa longuement dans les yeux. Quelques jours plus tard, le mal était vaincu. Il paraît que cette opération n'était qu'une pratique banale pour un guérisseur de la réputation de Pipette, qui s'appelait en réalité Pasquet et était originaire de Domme.

C'était un jeune paysan qui vivait modestement avec sa famille de la culture de quelques champs et d'une vigne situés sur le chemin de la plaine de Bord. Ne sachant ni lire ni écrire et n'ayant reçu aucune éducation, il avait manifesté, dès son jeune âge, des dons très surprenants qui, selon les médecins modernes, pouvaient relever de l'hypnotisme ou de la médiumnité.

Ses hauts faits sont passés dans la légende : à dix-sept ans, alors qu'il rentrait de la forêt du Tuquet, près de Giverzac, avec son âne chargé de bois mort (le droit de ramassage était reconnu dans cette futaie à la population dommoise), il fut interpellé par un certain Couturou, garde-chasse de la comtesse de Gérard, propriétaire du château de Giverzac, qui l'accusa d'avoir dérobé ses fagots dans les bois du domaine. Pipette plaida sa bonne foi, mais le garde, un homme borné et irascible, le menaça de son fusil et l'obligea à transporter sa charge devant les cuisines de sa patronne. Il était plus de midi et la faim tenaillait le jeune homme. Malgré sa contrariété, il osa demander à son cerbère un croûton de pain. Couturou ricana, alla à la huche et revint avec un gros chanteau de pain qu'il jeta à son chien. « Crève, sauvagine, dit-il à Pipette, des vauriens de ton espèce ne valent même pas la cartouche. » Le pauvre bougre, humilié et rageur, regarda longuement son tortionnaire et lui dit : « Couturou vous êtes un méchant homme, Dieu ne pardonne pas toutes les offenses, vous allez payer celle-là. » Et il partit sous les insultes.

On était au mois de novembre, et la nuit tombait vite. La femme du garde-chasse, qui était cuisinière au château, profita des derniers rougeoiements du soleil, là-bas, sur les collines de Castelnaud, pour jeter un coup d'œil à ses casseroles. En entrant dans la cuisine, elle entendit un murmure bizarre, comme si quelqu'un fredonnait une rengaine dans la pénombre. En contournant la table, elle se heurta à une forme accroupie entre deux chaises. Elle reconnut son mari. Oh ! Couturou, mais qu'est-ce que tu fais sous la table ? L'autre se leva d'un bond et, la saisissant par son tablier, l'entraîna dans une ronde endiablée. « Allez, viens danser, il faut danser. Ah ! le coquin, il est là, là sous la table. Tu ne le vois pas, c'est lui ! c'est Pipette. » La pauvre femme crut que son homme était devenu fou et, se dégageant avec peine, s'enfuit vers les salons, en criant : « Madame, par pitié, faites quelque chose, Couturou *es trepla* », c'est-à-dire il est en plein délire. Les domestiques accoururent et tentèrent de ceinturer le forcené, mais il les menaça avec son fusil et continua à danser et à crier : « Pipette, sors de là ! » Vers minuit, il s'abattit sur le sol et ne bougea plus. Il était mort.

Un jardinier, qui avait entendu, le matin même, l'altercation entre le garde et Pipette, révéla ce qui s'était passé, mais personne ne le crut. Pourtant, il fallait bien expliquer cette mort étrange. Les paysans étaient superstitieux et, bientôt, on commença à raconter dans les veillées que Pipette avait un pouvoir surnaturel.

Pouvoir naturel ou surnaturel, de nouveaux faits insolites ne tardèrent pas à alimenter la chronique.

À l'approche de la fête de Domme, chacun se prépara pour le grand bal qui devait avoir lieu sur la place de la Rhode, le samedi soir.

Toutes les filles du pays repassèrent leur plus belle robe et la Jeanne, une des beautés de la ville, riche et fort courtisée, commanda un ensemble à une couturière réputée de Gourdon. Soit que la demande ait été trop tardive ou que la tailleuse se soit endormie dans son atelier, à deux jours de la frairie, les atours n'étaient pas parvenus à Domme.

À l'époque, le chemin de Gourdon par les hameaux de La Gorce, du Pechpialat et des Vitarelles représentait vingt kilomètres de trajet en forêt. Les mauvaises rencontres y étaient fréquentes et les loups, très nombreux dans la région, affectionnaient ces parages. Le courrier régulier qui effectuait la liaison une fois par semaine étant arrivé à Domme le vendredi soir, il semblait donc impossible d'avoir la robe tant attendue pour le dimanche.

La Jeanne était fille de ressource et imagina un plan machiavélique. Elle se rendit chez Pipette et lui dit : « Si tu acceptes d'aller chercher ma robe à Gourdon et de me la rapporter à temps, je te promets de danser avec toi la plus grande partie de la soirée. » Danser avec la Jeanne, le plus beau parti de la ville, toujours entourée de galants et de soupirants, si belle, si riche et qui sentait si bon, éblouit le pauvre Pipette. Il aurait marché plusieurs jours et plusieurs nuits pour une telle aubaine. Il partit le soir même, chemina à grands pas et revint au bercail le lendemain vers midi, mission accomplie. La Jeanne le remercia sans chaleur et, le soir, quand le bal commença et que Pipette vint l'inviter à danser, elle regarda ses pauvres sabots et son mauvais pantalon de droguet, et lui rit au nez. « Je ne peux pas danser avec tout le monde et puis, on jaserait si on me voyait avec toi », fit-elle. Elle lui tourna le dos, saisit le bras d'un de ses cavaliers habituels et se lança dans une valse ou une polka.

Pipette avala l'outrage et suivit longuement la jeune fille d'un regard si insistant qu'elle s'en aperçut et vint vers lui, agressive. « Qu'est-ce que tu me veux, mon portrait peut-être ? » « Non, dit le garçon, je n'aime pas les mauvaises gens, c'est tout », et il quitta le bal.

Le lendemain, tout Domme se pressait à la grand-messe. Les fidèles endimanchés, les bourgeois, leurs femmes et leurs enfants en habit de fête, les pauvres gens avec un gilet neuf, une camisole empesée, un fichu de dentelle, une coiffe de lin blanc, commençaient à sortir de l'église, lorsqu'un spectacle peu banal se présenta à leurs yeux. La belle Jeanne, l'air hagard, montée sur la murette qui bordait la petite place, poussait des cris incohérents et gesticulait comme un pantin. Elle avait entrepris de se déshabiller : jetant sa capeline, déboutonnant son corsage, délaçant son jupon, elle apparut bientôt les seins nus, en pantalon de dentelle et jarretières dégrafées. Les braves gens, stupéfaits, la regardaient sans broncher, jusqu'au moment où, alors qu'elle arrachait sa culotte et apparaissait en tenue d'Ève, une paroissienne compatissante se précipita et l'enveloppa dans sa cape. Elle se débattit convulsivement tandis qu'on l'emportait chez ses parents. Quelqu'un prétendit, dans le brouhaha d'une foule qui avait retrouvé la parole, avoir vu Pipette s'esquiver furtivement de l'église à l'*Ite missa est*.

L'automne arriva, avec ses bois rouillés et ses grasses vendanges. Dans tous les chais des environs défilaient les lourdes comportes débordant de grappes violettes, les ruelles des hameaux sentaient le moût en fermentation. Les jeunes gens, pieds nus, foulaient la récolte dans les cuves, les chansons et les rires des vendangeurs montaient de tous les celliers, et Pipette n'était pas le dernier à amuser la compagnie. Il faisait jaillir de ses doigts, chargés de moût, de somptueux bouquets de giroflées qui s'épanouissaient en gerbes colorées et disparaissaient comme ces feux d'artifice qu'on tirait les soirs de fête, en été, au bord de la rivière. Nul ne savait comment il s'y prenait pour faire éclore de telles merveilles, mais tout le monde pensait qu'il y avait là quelque sorcellerie et que le drôle[1] était un magicien.

À la Noël, M. Pontou, qui venait de terminer la construction de sa maison du Port, invita pour le réveillon les grands bourgeois et les nobles des environs. Riche marchand drapier de Domme, il avait acquis une bonne centaine d'hectares dans la vallée de la Dordogne. Il y bâtissait d'importantes fermes et arrondissait ses domaines au détriment des paysans pauvres par la pratique fort contestée des pactes en rachat. Cette procédure lui permettait, lorsqu'une somme prêtée n'était pas remboursée à une date impérative, de s'approprier légalement les biens des malheureux défaillants.

Pour apaiser les reproches de sa conscience et l'opprobre de la bonne société, il multipliait les exercices de piété à l'église et festoyait les riches.

Il y avait donc, autour de la table du réveillon, le marquis de Malleville, le comte de Gérard, M. Carvès de Daglan, le docteur de Molène et de nombreux convives dont le souvenir s'est perdu. Aux cuisines, Pipette avait été engagé pour faire la plonge et aider au service. Le voyant apparaître derrière un chariot de viande, M. de Molène dit à son voisin le marquis de Malleville : « Voici le fameux Pipette dont on a tant parlé ces temps derniers, ce pauvre imbécile est bien incapable de faire quelque prodige que ce soit, naturel ou surnaturel, mais comme les gens deviennent trop bavards, il serait bon de le confondre une fois pour toutes. » « Eh ! bien, essayons », dit le marquis.

Il interpella Pipette par son nom : « Alors Pasquet, on rapporte sur toi des choses extraordinaires, montre-nous donc ce que tu sais faire. Tiens, voici un louis d'or. Si tu nous présentes là, au milieu de la table, un petit cerisier couvert de fleurs puis de cerises, le louis est à toi. » Gagnés par la curiosité,

1. Dialectal : garçon, gamin.

d'autres convives firent rouler des pièces sur la nappe.

Pipette, toujours timide et modeste, se plaça au bout de la table et dit d'une voix faible qui attira immédiatement l'attention : « Monsieur le marquis, je ne suis qu'un pauvre garçon, mais, comme vous êtes un homme bon, je veux bien essayer. » Il leva ses mains à hauteur de son visage et fixa posément la trentaine de paires d'yeux qui s'étaient spontanément tournés vers lui. Au bout de quelques instants, il dit à haute voix : « Et maintenant, regardez le milieu de la table. » Un oh ! de stupéfaction s'éleva dans la pièce. Au centre de la nappe, dans un pot lumineux, se dressait un petit cerisier aux rameaux chargés de grappes de fleurs blanches qui se transformèrent peu à peu en cerises rutilantes avant de disparaître. Dans le silence des convives abasourdis, la voix du marquis s'éleva. « Petit, lui dit-il, nous avons tous vu — prends ton or tout de suite et, s'il te plaît, ne recommence pas trop souvent cet exercice. » Pipette prit les louis et se sauva.

À partir de ce jour, sa réputation de magicien fit le tour du pays. Pourtant, il restait le bon paysan qu'il était, travaillant ses quelques lopins de terre et sa petite vigne, guérissant les malades qu'on lui amenait ou portant ses embrocations de plantes dans les chaumières lointaines où on l'appelait. Il ne montrait ses jolis bouquets et ses arbres fleuris qu'en de rares occasions et à des amis de confiance. C'est ainsi que mon oncle Charles, dit l'Adrien, et son père, qui se rendaient un jour d'hiver dans leur ferme de Jouanasse, à l'autre bord de la forêt de Domme, et qui passaient sur le chemin longeant la petite vigne, virent Pipette qui attachait les pampres fraîchement taillés. « Bonjour Pasquet, comment vas-tu ? Il ne fait pas chaud ce matin, vivement le printemps. » « Bonjour ! bonjour ! ça va bien, ça pince un peu mais de quoi nous plaignons-nous ? C'est toujours le printemps pour qui veut le voir. Regardez ! » Il venait de saisir la branche dénudée d'un cerisier qui était près de lui dans la rangée de vigne et, instantanément, le rameau se couvrit de corolles blanches.

Mon oncle avait toujours gardé en mémoire cette inoubliable floraison et apportait, avec la pointe d'admiration qui convenait, ce témoignage à la gloire de Pipette. Peu de sorciers, de magiciens ou de guérisseurs ont autant marqué que lui la mémoire collective du Périgord noir.

La relation de ses hauts faits ou de ceux qui lui ont été imputés pourrait faire l'objet d'un important ouvrage.

Je me bornerai donc à rapporter un de ses derniers exploits tel qu'on le racontait autour de moi au temps de mon enfance. Le docteur de Molène, médecin à Domme et grand notable du pays, le détestait. Adepte du scientisme candide de la fin du XIXe siècle, confiant dans un savoir qui devait tout expliquer, il ne voyait en Pipette qu'un vestige de l'obscurantisme passé, un charlatan, un rebouteux. Il décida un jour, au nom du progrès républicain et du culte de la raison, d'en débarrasser la contrée. Il porta plainte contre lui devant le tribunal d'instance de Gourdon pour exercice illégal de la médecine et manœuvres frauduleuses auprès de ses propres malades. Il rédigea la lettre pour le juge et demanda au malheureux Pipette, qui ne savait pas lire, de la porter lui-même au magistrat. À son arrivée, le chat fourré qui représentait la République, mère des arts, des armes, des lois et de la science, l'écroua à la prison de la ville. Quelques jours plus tard, M. de Molène, qui faisait sa promenade vespérale le long de la barre de Domme, disparut ; on le retrouva mort au pied de la falaise abrupte où il s'était écrasé après une chute de soixante mètres. Bien évidemment, personne ne put accuser Pipette, qui était incarcéré à quelques lieues de là, mais chacun fut intimement convaincu des vraies causes du drame, tant la réputation de puissance du magicien était grande. La justice ne put instruire que les activités paramédicales du prévenu et ne lui infligea, au terme d'un long procès, qu'une peine légère.

J'avais donc laissé ma grand-mère sous le charme de Pipette et convalescente de la fièvre typhoïde. Elle se tira rapidement d'affaire, retrouva ses forces, et put à nouveau seconder ses parents, comme une petite paysanne d'alors devait le faire.

Le père était la plupart du temps aux champs ou aux corvées que lui imposait le propriétaire, la mère était à la ferme avec les besognes domestiques et le bétail sur les bras. Il fallait préparer les repas, garder les moutons, cuire la pâtée des cochons, cueillir l'herbe pour les lapins, tirer l'eau du puits, aller chercher le bois au bûcher, entretenir le feu, donner le grain aux poules, conduire les oies aux champs à la belle saison, sans compter les coups de main exceptionnels pour la fenaison, la moisson, le battage, les labours, les vendanges et cent autres tâches qui vous accaparaient de l'aube au crépuscule.

La vie était rude dans la métairie de Gaillardou. La maison, que l'on peut encore voir sur le bord de la route départementale, ne comportait que deux pièces, une au rez-de-chaussée, qui servait de salle commune, et la chambre à coucher au premier étage. Le sol était de terre battue, la cheminée, la huche et la table de cuisine occupaient le plus clair de l'espace. La pièce communiquait avec la grange, c'est-à-dire avec l'étable d'où venaient, dans les hivers glacials, la lourde chaleur des bêtes et l'odeur douceâtre du fumier et du foin. Le mobilier était rudimentaire : un lit, deux bancs, quelques chaises, quatre pots d'étain ou de cuivre et, dans l'armoire, une douzaine de draps de chanvre qui témoignaient de ce que Catherine Siossac avait apporté en dot.

Ma grand-mère avait trop à faire pour aller à l'école, ses propres parents ne savaient ni lire ni écrire et ne voyaient pas la nécessité de lui donner cette instruction de riche. Sa petite voisine, la Marie Yzard, dont le père était pourtant aussi pauvre que le sien, fréquentait l'école des sœurs de La Roque-Gageac et apprenait à écrire et à compter.

En gardant ses oies et en chassant les corbeaux du champ de maïs, la jeune Françoise rêvait souvent à la chance de sa compagne. Et bien plus tard, quand nous passions en clopinant devant la grande maison qu'elle avait fait construire, étant devenue institutrice, femme de notable et mère du docteur Delteil, elle soupirait : « Moi aussi, j'aurais pu apprendre à lire ce qu'il y a dans les livres et même à parler le français. » Elle prononçait alors, en se trompant de genre, les trois seuls mots qu'elle connaissait dans cette langue : « La lièvre, il a mangé le carotte du jardin. » Elle riait de cette réminiscence incongrue et ajoutait résignée : « C'est le bon Dieu qui l'a voulu ainsi ! »

Elle ne parlait guère de sa jeunesse, sinon de deux ou trois événements exceptionnels. Le premier avait trait aux grands froids de 1871, année dont l'hiver avait été si rude que presque tous les noyers avaient gelé ; la couche de glace était si épaisse sur la Dordogne que les voitures y circulaient librement. On disait même que de joyeux drilles avaient fait des crêpes au rocher de Caudon, à l'endroit le plus profond de la rivière.

Le second était le voyage à Montauban. À quatorze ans, elle avait été jugée assez forte pour porter les cocons de vers à soie jusqu'à cette ville. Vers le milieu du siècle passé, le Périgord s'était ouvert à l'élevage du bombyx. Cette activité venant du Vivarais s'était étendue à tout le versant sud du Massif central et constituait une source de revenus appréciable pour la modeste économie paysanne. On faisait couver les œufs des vers à soie — « la graine » — sous l'édredon, à la chaleur d'un grand-père ou d'une aïeule impotente qui trouvait là une utilisation inattendue de ses dernières forces. Une fois les larves écloses, au début du printemps, on les plaçait sur des fagots de feuilles de mûriers blancs dont d'importantes plantations avaient été faites en bordure des champs. L'appétit des larves était tel qu'il fallait renouveler constamment la provende. Au bout de quelques semaines, les gros vers blanchâtres étaient transférés sur des branches de bruyère où ils se transformaient en chrysalide en tissant autour d'eux un cocon de soie translucide. Quand le filage était terminé, on ébouillantait les cocons pour tuer l'insecte et on les entassait dans des corbeilles pour les porter au marché de Montauban.

Ce centre de collecte était à cent vingt kilomètres du Sarladais et il fallait emprunter des routes peu fréquentées à travers bois, garrigues et landes pierreuses des causses de Gramat et de Limogne. Les voitures étaient rares et leur utilisation eût été trop onéreuse sur ce parcours. On confectionnait donc des charges de vingt-cinq kilos, on choisissait des jeunes femmes robustes et bonnes marcheuses accoutumées à porter sur la tête, on constituait une troupe qui variait selon l'importance de la récolte et on en confiait la direction et la défense à trois ou quatre hommes armés.

Les colonnes de porteuses de la vallée de la Dordogne se rassemblaient au pied de Domme et prenaient le chemin de Saint-Martial, Catus, Cahors, Montpezat-du-Quercy, Molières et Montauban. Les étapes étaient de vingt-cinq à trente kilomètres, avec une halte méridienne pour manger un quignon de pain et un peu de pitance ; le soir, la petite troupe prenait une soupe chaude et garnie dans la grange d'une auberge, dormait sur la paille et, au petit matin, reprenait la route pieds nus, car il fallait épargner les chaussures. Celles-ci, une paire de sabots dits « souquettes » à large batte de cuir, étaient nouées dans un fichu au sommet de la charge. Les marcheuses ne les mettaient que pour entrer dans les villes pour faire moins pauvresses et affirmer ainsi leur coquetterie de femme.

Une fois la marchandise livrée et payée, chaque porteuse cachait soigneusement son argent entre ses seins ou achetait quelques marchandises rares, une cotonnade fine, une percale glacée, une satinette pour faire les corsages, une aune de dentelles, une grosse de boutons, des mouchoirs de Cholet et même des produits que l'on pourrait écouler à bon prix, une fois revenue au village.

Le chemin du retour était le plus agréable, les charges étaient légères et parfois on dansait dans les auberges. Cette escapade restait pour ma grand-mère, dans la grisaille de sa vie, comme un symbole de jeunesse et de liberté.

Il y avait encore quelques cailloux blancs et noirs qu'elle égrenait au hasard du temps et de son humeur. L'année *del grando aïguo*, une inondation mémorable de la Dordogne, au cours de laquelle l'eau était montée dans la grange de Gaillardou et avait atteint le premier étage des maisons de La Roque. Elle prétendait avoir vu passer, entre les troncs d'arbres arrachés, des cadavres d'animaux et des monceaux d'épaves. Quand les eaux s'étaient retirées, elle avait remarqué, pendant plusieurs mois, des feux follets, les *escantits*, qui dansaient la nuit sur la plaine, preuve évidente que de pauvres âmes avaient également disparu dans le fleuve.

Les cailloux noirs représentaient les malheurs de la famille. Leur nombre était considérable, car il est bien connu que le diable est plus prodigue de ses noirceurs que le bon Dieu de ses bienfaits. Il y avait cette épidémie de croup qui avait emporté sa sœur, des vers qui avaient failli l'étouffer mais qu'une embrocation d'ail et des fumigations de coques de noix et de plumes de poulet avaient heureusement conjurés, et, jusqu'à l'épée de Damoclès que constituait la pleurésie, *lu purezi*. Étrange maladie qui menaçait ceux qui s'endormaient en sueur les jours d'été sous un noyer, ou buvaient de l'eau trop fraîche à la fontaine de Mallefond après une journée torride de moisson ou de fenaison ; sans compter ceux qui s'étaient assis sur une pierre dissimulant un crapaud noir et sur laquelle avait dansé, pendant la nuit, une sorcière, le drac ou un loup-garou.

C'est d'un *purezi* qu'était mort son propre père, Joseph Lasfargues, qui avait pris une « encontre d'air » en chauffant le four pour cuire le pain, un après-midi du mois de novembre. Le pauvre homme avait dû s'aliter avec une forte fièvre tandis que « la Brouquette », qui était sorcière à ses heures, s'efforçait, mais en vain, de lui « tirer de part » pour lever l'encontre. Elle avait pourtant fait brûler des rameaux de coudrier et jeté les charbons dans un verre d'eau, mais aucun n'avait voulu s'enfoncer malgré les oraisons qu'elle prononçait. Si la cause du mal ne pouvait être levée, c'est qu'un mauvais saint le punissait de quelque manquement, mais lequel ? On donna au malade toutes les tisanes de graines de foin, de serpolet, de genièvre, mais rien n'y fit et il mourut en bon chrétien.

Les histoires d'accidents, de vol, d'incendie, de calamités agricoles constituaient la trame de la vie.

En revenant de la foire de Salviac où il avait acheté une paire de bœufs, mon arrière-grand-père voulut franchir de nuit le pont de Gaumier, endommagé par une crue du Céou ; une des bêtes prit peur, tomba dans la rivière et se brisa les pattes. On dut l'abattre sur place et vendre à perte sa viande. Il fallut s'endetter lourdement pour acquérir un nouvel attelage et plusieurs années furent nécessaires pour réparer ce malheur.

Il y avait également le feu, ce fléau diabolique qui éclate sans crier gare et qui est si difficile à combattre avec son cortège de granges qui brûlent, frappées par la foudre, ses gerbiers qui s'enflamment à cause d'une étincelle venue on ne sait d'où. Les chats qui transportent dans leur poil, en hiver, quand ils dorment trop près du foyer, une braise qu'ils laissent tomber dans une vieille paillasse où le feu couve doucement jusqu'à ce qu'il embrase la maison. L'oncle Antoine, de La Pantène, en savait quelque chose, lui qui, au retour des champs, trouva sa demeure calcinée et dut loger avec sa famille dans une petite étable miraculeusement préservée.

J'ai toujours pensé que la provision d'eau bénite que nous gardions dans un vase où trempait un rameau de buis, bénit le jour des Rameaux, servait surtout à exorciser la foudre et le feu. Quand la tempête se déchaînait et que les éclairs jaillissaient dans le fracas du tonnerre, ma grand-mère parcourait la pièce où nous vivions en aspergeant les ténèbres avec l'eau lustrale. Elle allumait également un trognon de cierge de première communion dont la flamme vacillait sous les bouffées de vent qui filtraient sous la porte. Quand la tourmente s'éloignait, elle soufflait promptement la chandelle et la remisait, sans plus d'égard, dans le fond de l'armoire.

Je ne me souviens pas de l'avoir entendue remercier Dieu de sa protection et des ses bienfaits. D'ailleurs, ma grand-mère était peu dévote. Honnête chrétienne, elle allait de temps en temps à l'église, mais prenait des libertés avec le troisième commandement; elle avait oublié le catéchisme que lui avait enseigné sa mère et ses souvenirs d'histoire sainte flottaient dans un brouillard confus où un certain Israël avait une quantité de malheurs qui ne la touchaient guère. Elle savait quelques prières qui, prononcées en patois, avaient bien peu d'entraînement mystique : « *Notre Paire que set pel l'aire* » (Notre Père qui êtes dans l'air), « *Se toumbat, vous escrasat.* » (Si vous tombez, vous vous écrasez.), disait-elle parfois en plaisantant pour laisser entendre qu'il y avait des mécréants qui exagéraient, mais qu'elle n'était pas de ceux-là. C'est elle qui m'avait appris que les quatre vertus théologales étaient *lou pruré, lou grotta, lou saoure bou* et *l'escuizinat*, c'est-à-dire la démangeaison, le gratter, le savoir bon et le cuire ensuite. De même que les sept péchés capitaux étaient : *l'orgul, l'orgal, lo barrriquo, lou borial, lo soundo* et *lou got per béure un cop* (l'orgueil, l'orgal, la barrique, le baril, la sonde et le verre pour boire un coup).

Il faut dire qu'à La Roque-Gageac les paroissiens en prenaient à leur aise avec la liturgie. Tout le monde jurait avec ardeur non seulement avec des mille dieux sonores, mais des milliards de dieux. Hommes et femmes souhaitaient à tout propos que le diable les enlève, que le feu du ciel les crâme, que le diable, encore lui, les rapatafiole avec une queue de truie. Quand une femme jurait sur le marché de Sarlat, on disait : « Tiens ! une Laroquoise », et à l'église, quand le curé disait *amen*, tous les enfants de chœur ajoutaient : « *Barro lo porta que lou tenen, barro lou fenestrou que lou tendren milliu.* » (Ferme la porte, que nous le tenions, ferme la petite fenêtre, nous le tiendrons mieux.)

Ma grand-mère ne jurait pas, mais elle disait *coulobre,* couleuvre, en souvenir sans doute de ce dragon que saint Front, l'évangélisateur du Périgord, avait précipité dans la Dordogne au saut de la Gratusse. Elle ne manifestait pas non plus de façon provocante son polythéisme. « Cent dieux » était le maximum qu'elle s'autorisait, laissant le *millo diu* aux hommes, et si elle évoquait le feu du ciel, c'était pour qu'il la noie, *que lou fec me nege,* autrement dit, une façon de se sauver par l'absurdité du propos. Pour le reste, elle prônait sans trop y croire une bonne morale, le respect d'autrui, l'entraide et les bonnes mœurs. Les curés étaient une institution nécessaire et la plupart d'entre eux étaient de braves gens ; certes, il y en avait qui n'étaient pas très malins, d'autres un peu jouisseurs, certains sentaient passablement le soufre et, dans le village, on chantait :

Lou curé de lo copello
Fay lo soupo de caoulet.
Per esprogna so sirvento
Lo fay fa à soun boïlé.

Le curé de la chapelle
Fait la soupe de petits choux.
Pour ménager sa servante
Il la fait faire par son valet.

Les paroissiens ne comprenaient pas toujours ce que les curés racontaient dans leurs prêches. C'est ainsi que l'abbé Gouzot, qui n'était pas originaire du pays mais parlait un patois voisin, exhortait ses ouailles en ces termes : « *Mo frairé oquel desir que nus animo pel localo sen tut crea.* » (Mes frères, ce désir qui nous anime pour lequel nous sommes tous créés.), ce qui plongeait ses paroissiennes dans la perplexité. Elles confondaient le terme désir, qui est un mot français qu'elles ne comprenaient pas, étant donné qu'il se dit *embetzo* dans leur langue, avec celui de *dozilh* [1] bien connu en Sarladais. C'est en effet un petit morceau de bois rond qu'on enfonce au bas de la barrique pour soutirer plus commodément le vin. Elles se demandaient : « Mais de quel *dozilh* peut bien parler le curé, sinon de celui qui nous anime et par l'intermédiaire duquel nous sommes tous créés ? »

L'abbé Gouzot, qui était naturellement un saint homme, avait le pouvoir exceptionnel de détourner les orages de grêle. Dès que les nuées mauvaises s'accumulaient à l'horizon de Castelnaud, il tombait à genoux sur sa terrasse et implorait le seigneur d'envoyer la grêle sur le Pechpialat, « la

1. Fausset du tonneau.

colline pelée », qui n'était pas le mont chauve qu'il supposait, mais un village très peuplé en bordure du Quercy. La fréquence des chutes de grêle au Pechpialat intrigua longtemps les habitants qui, par chance, ne surent jamais à qui ils devaient cette calamité.

Si Dieu, ses anges et son paradis étaient lointains et assez hypothétiques pour ma grand-mère, les saints lui étaient en revanche plus familiers. Elle les invoquait dans toutes les circonstances de la vie et leur demandait secours sur les sujets les plus divers. Saint Eutrope était sollicité pour que le maïs poussât droit, saint Jean pour protéger la maison, saint Secaïre, un cabochard avéré, pour anéantir ses ennemis ou tarir la fécondité d'un mari trop fertile, saint Jacques régnait sur les engelures et saint Yrieix sur la colique.

Malgré ces célestes protections, ma grand-mère se préoccupait beaucoup du diable. « C'est qu'il est partout, disait-elle, et les bienfaits de Dieu sont bien rares en regard des manigances de l'autre. » L'autre ! elle l'appelait « l'Aversier », l'Adversaire, à cause, m'a-t-on dit, de la prière que le curé prononce pour consacrer l'eau bénite, (...) *et adversarius* (...).

Elle se demandait d'ailleurs pourquoi Dieu, qui est le pouvoir et la justice absolus, laissait le diable nous persécuter en permanence. « S'ils ont effectivement eu une histoire ensemble, observait-elle, pourquoi ne règlent-ils pas leur querelle en tête à tête, au lieu de se défausser sur nous ? » En tout cas, elle connaissait parfaitement les méthodes et la hiérarchie de l'Adversaire.

En haut de cette échelle, il y avait non pas Lucifer mais Jupiter, ô mystère de la mythologie gréco-latino-gauloise ! C'était le prince des ténèbres, placé si haut et si loin qu'on n'avait jamais affaire à lui directement ; sa brouille avec Dieu le Père plongeait dans la nuit des temps ; alors que le Père éternel était un vieillard robuste, assis près du soleil, et lançait des rayons de lumière, l'autre était tout noir avec des ailes de chauve-souris et n'affectionnait que les ténèbres. Au-dessous de lui se trouvait Cuistra, une sorte d'hercule rougeoyant, couettu, cornu, armé d'une fourche, qui régnait sur l'enfer, une immense forge du diable où les enfants du bon Dieu réputés mauvais, indisciplinés et contestataires étaient torturés pour l'éternité. Ce diable-là avait une nuée d'auxiliaires qui maniaient les grils, les pinces brûlantes, les marmites d'eau bouillante, crapauds, vipères, oiseaux de nuit, dragons et lézards que l'on voit sculptés sur les porches des églises. Pour alimenter cette effroyable géhenne dont nous menaçaient sans répit les prédicateurs (qui en parlaient comme s'ils en revenaient), il y avait les rabatteurs d'âmes qui ratissaient la terre. Leur chef était Garrouty, le diable bouc cher à Goya, avec ses longs poils, ses pieds fourchus, ses cornes, sa barbiche, son œil à la pupille fendue et son odeur. C'est lui qui s'asseyait au sommet de *la peyre levade*, le dolmen, pour mettre son pied sur le ventre nu de la Vierge immolée. C'est encore lui qui, dans les sabbats de sorcières ou dans la nuit de Carnaval au mardi gras, dans le bois de Trillou, présidait aux ébats des *fatzilleras*[1] hystériques et des chats en furie. C'est enfin ce démon qui passait les contrats dont le prix était votre âme.

Les moyens de conclure de tels pactes étaient nombreux, mais le plus indiqué était de se rendre à minuit dans les châtaigneraies de la Pierre-du-Diable, sur le chemin de Sarlat, près de Mas-Robert, avec une poule noire sous le bras. Le meilleur moment était une nuit venteuse de novembre, quand la lune galope entre les nuages effilochés

---

1. Sorcières

par la tempête et qu'elle diffuse une lueur blafarde à travers son halo.

Parvenu à la lisière des grands arbres qui grondaient sous le vent, il fallait crier trois fois : « Robert, Robert, Robert ! » Alors, deux lueurs jaunes comme des yeux de loup apparaissaient dans l'ombre, une odeur de soufre et de vieille peau décomposée se répandait dans l'air, une voix d'outre-tombe s'informait de vos désirs ; vous les formuliez, une feuille blanche frémissante passait devant vos yeux ; vous tendiez la main pour la saisir, une morsure venue de nulle part vous ensanglantait le majeur, une goutte de sang tombait sur le parchemin qui s'envolait et vous étiez beau et riche pour le restant de vos jours. Mais après ?

Pour impressionnantes que fussent ces pratiques, leur rendement était, paraît-il, dérisoire, et le diable, tout diable qu'il était, devait recourir à des formes plus élaborées de racolage.

La troisième incarnation du malin était Bélial. Une pierre que l'on retournait avec un crapaud noir caché dessous, c'était lui. Un autre crapaud qui s'échappait des cendres d'une sorcière brûlée vive la veille, encore lui qui emportait l'âme de la morte. Un moine mendiant au carrefour d'un chemin, un beau monsieur avec un chapeau haut de forme, un habit, une cape et une canne à pommeau d'argent, toujours Bélial. Il était omniprésent, sans cesse à l'affût, nous surprenant en flagrant délit ou nous faisant succomber à la tentation par des manœuvres compliquées et déloyales. Dans cette démarche harcelante, il se faisait aider par une de ses créatures à la fois enjôleuse et cynique, le Drac.

Qui pouvait se vanter de n'avoir pas été, une fois ou l'autre, la victime de ce diablotin désespérant ? Un brave homme rentrant chez lui le soir dans un chemin creux entendait un bêlement dans un fourré, il s'approchait et découvrait un agneau prisonnier des ronces, il le dégageait et le chargeait sur ses épaules. Chemin faisant, ses genoux se mettaient à trembler sous la charge de plus en plus lourde, ses tempes se mouillaient de sueur, il trébuchait et, brusquement, l'agneau sautait à terre et disparaissait dans la nuit avec un ricanement sinistre. Parfois, le Drac prenait la forme d'une pelote de laine, semblable à celles que perdent les bergères en filant leur quenouille, vous la glissiez dans votre poche et vos déboires commençaient jusqu'à ce que le rictus lugubre vous en délivre. Il entrait la nuit dans les maisons par la chatière, il montait sur votre lit et vous découvrait ; quand le froid vous réveillait, il se retirait en jubilant et attendait que vous ayez retrouvé le sommeil pour s'asseoir sur votre poitrine afin de vous oppresser et de vous donner des cauchemars. Il profitait également des orages pour arracher les cheminées, terroriser les poulaillers, chaparder les outils et donner la gale aux chiens qui décelaient sa présence.

Ne croyez pas cependant qu'il était le dernier maillon de la chaîne des maléfices ; derrière lui se profilait Rouquentin, un pauvre diable qui commettait toutes les bourdes, faisait rire à ses dépens, une sorte de clown triste qui endormait notre méfiance. L'idiot du village, un vaniteux ridicule, un personnage grotesque s'attiraient immanquablement l'épithète de pauvre Rouquentin.

Pour conjurer tous ces mauvais esprits, chacun avait sa méthode et ses ingrédients. Ma grand-mère utilisait le buis bénit le jour des Rameaux, l'herbe de millepertuis ou de la Saint-Jean, l'eau bénite et le signe de croix assortis de formules marmonnées à voix basse. Elle avait également des protections qui plongeaient leurs racines dans la nuit des temps ; des divinités très anciennes qu'elle ne connaissait pas, mais dont elle ressentait la force ; des puissances d'un autre monde contre lesquelles Dieu, les saints et les diables ne pouvaient rien : les génies des sources, des chênes, de la foudre, du vent, de la lune, des semailles et des moissons, par exemple.

La fontaine du Bos, où nous allions puiser l'eau, avec sa voûte de pierres appareillées, son bassin verdi par les mousses, ses pans de murailles en ruines émergeant du roncier, était un haut lieu de sa vénération. Elle veillait à sa propreté et à son respect, et je me souviens d'un jour où elle avait surpris un abruti du pays en train de laver ses barriques sous la cannelle et de puiser l'eau avec un seau boueux ; elle l'avait admonesté avec une telle vigueur que la brute avait battu en retraite, et tout marmot que j'étais, peureusement accroché au tablier de mon aïeule, j'avais conçu de cet exploit une grande fierté.

Autre manifestation des cultes anciens, que le jour de la Saint-Jean, où le soleil était roi ! Dès la veille, toutes les maîtresses de maison avaient cueilli des bottes de fleurs de millepertuis pour confectionner les croix celtiques qui orneraient les portes des maisons, des granges et des étables. Les hommes avaient bâti, à grand renfort de fagots et de branches sèches, un important bûcher, sur une aire dégagée et visible de loin. À la tombée du jour, quand les dernières lueurs s'estompaient au couchant, le plus vieux du hameau apportait un récipient empli de braises et bientôt les flammes grondantes s'élevaient vers le ciel d'été en hommage au dieu de la lumière et de la vie. Les filles, qui retroussaient haut leurs jupons devant les flammes, les garçons, qui franchissaient d'un bond le brasier, et les vieux, qui évoquaient leur verdeur passée, ne laissaient aucun doute sur la persistance d'un culte que l'église, impuissante à contrôler, se contentait de bénir.

Si ma grand-mère adorait le soleil à sa façon et en parlait comme d'un souverain familier et tout-puissant, elle ne négligeait pas pour autant la lune blafarde, mystérieuse, plus sorcière que tous les diables réunis. L'astrologie, science des hautes classes sociales, était ignorée du peuple des campagnes, qui ne voyait dans les constellations que des points lumineux de taille et d'éclat différents et des configurations énigmatiques. En dehors du *Luo*, Vénus à son plus grand éclat, des trois *gourdous*, le baudrier d'Orion, et de la Grande Ourse, le ciel n'était qu'un décor grandiose et anonyme. La lune, en revanche, dominait la vie intime des gens, des bêtes et des choses, présidant à la procréation, différenciant les sexes et les caractères. Tout ce qui se faisait à la lune montante, du premier quartier à la pleine lune, devenait vigoureux et sain. Tout ce qui était entrepris à la lune descendante dépérissait, restait stationnaire ou mourait. Pour avoir des salades qui ne monteraient pas trop vite en graines, des épinards à larges feuilles, de l'ail à grosses gousses, il fallait semer au dernier quartier. En principe, la pleine lune était le meilleur moment pour obtenir de francs succès, en matière de procréation par exemple. Comme ce qui compte est le jour de la naissance, il fallait calculer pour que l'enfant naisse à la lune montante. Ma grand-mère tenait cette règle pour simple affaire de bon sens, puisque les petits poulets et les canetons qui arrivent à éclosion à la lune descendante ne parviennent pas à percer leur coquille.

La lune avait bien d'autres pouvoirs, celui de jaunir le linge, de donner la migraine, de présider aux ébats des esprits de la nuit, sorcières et farfadets, de donner des cauchemars aux chiens et aux loups qui hurlent leur détresse ; bref, il fallait toujours avoir l'œil sur le calendrier lunaire pour bien régler sa vie et sur le halo pour connaître le temps du lendemain. Bénéfique lune, compagne vigilante des hommes, patronne de la respiration des mers, du sang et des sèves.

Quand elle était absente, les forces mauvaises se déchaînaient, les loups-garous arpentaient les bois, les fées maléfiques encombraient les chemins, sans compter les oiseaux de mauvais augure, les chouettes, hulottes, chevêches, chats-huants, ducs grands et petits, effraies et dames blanches qui menaient leurs sarabandes dans les pechs[1] et les combes. C'est pendant les nuits sombres que les revenants sortaient des cimetières, que les malfaiteurs s'embusquaient dans les *caforca*[2] des chemins et que les gnomes trottinaient dans les bruyères. Ceux qui les avaient rencontrés faisaient frémir l'auditoire des veillées.

À vrai dire, il était impossible d'échapper à ces forces malfaisantes, à moins de se calfeutrer chez soi, mais les craignait-on vraiment ?

Je n'ai jamais remarqué que la peur des chouettes ou des revenants empêchât les hommes de rentrer fort tard de l'auberge ou les femmes d'aller à la veillée. Pour m'aguerrir, on m'envoyait souvent, en pleine nuit, chercher de l'eau à la fontaine. « Sois sans crainte, me disait-on, la nuit, c'est toi qui fais peur aux autres. » En somme, ces phantasmes nocturnes étaient une façon commode de densifier la vie et de se donner quelques frissons à bon compte. Il n'en allait pas de même de la maladie, qui était un domaine particulièrement redoutable. Les paysans avaient appris par expérience qu'il valait mieux se soigner avec des produits de ce monde plutôt qu'avec des prières à saint Martin ou à la Vierge Marie. Aussi avaient-ils une connaissance approfondie des vertus des plantes, des décoctions et des tisanes.

Ma grand-mère était dépositaire d'un savoir botanique stupéfiant pour une personne qui ne savait ni lire, ni écrire, ni parler le français. Mais en cela comme dans toutes les choses de la vie, elle avait tout appris par tradition et par instinct, comme ces petits animaux qui portent en eux, dès leur naissance, toutes les recettes nécessaires à la perpétuation de l'espèce. Elle n'avait lu ni Escoffier ni Curnonsky, mais elle savait tirer parti du moindre aliment, faire une soupe avec quelques gousses

1. Pech : petite hauteur.
2. Croisements.

d'ail, un bouquet de persil, une pincée de farine, une cuillerée de graisse d'oie et un soupçon de magret rance ; elle savait cuisiner un salmis de lapin ou un lièvre à la royale, préparer toutes les charcuteries, les confits d'oie et de canard, les galantines de volaille et les pâtés de gibier. La conservation des pommes, des nèfles, des sorbes, des poires d'hiver et des raisins d'Herbemont n'avait pas de secret pour elle ; quant aux confitures et aux pâtisseries de froment et de maïs, elle était experte en gelées, en gaufres, tartes, oublies, merveilles, rimotes [1] et beignets.

Elle n'avait, non plus, jamais suivi de cours d'anatomie animale et, pourtant, elle était sans pareille pour chaponner la volaille, percer le flanc des brebis, soigner le bétail et refaire des pieds neufs aux moutons rongés par le piétin.

Son bagage intellectuel était, par constraste, bien rudimentaire. Elle parlait peu de la France mais beaucoup du royaume. Bien qu'elle ait entendu parler de la Révolution et de la République, elle pensait que nous étions toujours dirigés par un roi, dont elle ignorait le nom ; le seul qu'elle connût, d'ailleurs, était Henri IV, appelé *nostre Henri*. Elle savait qu'il avait été assassiné et que M. de Biron avait été décapité là-haut dans le Nord, à Paris, ce qui ne la surprenait guère, car elle était convaincue que ces pays nordiques étaient peuplés de *sauvageards* qui nous avaient toujours fait du mal et où elle me conseillait de ne jamais mettre les pieds. Le royaume était constitué de provinces dominées par des seigneurs qui s'entendaient comme larrons en foire pour voler les pauvres paysans. Elle disait qu'un tel était à Valence en Dauphiné, ou à Tulle en Corrèze, à moins que ce ne fût à La Caune, en

1. Polenta.

Lauraguais, à Riom d'Auvergne ou à Villefranche-de-Rouergue. Elle avait entendu parler de Toulouse, la cité des comtes auxquels nous avions appartenu. Le dernier d'entre eux, Raymond VII, était mort en 1249, mais pour elle c'était avant-hier, et elle en parlait comme de la place du Redondel, la place du tournoi sous le château de Beynac. Elle était informée de l'existence de Bordeaux dans le pays bas où l'on transportait par gabares, depuis le port de Domme, les vins des coteaux du Quercy et de Cahors. Elle citait Limoges et Angoulême où était le 107e régiment d'infanterie, Toulon où se trouvaient les galères, et Marseille. Elle disait que les Anglais, qui étaient toujours des *godons* étaient de fameux *pellants*, autrement dit, des gens de sac et de corde ; quant aux Allemands, elle ne comprenait pas pourquoi ils nous en voulaient tant ; ils avaient tué, en 1870, son oncle Albert Lasfargues et, en 1914, la moitié des drôles [1] de la commune. On les avait battus, c'était bien fait pour eux, mais, tout de même, à qui pouvaient profiter ces haines et ces massacres ? Certainement pas aux pauvres peuples !

Elle était fière et indépendante et, en bonne fille de croquant, l'injustice la révoltait. Elle me rappelait que son père, métayer de M. Pontou, devait se lever à 3 heures pour faire des charrois de pierres, depuis la vallée du Céou jusqu'au port de Domme, et être de retour à la ferme à 7 heures, au matin, afin de ne pas perdre sa journée. Cela gratuitement, bien entendu, car le transport faisait partie du contrat. À peu près comme les journées de lessive que sa mère devait aux maîtres du château, les corvées de bois en hiver ou la réfection des chemins. Elle haussait les épaules avec fatalisme ; il y aurait toujours des riches et des pauvres, des profiteurs et des asservis, c'est Dieu qui le voulait ainsi, mais

1. *Cf.* p. 19.

tout de même, ce péché originel dont parlait le curé et qui était la source de nos malheurs n'avait pas les mêmes effets pour tout le monde. Probablement que ce qu'on nous racontait là-dessus était « un beau sac d'embrouilles, pour en couillonner plus d'un », ajoutait-elle. De toute façon, les pauvres gens n'avaient pas le temps de réfléchir à cela, d'autres le faisaient pour eux. Leur lot était de travailler et travailler encore pour survivre, de gagner leur pain, récolte après récolte, de nourrir le bétail, d'élever les enfants et, quand l'occasion se présentait, de manger un bon morceau et de passer un peu de bon temps.

II

À seize ans, ma grand-mère ne cachait pas qu'elle aimait bien faire un brin de toilette, écouter des histoires drôles où son esprit moqueur trouvait matière à repartie, regarder en coin les hommes et danser. Elle pratiquait les bourrées, celles d'Auvergne, du Limousin et du Quercy, dont les rythmes sont identiques mais les figures différentes. Quand elle était de bonne humeur, elle me prenait sur ses genoux et m'en chantait quelques-unes où il était question d'Auvergnats « qui descendent, qui descendent » pour danser, ou d'Auvergnats, encore ! qui ont bien la barbe fine mais que les Limousins sont aussi dégourdis, qu'ils la leur feraient bien sans pierre et sans eau, sans savon, ni rasoir. Il y avait une ritournelle qui me plaisait particulièrement, c'était « la planquette », la petite planche, où il était dit qu'en passant sur la planchette, le pied de la belle avait glissé ; pauvre ! elle était tombée dans l'eau et ses cotillons s'étaient mouillés. Trois chasseurs étaient passés tout au long du ruisseau, l'un avait tiré en l'air, l'autre au lièvre et le troisième sur elle. La troisième balle n'était pas de plomb, mais de fine marchandise pour faire danser Marion.

En plus des bourrées, morceaux de bravoure des *chabretaïres*[1], joueurs de musette, et des vielleux, joueurs de vielle, et violoneux, il y avait la sautière

1. Joueurs de cabrette, variante de la cornemuse.

au tour au rythme endiablé — « *Lo Morgo vol pas doncha che n'o pas un coutillou neve ; che n'in fon un dé pillo, dé grillo, dé tzortzelli, caouquillo mo fillo, rebingo Peyro, lebo-te oluma lo condello che vole veire doncha lo Morgo* » —, le *pelelé,* où le danseur fait sauter en l'air sa cavalière comme un pantin, et, enfin, la valse et la mazurka.

Les fêtes votives, *loï votto,* que chaque paroisse organisait en été, étaient des occasions très attendues de rencontres pour la jeunesse.

C'est ainsi qu'un soir du mois d'août 1874 elle rencontra à la *votto* de Cénac mon grand-père, Marc Georgy, qui était ouvrier agricole à la ferme de Laborie, près du hameau de la Burague. C'était, d'après ma grand-mère, un grand et beau jeune homme de vingt-cinq ans, à la moustache *rossello,* originaire du Quayrou-de-Nabirat, un hameau situé à quelques kilomètres de là, sur la commune de Nabirat, dans la vallée de la Bouriane, un ruisseau qui descend du Gourdonnais et se jette dans le Céou à Pontcarral. Le nom de Georgy était bien connu, car c'était une des plus anciennes familles de paysans de la contrée. Je me suis amusé, à une époque, à rechercher notre généalogie et je l'ai trouvé sans difficultés, enracinée depuis le XIe siècle dans deux fermes voisines, la Boissière et le Quayrou. Anciens serfs de l'abbaye de la Bouriane, filiale de l'abbaye de Sarlat fondée par Pépin d'Héristal, père de Charlemagne, les Georgy figurent sur les registres de l'abbaye, sur les terriers de Philippe le Bel, cadastre de la noblesse et du clergé, et, depuis la fin du XVe siècle, sur les registres paroissiaux de la commune de Nabirat. Ils doivent sans doute à leur qualité de serfs de mainmorte, biens meubles de l'abbaye, cette remarquable longévité sur le même lopin de terre. Leur nom, à la consonance étrangère avec cet « y » insolite est, selon toute vraisemblance, un nom de baptême emprunté à saint Georges, originaire, dit-on, de Smyrne, compagnon de saint Front, l'évangélisateur du Périgord, qui mourut chemin faisant à Rome mais fut ressuscité par le bâton de saint Pierre pour poursuivre son apostolat.

Ce saint, dont une paroisse de Périgueux garde le nom, était fameux en Périgord vers le VIIe siècle au moment où fut reprise la légende de saint Front. Rien de plus naturel que le nom de ce saint patron ait été donné à un jeune paysan. Malheureusement, Georges est difficile à prononcer en patois d'oc : le « g » se prononce tz — phonétiquement on dit Tzortzi —, de plus, le « i » final est peu employé, on écrit « ie », comme dans Boisserie, La Reynie, La Boétie, et doit se prononcer io : Bouissorio — Lo Boutio, etc. Avouez que Tzortzio était imprononçable ! On s'est donc résigné à dire Tzortzi, et, pour bien marquer l'exception, on écrivit toujours le nom avec un « gi » final et très tôt avec un « y ». Donc les Georgy ont, pendant plus de neuf cents ans, labouré la terre pierreuse du Quayrou de Nabirat dont l'origine est celtique et veut dire le « tas de pierre ».

Comment y survécurent-ils au milieu des guerres incessantes, des querelles des Plantagenêts et des rois de France, de Simon de Montfort, des comtes de Toulouse, d'Édouard Ier et de Henri III d'Angleterre, des contestations de terre entre seigneurs et abbayes, de la guerre de Cent Ans, des guerres de religion, des épidémies de peste ou de lèpre, des maux les plus divers, des famines, des brigands, des jacqueries ? Il faut croire que les épaisses forêts de chênes et de châtaigniers qui les entouraient, les chemins impénétrables, les vallons inaccessibles et leur robuste santé furent leurs plus efficaces protecteurs.

En 1525, le registre paroissial de Nabirat signale la mort de Sardou Georgy, à l'âge de quatre-vingt-seize ans. Il était donc né en 1429 au Quayrou-de-Nabirat en pleine guerre de Cent Ans, alors que le chef des brigands anglais Mador, établi à Sentis, près de Degagnac, à quelques lieues de Nabirat, terrorisait le pays, rançonnait les voyageurs sur la route de Cahors et pillait les villages.

Ces paysans toujours traqués, pendus, brûlés vifs étaient sans doute passés maîtres en l'art de se dissimuler, de donner l'alerte, de se réfugier en bon ordre dans les taillis et, dès que le danger était passé, de revenir dans leurs chaumières vides, à moins qu'elles ne fussent en cendre. Dès qu'une paix précaire s'installait, ils agrandissaient leurs biens, construisaient de nouvelles maisons, se meublaient.

En 1620, nous apprend un registre de notaire, Antoinette Georgy, de la ferme de La Boissière, épousa Anet Nouvel, maître bottier à Domme, lui apporta en dot une véritable collection de pots d'étain, d'assiettes, de bassins de cuivre, de paires de draps de lit en chanvre, de couettes et de linge de table qui démontrent que la moindre accalmie, comme celle de la fin du XVIe siècle, redonnait vite la prospérité aux marches de l'Aquitaine.

Au cours de cette ronde de l'Histoire, les générations se succèdent, les registres paroissiaux, qui furent officialisés par François Ier après l'ordonnance de Villers-Cotterêts, mentionnent les naissances, les mariages et les décès avec de curieuses notations météorologiques : « Le deuxième jour du mois de Marie, par une matinée de vent d'autan, nous avons conduit au champ du repos Pierre Georgy, âgé de soixante-quinze ans, né au Quayrou, de Jean Georgy et de Marie Delpech.

La plupart de mes aïeules provenaient du village de Nabirat ou des hameaux environnants. Certaines d'entre elles font néanmoins exception. C'est ainsi qu'Antoinette Murat de La Bastide-Fortunière, actuellement La Bastide-Murat, épousa, en 1775, un autre Jean Georgy du Quayrou. Il s'agissait peut-être d'une tante ou d'une cousine de Joachim Murat, le général d'Empire, dont le père était à l'époque cabaretier et maréchal-ferrant à La Bastide. Qu'était-il venu faire à 30 kilomètres de chez lui, ce Jean Georgy ? Dans ce village perdu du Quercy, ses descendants, dont plusieurs portaient le prénom de Joachim et dont le dernier est mort en 1988, n'ont pas donné de précision à ce sujet. En dehors des registres de l'état civil, cette famille d'illettrés n'a laissé que peu de traces. Pourtant, un procès-verbal, échappé d'une liasse d'archives de la mairie de Nabirat, mentionne qu'en 1792, lors de la levée en masse de Valmy, le citoyen Delpech, maire de la commune, appela à son de tambours les citoyens du lieu et leur tint le discours suivant : « Citoyens, la patrie est en danger, les ennemis de la France [...]. Nous allons procéder à la désignation des soldats volontaires pour partir aux armées. » Trois frères Georgy figurent dans le contingent de Nabirat et leur signalement est intéressant : 1,63 m à 1,65 m, la tête ronde, les yeux marron, les cheveux châtain foncé, la race périgourdine en somme. Ils partirent loin de leurs collines natales et, à ma connaissance, ne revinrent jamais au pays, tout au moins les registres paroissiaux ne le mentionnent pas.

Vers le milieu du XIXe siècle, l'héritier du Quayrou épousa une Anne-Marie Lapoujade et en eut quatorze enfants. Ce furent mes arrière-grands-parents. Mon grand-père, Marc Georgy, leur septième enfant, avait un frère jumeau, Auguste, qui mourut célibataire vers la quarantaine.

Ce dernier, ouvrier agricole comme toute sa famille, s'était signalé pour avoir voulu apprendre à lire. La légende rapporte qu'il avait pour toute propriété un *calelh* [1] à la lumière duquel il lisait, la nuit dans la grange, quelques livres qu'il avait achetés au marché de Gourdon. Ses patrons maugréaient contre une telle pratique qui, disaient-ils, empêchait les bêtes de dormir et le rendait moins vaillant le lendemain à cause de l'insomnie. Les

---

1. Caleil ou chaleil : petite lampe à huile à flamme libre que l'on suspend.

voisins lui faisaient la réputation d'être un peu « détourné », un simplet en somme. Imaginez-vous, disaient-ils, qu'en hiver, quand il arrachait les raves pour préparer la pâtée du bétail, il faisait des tas dans le champ et y plantait au milieu une sorte de lutrin sur lequel il posait un livre. Tout en raclant consciencieusement sa récolte, il poursuivait, par tous les temps, sa lecture. Mon grand-père n'encourait pas de telles moqueries. Il n'avait jamais appris à lire, ni à écrire, et s'en trouvait fort bien, il était grand et robuste, beau parleur, danseur et bon vivant.

Le soir de la fête de Cénac, il éblouit ma grand-mère et l'épousa quelques mois plus tard. Selon la vieille coutume celtique, il entra gendre chez ses beaux-parents, toujours métayers de M. Pontou à Gaillardou.

L'arrivée de ce garçon robuste ne modifia guère la condition misérable des Lasfargues. Deux bras supplémentaires n'étaient pas négligeables, mais encore eût-il fallu que la rémunération du travail ajouté eût été prise en compte par le propriétaire. Celui-ci devenait de plus en plus ladre en vieillissant et répondait à toutes les demandes par non : « *Es questiou, coueï clar, pel loï grandos portos buffon lu grands vents* (Il est question, c'est clair, que par les grandes portes soufflent les grands vents); je n'ai pas assez de sous pour leur faire face », et il rognait de plus belle sur les partages.

Quand Joseph Lasfargues mourut de son fameux *puresi*, la famille rompit son contrat et entra chez M. Chambon à la métairie de Page, près de Vitrac.

Le nouveau patron était également marchand drapier à Sarlat. Les marchands d'étoffes étaient prospères au fond des provinces au XIXe siècle, mais, par chance, tous n'étaient pas aussi âpres au gain que le vieux Pontou. La famille Chambon ne venait pas souvent dans sa résidence du Fort, dont dépendait la ferme, et épluchait de moins près les comptes. Ma grand-mère y faisait quelques travaux de ménage et appréciait particulièrement un des fils Chambon. M. Tony, un étrange personnage qui venait réparer ses forces au bord de la Dordogne, flanqué d'un homme à tout faire très mystérieux, appelé « Catemisse ». Ce Tony Chambon avait exploré plusieurs pays d'Amérique du Sud et, notamment, l'Orénoque et la région des monts Tumuc-Humac en Guyane, en compagnie du docteur Crevaux. Il aimait venir à la ferme pour bavarder avec ma grand-mère et lui raconter ses voyages. La petite Périgourdine n'avait jamais entendu parler de choses aussi extraordinaires et, bien des années plus tard, elle se souvenait toujours de la forêt si épaisse qu'il fallait coucher dans les arbres, des serpents gros comme des sacs de blé, des araignées larges comme la main, des lézards géants qui vivaient dans les rivières et des Indiens tout nus qui tendaient des pièges aux voyageurs pour leur couper la tête. Ces récits, embellis par l'imagination fertile de mon aïeule, ont beaucoup émerveillé mon enfance. Catemisse, l'aventurier magicien, préparait de curieuses distractions à son maître : des parties de canoë sur la Dordogne en compagnie de dames de mauvaise vie, très dépouillées, des soupers fins avec des viandes cuites à la fumée dans le jardin. M. Tony recevait ses invités à moitié nu et bariolé de peinture en poussant des cris de chouette qui auraient dû le conduire, s'il n'avait été riche, à l'asile des fous. Ce personnage pittoresque devait terminer, beaucoup plus tard, sa vie dans une grande propriété qu'il avait achetée au Mexique, mais, cela, ma grand-mère l'a toujours ignoré, car elle avait connu d'autres soucis.

Un premier enfant lui était né, un garçon prénommé Henri, qui devait mourir à cinq ans ébouillanté à la suite de la chute d'une marmite, et cinq filles dont quatre avaient survécu. Entre-temps, l'humeur vagabonde et la paresse de son mari lui avaient valu trois ou quatre changements de métairie à La Rouderie, à Labrot, à Cantegrel, sans jamais pouvoir mettre quelques sous devant elle, sans un jour de relâche ni d'agrément. Elle avait fait l'impossible pour bien élever ses filles, les envoyer à l'école, leur apprendre à travailler avec conscience et dévouement, mais, dès qu'elles atteignaient l'âge de dix ou douze ans, le grand-père entrait dans de grandes colères et décidait qu'il était temps de les placer, c'est-à-dire de les louer comme domestiques chez les bourgeois de la ville ou les hobereaux des environs. Il faisait la tournée, à chaque fin de mois, pour relever leur salaire et considéra bientôt qu'il était trop fatigué pour continuer à travailler à plein temps ; aussi se retira-t-il dans la petite masure des Landes qui appartenait à sa femme.

Une seule de ses filles lui donna, semble-t-il, quelques soucis ; c'était la troisième, la petite Élina, qui était moins robuste que les autres, de petite stature, de forme inachevée par suite d'une puberté inaccomplie, intelligente et vive, docile et douce mais sans défense. Comme elle était plus difficile à placer que les autres, il décida de la retirer du circuit productif et de la garder auprès de lui pour le soigner, car sa femme, avec l'âge, n'avait pas le même rendement qu'avant, estimait-il. La petite Élina revint donc seconder sa mère pour veiller sur la forme de son père, lui préparer sa nourriture et lui donner son vin et son tabac quotidiens.

Très tôt, elle se réfugia dans son monde intérieur, fait de morale, d'indulgence et de bonté chrétienne. Elle offrait à Dieu ses turpitudes quotidiennes, lisait *le Pèlerin* et le bulletin paroissial, assistait à la messe du dimanche et avait toujours, pour les enfants et les pauvres gens, un mot d'affection et de gaieté. On l'appelait « la Nini » et tout le monde disait du bien d'elle, car elle était toujours prête à rendre service et à panser discrètement, d'une parole bien choisie, les tourments quotidiens de son prochain. Ma grand-mère l'aimait profondément mais la traitait inconsciemment en enfant attardée ; mon grand-père, autorité oblige, la rudoyait. Elle accomplissait toutes les tâches les plus pénibles sans se plaindre comme si tout coulait de source. Elle bêchait le jardin, soignait les bêtes, gardait les moutons, tricotait inlassablement, cousait et rapetassait à la perfection, brodait selon les travaux pratiques des publications du groupe catholique « la Bonne Presse » et cuisinait plus finement que ma grand-mère. Aux Rameaux, elle faisait bénir les branches de buis ; aux rogations, elle fixait sur les draps blancs des reposoirs les premières récoltes. À la Fête-Dieu, elle offrait des roses pour la jonchée du Saint-Sacrement. À la Toussaint, elle décorait artistement, avec de la mousse, des chrysanthèmes et des chandelles, les tombes de la famille. À Noël, elle préparait son offrande à l'enfant Jésus et, au premier de l'an, elle s'esquivait discrètement pour aller acheter, sur ses économies, deux grosses oranges, une pour ma grand-mère et une pour moi. Elle entretenait une correspondance suivie avec ses sœurs, d'une grande écriture avec pleins et déliés, tracée à l'encre violette et à la plume Sergent major sur des feuilles de papier quadrillé que débitait, avec l'enveloppe, l'épicière de Cénac. Elle y racontait les faits divers de la paroisse, les mésaventures de nos voisins, les caprices du temps et l'état de nos affaires : brebis avortées ou gonflées par les gaz de fermentation de la jeune luzerne, oisons mouillés par les pluies de printemps à la pousse des plumes, incursion du renard dans le poulailler, vente des moutons, etc.

Sa sœur aînée, Aline, qui était cuisinière à Versailles et avait épousé un cousin germain, valet de chambre, lui en imposait, car elle était l'aînée, et la préférée de ma grand-mère ; sa deuxième sœur, Marguerite, était entrée très tôt au service d'un intendant général originaire de Domme, et vivait à Paris où, célibataire, elle s'était dévouée à l'éducation du fils unique de ses patrons. Elle revenait peu au pays mais envoyait de temps en temps un peu d'argent pour l'entretien de ses parents. C'était une grande et forte femme au visage rond et au nez camard, travailleuse, généreuse et de fort caractère. Elle avait eu deux enfants naturels dont elle avait dissimulé, jusqu'à leur majorité, l'existence à sa famille. Malheureux enfants qu'elle avait traînés de nourrices campagnardes, rustiques et rudoyantes en orphelinat et en placements à l'Assistance publique à travers la France. Dévouée corps et âme à ses maîtres, elle devait les soigner jusqu'à leur dernier souffle et trouver peut-être, dans cette abnégation, une compensation au pesant opprobre de ses enfants. Ma tante Élina lui savait gré du peu d'argent et des quelques fripes qu'elle lui envoyait de Paris ; elle était peut-être un peu jalouse de l'affection que lui portait ma grand-mère et de la considération que lui témoignait mon grand-père, pour des raisons d'affinités de caractère sans doute, mais elle était trop bonne chrétienne pour le laisser paraître. Il restait la dernière fille de la maison, *lu catzo niu*, la clôture du nid, la Noëlie, ma mère ! dont je porterai toujours au fond du cœur le chagrin de ne l'avoir pas connue. Elle était née dans la métairie de Labrot alors que ma grand-mère venait d'atteindre la quarantaine ; mon grand-père attendait toujours un garçon depuis la disparition tragique de son aîné et se montra si déçu qu'il commença, disait-on pudiquement, à baisser les bras. Quoi qu'il en soit, ma mère se révéla bientôt la plus plaisante de ses filles, fine et bien faite comme sa mère, les yeux grands et bruns, la chevelure abondante et noire, la taille bien prise et la tête agile.

Envoyée à l'école des bonnes sœurs à La Roque-Gageac, elle s'y distingua par une assimilation rapide, une bonne mémoire et un talent de dessinatrice certain ; un de ses cahiers que j'ai eu entre les mains me permet d'affirmer la chose sans être accusé de partialite. Quant à l'opinion de ses camarades d'école que j'ai interrogées plus tard, elle était unanimement élogieuse.

Malheureusement, ces dispositions favorables n'étaient pas de nature à émouvoir son père. On avait perdu, disait-il, que trop de temps à la laisser fainéanter par faiblesse; il fallait la placer d'urgence. Ce fut fait sans délai et on loua ses services au Dr Debidour, propriétaire du Fort, pour servir de femme de chambre et de bonne d'accueil à la clinique qu'il exploitait à La Bourboule, station thermale pour asthmatiques, dans les monts Dore, sur la haute Dordogne. Elle y resta trois ans et profita des bouleversements provoqués par la Grande Guerre pour revenir à Sarlat chez le Dr Franc, au quartier de La Bouquerie. Un médecin originaire de la vallée du Céou, près de Daglan, qui devait laisser une grande réputation de connaisseur du Périgord et de praticien dévoué à la clientèle paysanne.

Ma mère resta deux ou trois ans dans cette maison accueillante, allant et venant entre la demeure principale et le domaine de La Croix-d'Espit, à la sortie sud de Sarlat, résidence des terres de la famille.

En mars 1918, ma mère s'aperçut avec effroi qu'elle était enceinte, mais enceinte de qui ? Nul n'a jamais pu ou voulu me le dire. Je me suis toujours heurté à une sorte de conspiration du silence et, par respect pour sa mémoire, j'ai renoncé très tôt à pousser mes investigations.

En Périgord, les enfants naturels ont toujours été nombreux. Les adultérins ayant un père officiel ne posaient pas de problème, ceux des filles mères se débrouillaient comme ils pouvaient, mais sans être exclus du clan familial, de vieille tradition celtique; la mère était connue, c'était l'essentiel. Quant au père, il appartenait de toute façon à la tribu, alors tant pis pour le sacrement de l'Église. Le propre chauffeur du Dr Franc, un célibataire endurci, originaire du Pech-de-l'Azé au-dessus de La Malartrie, passait pour être le fils d'un aristocrate du village et de sa cuisinière. La ressemblance entre les deux hommes était frappante, mais qui avait intérêt à s'en apercevoir et à provoquer le destin ? Bref, ma mère quitta son emploi précipitamment et se réfugia à Paris auprès de sa sœur Marguerite, qui était bien la seule personne à qui elle pouvait se confier. Grâce au répondant de cette aînée, et au bon vouloir de ses patrons qui avaient des raisons de lui être agréable, elle fut engagée comme femme de chambre. Trois mois plus tard, le dimanche 17 novembre 1918, six jours après la signature de l'armistice qui mettait fin à un massacre sans précédent dans l'Histoire, elle accoucha, à la clinique Baudelocque dans le XIVe arrondissement de Paris, d'un enfant de sexe masculin auquel elle donna le prénom de Guy-Noël. Noël parce qu'elle s'appelait Noëlie et Guy, prénom inconnu dans ses lignes maternelles et paternelles mais qu'elle avait sans doute des raisons particulières d'avoir à l'esprit.

Il est bien hasardeux de supputer ce qu'elle avait en tête en ce jour de délivrance. Paris était en liesse depuis une semaine et fêtait avec une joie délirante ce premier dimanche de résurrection. L'Histoire nous décrit ainsi les manifestations de cette explosion populaire :

« D'une tribune dressée place de la Concorde, le président Poincaré célébrait le retour de l'Alsace et de la Lorraine. » Le canon ponctuait sa péroraison tandis qu'apparaissait, venant des Champs-Élysées, un cortège de 150 000 personnes appartenant aux grandes associations françaises et détachements alliés. Les spectateurs agitaient des branches de sapin en criant « Vive la France », ovationnant les Alsaciennes en costume. L'enthousiasme était tel que les barrages se rompirent et que Poincaré et

Clemenceau se retrouvèrent au milieu de la foule. Jusqu'à minuit, chants et cortèges emplirent les boulevards. Un solennel *Te Deum* fut chanté à Notre-Dame, dans la nef privée de ses vitraux mais parée de tentures et de drapeaux ; quinze mille fidèles suivirent l'office, dont beaucoup de femmes en voile de deuil, des diplomates et militaires alliés, et les dames de la République, Mmes Poincaré et Deschanel.

Gare de l'Est arrivaient les premiers prisonniers civils et militaires, libérés par les socialistes allemands et rentrés par leurs propres moyens ; ils étaient en fort mauvais état. On les conduisit au Grand-Palais et dans d'autres centres hospitaliers. »

Dans la solitude de sa chambre d'hôpital, la petite paysanne périgourdine qui allaitait son nouveau-né n'avait que faire de ce tintamarre qui venait battre sa fenêtre, et songeait, de toute évidence, à sa difficile condition et à l'avenir incertain qui lui était promis. Qu'allait-elle faire de cet enfant ? Comment l'élèverait-elle ? Personne n'engage une domestique qui a charge de nourrisson ; allait-elle, comme sa sœur, le mettre en nourrice ou à l'Assistance publique ? Elle pensait bien le laisser à sa mère, là-bas à La Roque-Gageac, mais que dirait son père dont elle redoutait les colères ? Elle avait dissimulé sa grossesse à tout le monde. Comment présenter ce marmot ? Elle se sentait perdue pour la vie, quel parti voudrait désormais d'une fille mère ? Quant à l'olibrius qui lui avait fait ce cadeau, il l'avait de toute évidence abandonnée par lâcheté ou par inconscience.

Qui était d'ailleurs ce reluisant personnage ? Probablement pas un jeune célibataire du voisinage, car les jeunes hommes sans exception, après les cruelles saignées de 1917, étaient aux armées et, de plus, un garçon de cette époque responsable d'une telle mésaventure lui aurait promis le mariage. Alors qui ? Un permissionnaire du nouvel an tué, quelques mois plus tard, dans les grandes offensives de 1918 ? Un monsieur d'un certain âge sensible aux charmes de la jeunesse mais en charge d'une épouse, d'une famille, d'une position sociale ? Peut-être un personnage de qualité, plus accessible au qu'en-dira-t-on qu'à la morale. Et puis, qui peut savoir ? Le premier venu, peut-être, ou le plus inattendu. Bref, ma mère n'avait certainement qu'une évidence en tête : se débrouiller seule.

Sa sœur Marguerite écrivit à la petite Élina qui, par chance, servait de trait d'union dans la famille, et lui raconta l'affaire en la priant de préparer ses parents à la nouvelle. Je ne sais pas en quels termes la messagère pria le Seigneur de lui venir en aide, mais elle trouva une voie et s'acquitta de sa mission. Le premier émoi passé, le réflexe de ma grand-mère fut de porter secours à sa pauvre Noëlie, mais le grand-père entra dans une grande fureur et jura que, de son vivant, la pécheresse et son bâtard n'entreraient pas sous son toit. Il oubliait seulement que ce toit, pour modeste qu'il fût, venait de ma grand-mère. Celle-ci profita de l'occasion pour le lui rappeler et se soulagea, au passage, d'une montagne de griefs qu'elle refoulait depuis bien des lunes. Puisqu'il était si soucieux de son honneur et de l'opinion des autres, il n'avait qu'à aller chercher son tabac chez les bonnes âmes. Cette petite femme était si courageuse et résolue qu'il changea de ton et se contenta de ronchonner.

Au début du mois de janvier, ma mère prit donc le Paris-Agen, le P.O. de l'époque, dans un wagon sans chauffage, rescapé de la guerre, et descendit au Buisson, pour prendre la correspondance du Bordeaux-Aurillac qui la déposerait à Vézac. Les matins de janvier en Périgord sont toujours brumeux et glacés, et je m'imagine sans peine le tableau de cette frêle jeune fille de vingt ans, frissonnante dans ses pauvres habits et s'efforçant de réchauffer, dans le hall ouvert à tout vent de cette halte de campagne, un nourrisson de deux mois. Après une escale de trois heures, c'était l'horaire immuable, elle embarqua dans le convoi de chars à bancs tiré par une locomotive antédiluvienne, qu'on appelait le train de Sarlat. Elle débarqua deux heures plus tard à Vézac et dut attendre la fin de l'après-midi pour voir arriver l'autobus de Domme, un châssis Renault bricolé en fourgon de troupe avec deux rangées de bancs, qui faisait deux fois par jour, à 5 heures du matin et à 4 heures du soir, la liaison Domme-Vézac. À la nuit tombante, elle parvint aux quatre routes de Cénac où l'attendaient sa mère et sa sœur. Elle fit, à pied, les derniers 800 mètres et entra dans la pièce unique de la maisonnette des Landes, où brillaient un grand feu et la lampe à pétrole à abat-jour de porcelaine. Un lit chauffé au moine et une soupe épaisse l'attendaient. Ce retour au bercail était si pitoyable que j'ai su, bien plus tard, par ma tante que ma pauvre mère avait pleuré en silence pendant plus de trois jours. Heureusement, la rudesse paysanne ne s'accommode pas des pleurs, il faut accepter son destin et faire face, c'est ce qu'elle fit ; elle resterait en Périgord jusqu'à mon sevrage, me laisserait à la maison et repartirait gagner sa vie à Paris.

Comme elle avait beaucoup de lait, on songea, pour gagner un peu d'argent, à lui adjoindre un autre nourrisson, mais finalement, ma grand-mère s'y opposa. À l'automne suivant, on jugea que j'avais bien « profité » et que ma mère pouvait se libérer ; elle repartit pour la capitale et je ne la revis presque plus. Elle revint pourtant, pendant les quelques années qui suivirent, passer pendant chaque été une quinzaine de jours à mes côtés, mais j'étais trop petit et trop peu attaché à elle pour m'en souvenir. Il ne me reste que quelques images et quelques sensations qui remontent à mes trois ans. Celles d'une jeune femme un peu étrangère qui sentait bon et qui me berçait sur ses genoux en fredonnant un air que je suis parvenu à identifier tant il m'avait frappé : une rengaine des années 1920 ou 1921, « Au ciel brûlant d'Andalousie, le soleil luit ». L'hiver suivant, elle revint encore pour quelques jours, mais elle prit froid dans l'impitoyable gare du Buisson et attrapa une pleurésie, le fameux « puresi ». C'était peut-être un retour de grippe espagnole, cette terrible épidémie qui avait ravagé l'Europe dans les années qui suivirent la guerre, ou bien les premières atteintes de la tuberculose. Le fait est qu'elle repartit malade et qu'elle dut abandonner, quelques mois plus tard, son travail.

Elle revint aux Landes et s'alita ; le Dr Roux, qui avait une grande barbe noire, et bientôt le Dr Franc, son ancien patron, assisté de son gendre, vinrent à son chevet. Petit marmot de quatre ans, on ne me laissait pas approcher d'elle. Un matin pourtant, ma grand-mère vint me prendre dans mon lit à la première heure et me porta vers la malade. Je revois avec une grande netteté son visage émacié et ses grands yeux noirs pleins de larmes qui me fixaient ; on m'inclina vers elle pour que je l'embrasse, elle était en transpiration, on me retira vivement, on m'habilla et on me confia à des voisins qui cueillaient les petits pois dans le champ d'à côté. Le soir, quand je revins à la maison, il y avait une grande boîte de bois jaune posée sur trois chaises, deux chandelles brûlaient, et un petit bol d'eau bénite avec une branche de buis était posé sur le couvercle du cercueil où luisait un crucifix. Je ne sais plus si c'est une image réelle ou si je l'ai imaginée, mais il me semble que j'étais resté longtemps éveillé dans la nuit, fixant depuis mon lit, qui était à côté, la flamme immobile des cierges et le dos voûté de ma grand-mère qui égrenait son chapelet. Le lendemain, un voisin, qui avait l'âge de ma mère, vint prendre, avec sa jardinière, le cercueil pour le conduire au cimetière. Quelques personnes, dont ma tante et ma grand-mère, formaient le cortège. Je restais seul, orphelin de tout, en compagnie de mes oies, sans conscience de mon état et sans chagrin.

À partir de cette année-là, pour moi le monde commença à s'élargir et à s'éclairer. Je prenais chaque jour possession de quelques nouveautés, les animaux, les oiseaux, les plantes, herbes et arbres, les pierres, les travaux des champs, le calendrier des saisons. Il faut dire que, par tous les temps, je vivais en plein air, notre maison était si petite que, hormis pour dormir, manger ou s'abriter de la pluie, il était plus agréable de vivre à l'extérieur. Le soleil rythmait toutes nos activités. Dès que le jour filtrait par les fentes de la porte et de la fenêtre, il fallait sauter du lit, fourgonner les quelques braises qui restaient dans les cendres, mettre une ou deux poignées de bois dans le foyer et faire bouillir quelque chose; ensuite l'habitude voulait qu'on jetât un coup d'œil à l'extérieur pour annoncer le temps qu'il faisait et supputer son évolution probable.

Ma grand-mère disposait d'un arsenal de dictons adaptés à cet exercice, qui équivalaient largement aux bulletins techniques de la météorologie moderne, surtout pour les prévisions locales. Quand l'aube est rouge, il vente ou il pleut. Les bancs de brume qui traînent les matins d'été, c'est pour le soir l'orage annoncé ; si c'est l'hiver, c'est la grisaille pour la journée. Si souffle le vent de bas (de l'ouest), c'est la pluie dans tous les cas. Si les poules se grattent avant midi, c'est que le temps tourne à la pluie. Si la chouette chante en plein jour, c'est que la nuit sera venteuse et obscure. Si la lune a le cul dans l'eau, le halo, c'est le mauvais temps pour une semaine, arc-en-ciel du matin, l'eau est en chemin, arc-en-ciel du soir, l'eau se retire chez elle. Alto stratus en longues bandes, les *randas* sur le couchant, c'est un changement de temps en perspective, ciel pommelé, le mauvais temps est passé. Si les lointains sont poudrés de bleu pâle, l'été est stabilisé, si l'air est trop transparent et le soleil trop cru, le beau temps ne durera pas. Quand il pleut à la Saint-Médard, la récolte s'en va d'un quart ; quand il tonne au mois d'avril, tu peux préparer barriques et barils. Mars sec, avril pluvieux et mai ne cessent, le pauvre remplit la caisse (la caisse à blé naturellement). S'il fait soleil le jour de l'an, les noyers auront beaucoup de noix, si le vent du nord souffle le matin des Rameaux, le printemps sera beau mais sec. S'il fait trop chaud vers Pâques et si le vent d'autan se met à souffler, il faut surveiller les semis de fèves qui lèvent trop vite, et années de *faviera* [1], années de misère.

J'ai oublié un grand nombre de ces dictons et je le regrette, car rien n'échappait à l'œil vigilant des paysans, pas plus les variations insensibles des météores, vents, brumes, familles de nuages, pluies, rosées, gelées blanches, neiges persistantes, boues et verglas, que le manège des animaux.

Dès les premiers jours du printemps, il fallait épier la nidification des pies, nids construits à la cime des arbres annonçaient un été calme, sans orages, ni bourrasques, nids sur les basses branches abritées à l'ouest, orages en juin plus que certains. Quand les canards sauvages volent par trois, c'est à coup sûr la fin du froid (ils ont déjà fait leur pariade). Dès qu'a chanté le coucou, au jardin on peut semer tout. Le vol des hirondelles et des martinets était un baromètre commode. En effet, selon la pression atmosphérique et le point de rosée, les nuages d'insectes dont ils se nourrissent sont plus ou moins élevés dans le ciel et sont aussi fiables que la colonne de mercure.

Le passage des oiseaux migrateurs était soigneu-

---

1. Champ de fèves.

sement noté. À vols de retour précoces correspondaient des froids prématurés et rigoureux. L'identification des espèces était pour tous une source inépuisable de conversations, oies sauvages au vol vigoureux et rapide, canards au V ondulant et lourd, cigognes glissant à haute altitude telles des flèches blanches. Ramiers en troupes compactes s'abattant pour gîter le soir dans les châtaigneraies. Étourneaux tournoyants partant pour l'Afrique, cailles, grives. Il était de bon ton de les avoir vus le premier et d'avoir observé tel ou tel comportement qui fournissait matière à de savantes prévisions. Pour étayer leurs prédictions, les augures allaient puiser de nouveaux arguments dans le monde botanique : la forme des bourgeons, l'épaisseur de la bourre et de la cire, les sarments qui pleurent, les glands qui tombent.

Après le commentaire météorologique, on faisait le café ; le vieux moulin avait écrasé une poignée de grains bien torréfiés et luisants de café le Planteur que le caïffa avait grillé dans la semaine, on ajoutait une poignée de chicorée Leroux, torréfiée à Orchies, là-haut dans le Nord, on mettait le tout dans la cafetière de terre vernissée et on versait l'eau bouillante que l'on puisait avec une louche dans le petit pot de fonte qui chauffait sur le feu. Le café était ensuite versé dans de grands bols où l'on trempait une tranche de pain rassis coupée au chanteau : la tourte de pain qui reposait dans le grand tiroir de la table. Dans les périodes fastes, on ajoutait une pellicule de rillettes d'oie ou de cochon ou quelques reliefs du repas de la veille. Quand la journée s'annonçait rude, on préparait un tourain : on essuyait une poêle avec grand soin, on y laissait tomber une cuillerée de graisse d'oie, on faisait revenir à feu doux de l'ail, de l'oignon et du persil, on ajoutait une pincée de farine et une tomate à la saison, après quelques minutes de cuisson, on ajoutait une casserole d'eau bouillante, on salait et on poivrait. Vingt minutes plus tard, on versait le contenu de la poêle dans la soupière, sur un lot de tailles de pain très fines, le tourain était prêt. Cette potion magique, renforcée par une bonne rasade de vin versée dans l'assiette chaude, avait la vertu de donner des forces pour la journée entière.

Dehors, le jour triste ou guilleret, pluvieux, brumeux ou ensoleillé était définitivement établi ; il fallait s'activer sans perdre de temps, ouvrir le poulailler, préparer la première pâtée du cochon avec des raves, des choux fourragers, des topinambours, des pommes de terre ou des betteraves. On accrochait à la crémaillère la grande oule, on faisait cuire à grand feu, et quand la cuisson était jugée suffisante, on allait verser un bon seau de cette pâture dans l'auge de pierre du cochon. Le *moussur* se précipitait avec des grognements enthousiastes et lapait la pâtée avec des flacs-flacs gloutons suivis de succions délicieuses. Selon la saison, il fallait tailler la mangeaille des oies et des canards. Des orties blanches fraîches, des feuilles de salade montée, des fanes de betteraves. On les coupait au couteau en lamelles très fines et on les assaisonnait de deux ou trois poignées de farine de maïs. Pour les canards plus voraces, on ramassait de petits escargots le long du chemin, ou l'on bêchait les abords du tas de fumier, riche en gros lombrics rouges que se disputaient les canetons.

Il y avait aussi les lapins, enfouis dans la paille de leur clapier qui attendaient, le nez frémissant derrière le grillage, la venue d'une brassée de ravenelles, de géranium Robert, de feuilles de choux ou de grandes carottes blanches. Les moutons bêlaient par habitude en attendant leur sortie pour le pacage au début de l'après-midi. Entretemps, ma grand-mère et ma tante devaient tenir la maison, cuisiner, laver le linge, rassembler le bois, aller chercher l'eau à la fontaine, bêcher le jardin, sarcler les légumes, faire les courses, tricoter et garder le troupeau.

Dès que je pus me tenir debout et marcher

librement, je fus mis à contribution. Noël ! va me chercher du bois, du persil, de la salade, des pommes de terre, de l'herbe pour les lapins. Noël ! surveille les poules pour qu'elles n'aillent pas dans le champ fraîchement ensemencé du voisin, fais attention aux oies, balaye devant la porte et, dès que je fus en âge de porter un cruchon : Noël ! va chercher de l'eau, ne traîne pas en chemin et fais attention de ne pas tomber. Je n'ai jamais compris la gravité de ces chutes, quand je tombais, je me relevais tout simplement, parfois avec un genou couronné, une main éraflée, mais avec un peu de salive et une feuille de menthe champêtre, *lou graoutzol,* la douleur disparaissait ; d'ailleurs, je ne pleurais jamais, c'était défendu, et si je hoquetais parfois un sanglot pour le plaisir de me faire plaindre, à tout hasard, on se moquait de moi en chantant : « *Caramela de mouli tanto pura, tanto ri* », et on me faisait honte de n'être pas un homme.

Cette fontaine que j'ai déjà décrite, la fontaine du Bos, était située à sept cents ou huit cents mètres de la maison. On y accédait par le chemin vicinal jusqu'à la croix du Bos et par l'ancienne voie romaine qui monte jusqu'aux Combes, au cap de La Garde et à Sarlat. J'ai fait si souvent le trajet que chaque pierre, chaque bosse, chaque ornière, chaque détail des murailles riveraines se sont, pour toujours, gravés dans ma mémoire.

Très tôt, la corvée de l'eau fut pour moi l'occasion de m'évader dans un monde amical et fabuleux. Je connaissais toutes les touffes de ronces, celles qui avaient de grosses mûres bien noires en automne, deux ou trois pieds d'une vieille vigne qui donnaient encore quelques grappes, pour moi seul, tous les trous de lézard du parcours, ceux dont les occupants se chauffaient au soleil en été et chassaient les insectes au printemps, les grosses araignées tagenaires qui tapissaient leur repaire en forme de tube d'une toile soyeuse, et les épeires qui tendaient des fils pleins de perles de rosée dans les matins d'automne. Je connaissais tous les buissons où les oiseaux dissimulaient leur nid, ceux du pinson et du moineau, petites merveilles de tissage, celui du verdier. Le trou de la mésange, la coupe grossière du merle et le jas de la perdrix. Je surveillais discrètement les pontes, sans jamais toucher aux petits œufs blancs tachetés de gris, blanc crème ponctué de bleu, ni à la moindre brindille autour du nid, car la pondeuse aurait pu abandonner sa couvée si elle s'était sentie découverte. J'en avais eu de nombreux exemples. Habituellement, ce petit monde voletait, poussait ses roulades pour signaler son territoire, je les reconnaissais au chant, et, parfois, à la fin du printemps, quand la nuit tombait, je m'asseyais au bord du chemin pour écouter les trilles douces et mélancoliques du rossignol.

Il ne se lassait pas de raconter la mésaventure qui lui était arrivée, une nuit de printemps où il s'était endormi sur un pampre de vigne dont les vrilles lui avaient emprisonné les pattes. « *Li tornoray pu, pu, pu, su lo rama dé lo vit.* » (Je n'y reviendrai plus, plus, plus, sur la rame de la vigne.)

Il y avait également le beau chardonneret, *lou cordil*, un joyeux drille, grand amateur des graines de rave que les maîtresses de maison faisaient sécher à leur fenêtre. Il les narguait avec des roulades insolentes : « *Cordillo bordillo, milliard de diu, lou té mintzoraï, Marie, lou rava, milladiu.* » (Cardinal de broutille, je te la mangerai, Marie, la graine de rave, mille dieux.) Et la grosse alouette, *lou coutreliou*, qui se moquait des semeurs : « Trie, trie, trie, hep ! » et leur volait les graines derrière le dos.

Je savais quand les couples se formaient et quand je ne voyais plus que les mâles, une chenille ou une graine au bec, fonçant vers les buissons, j'étais sûr que la femelle couvait et qu'il ne fallait pas la déranger. Trois semaines plus tard, les nids étaient bordés de petits becs ouverts sur des gorges rosées, et la ronde inquiète des parents s'accélérait à mon approche. Il se passait encore une semaine et puis, un matin, tout était vide. Quelques coquilles brisées, quelques touffes de plumes s'accrochaient encore aux brindilles et tout allait désormais se disperser au vent jusqu'à l'année prochaine.

Si je respectais avec tant d'égards la gent ailée, je faisais une exception pour les pies et les grives. La tradition voulait que la pie soit un animal nuisible et la grive une dévastatrice de vignobles, il fallait donc dénicher la première et capturer la seconde, au début de l'hiver, à l'aide de tuiles de pierres plates soutenues par des baguettes de bois en équilibre appelées « quatre de chiffre ». Si, dans mes premières années, j'étais trop petit pour grimper au sommet des arbres où la pimpante Margot installait ses aires de branchages, je me rabattais sur les pièges que je dissimulais sous les genévriers pour attraper les grives, bien grasses et dodues, dès la fin de l'automne. J'en rapportais toujours quelques-unes à ma grand-mère qui trouvait cela très naturel et me reprochait presque d'être un mauvais chasseur. Il faut dire que le grand nombre de fois où je trouvais le *tendilh* vide, alors que les traces de plumes ou de sang ne laissaient aucun doute sur la réalité d'une prise, résultait d'une rude concurrence. Les chats, les chiens errants, les braconniers en maraude et même les voisins se chargeaient, en effet, de profiter de mes talents de piégeur sans la moindre vergogne. Le dénichage des pies ne vint que plus tard, quand je fus autorisé à fréquenter l'école. L'instituteur donnait cinquante centimes par œuf aux élèves qui lui apportaient le fruit de leur cueillette. De quoi rendre la chasse attrayante.

Je ne sais pourquoi, j'étais moins attiré par les quadrupèdes, la sauvagine, comme on l'appelait, que par les oiseaux et les insectes. Le blaireau, *le tais,* le furet, le renard, la fouine, la belette, le putois, la martre et autres saigneurs de poules m'impressionnaient, je les jugeais dangereux, fourbes, trop malins et difficiles à affronter. Ma grand-mère n'avait de considération que pour le renard et un respect effrayé pour le loup, le reste ne valait que des coups de fourche. Les ruses qu'elle prêtait au goupil me semblaient trop belles pour être vraies. « Une fois, disait-elle, c'était à Cantegrel, notre poulailler était un peu à l'écart de la grange et les poules étaient enfermées chaque soir dans une hutte ronde à toit de pierre. Au petit matin, j'allai ouvrir la porte pour les faire sortir dans l'enclos où j'avais jeté du grain, mais rien ne bougea ; intriguée, je pénétrai dans la cabane et je vis un carnage de volailles et de plumes et le renard inerte, couché au milieu des cadavres. Je me précipitai et le saisis à deux mains par la peau du cou, je le soulevai, il avait les pattes ballantes, la tête affaissée et la langue pendante. “ Ah ! coquin, lui dis-je, tu as attrapé une indigestion et maintenant tu es crevé, c'est bien fait pour toi. ” Je sortis avec mon fardeau et j'appelai ton grand-père. “ Marc ! viens voir, le renard a massacré nos poules ! Mais je l'ai trouvé raide mort. ” Le pauvre homme arriva et je jettai la dépouille du compère à ses pieds. Mal m'en avait pris : il avait à peine touché le sol qu'il bondissait sur ses pattes et détalait vers la forêt. »

Une autre fois, les hommes avaient décidé d'en finir avec un renard qui écumait les parages, mais on ne savait pas très bien où il se terrait. Les uns pensaient que c'était dans une grotte de Mas-Robert, les autres l'avaient vu entrer dans une caune sous Pech-Sorbier. Bref, on décida de constituer une véritable armada et de passer le pays au peigne fin. À midi, malgré les fouilles les plus risquées dans les taillis et les ronciers insondables, la troupe se retrouva bredouille sur la terrasse du vieux château de Labrot. On forma les faisceaux, les musettes s'ouvrirent, les bouteilles de vin rouge, les tranches d'enchaud et de saucisson apparurent ; la pitance calée par le pouce sur le quignon de pain et le couteau dans la main droite, les chasseurs prirent un peu de bon temps. Tout à coup, l'un d'eux s'écria : « Nom de Diu, de nom de Diu, le renard, le renard ! » C'était lui, en effet, qui passait posément entre les faisceaux de fusils et les chasseurs. Le temps de se lever, de courir aux armes, maître goupil avait disparu. On fit des gorges chaudes de cette mésaventure dans toutes les veillées et les hommes, gênés, fourgonnaient le feu pour n'avoir pas l'air d'entendre. Que ne prêtait-on pas encore au renard ! Il paraît que, pour attraper le hérisson qui se met en boule à la moindre alerte, le brigand lui pisse dans les narines pour le faire éternuer et l'amener à se détendre, à moins qu'il ne le pousse d'une patte précautionneuse vers une flaque d'eau ou une mare pour l'obliger à nager. Comme il connaît le courage irréfléchi des jars et des coqs, il capture une poule ou une oie et la tient sans la mordre dans sa gueule pour la faire crier ; attirés par le bruit, les jars et les coqs se précipitent et, d'un coup de croc, il casse le cou de son otage et bondit sur les arrivants.

Quand ma grand-mère avait ainsi illustré les hauts faits du renard, elle passait au loup et, là, le ton de sa voix devenait grave et presque confidentiel comme si la bête noire avait été tapie derrière la porte. Les loups avaient disparu du Périgord à ma naissance, on prétendait que le dernier avait été tué dans les bois de Caudon en 1917. Malgré cette extermination, leur souvenir restait vivace dans la mémoire populaire. La cohabitation, pendant des siècles, avec l'unique fauve de nos campagnes avait imprégné notre culture et alimenté la légende. Malgré les mutations modernes de notre société, les filles rencontrent encore le loup, les enfants sont menacés du loup, on se promène entre chien et loup. Il fait un froid de loup, on a peur du loup, on éprouve une faim de loup et, quand l'hiver est rigoureux, les journaux prétendent que, dans les Cévennes ou les Ardennes, on a vu des loups. Les relations du loup avec ma grand-mère avaient été brèves et bon enfant. Au fond, malgré les frayeurs qu'il donnait, il apparaissait souvent comme un pauvre hère famélique, toujours à la recherche d'une maigre pitance.

Voici d'autres récits dont j'ai gardé le souvenir :

« Une fois, disait mon aïeule, nous étions au Colombier, notre bergerie était adossée à la colline, et la pente était si raide que le toit de lauzes de la bâtisse arrivait jusqu'au sol à l'arrière. C'était au début du mois de mars et les brebis avaient mis bas. L'une d'entre elles avait eu trois petits et en repoussait un, comme il advient souvent quand la mère sait qu'elle n'a pas suffisamment de lait. Le remède est simple : il s'agit, deux fois par jour, d'immobiliser à tour de rôle les nourrices du troupeau et de faire téter l'agneau abandonné. Au bout de trois semaines, il est assez vigoureux pour se débrouiller seul. Mais, dans les premiers jours de sa naissance, il bêle désespérément quand la faim le tenaille. Un soir où j'étais rentrée à la nuit noire pour avoir eu fort à faire dans les champs, j'entendis les plaintes de l'agneau. Je pris une chandelle et j'allais à l'étable. Au moment où j'introduisai la clé pour pousser le verrou, un souffle me balaya le visage et je vis à quelques centimètres de mon nez deux yeux jaunes qui me fixaient. C'était le loup. Attiré par les bêlements venant de la bergerie, il était monté sur le toit et se penchait au-dessus de la porte pour voir ce qui se passait. Mon sang ne fit qu'un tour, je lui jetai la chandelle sur le mufle et je m'enfuis en hurlant vers la maison. Quand je rentrai, haletante, dans la cuisine, toute la famille me demanda ce qui m'arrivait. Je dis que je m'étais trouvée nez à nez avec le loup... personne ne me crut, et on plaisanta longtemps sur mes relations nocturnes particulières. »

Un autre morceau de bravoure avait trait à la mésaventure de son neveu Charles, dit l'Adrien. Quand il était enfant, ses parents habitaient à Jouanasse, de l'autre côté de la forêt de Groslejac, dans une ferme isolée au fond des bois. À huit ans, on l'avait, par acquis de conscience, envoyé pour une saison à l'école de Domme, « le temps d'apprendre à lire et à compter avant d'être placé », disait le Toinou, son pauvre père. Le sentier s'étirait sur six kilomètres au cœur de la futaie et c'était un rude exercice pour les petites jambes de l'Adrien que de faire deux fois par jour ce trajet. En hiver, la nuit le surprenait toujours en chemin et il marchait le plus vite possible entre les troncs fantomatiques qui semblaient autant de monstres prêts à le saisir. Comme les loups étaient nombreux dans les parages, sa mère lui avait recommandé, en cas de mauvaise rencontre, de ne pas trébucher ni tomber. Les loups sont toujours méfiants devant l'être vertical, disait-elle, tant que tu es debout, tu ne risques rien, mais si tu te retrouves à quatre pattes, ils te sautent dessus comme sur un chiot ou un agneau. Un soir de décembre, alors que le crépuscule gagnait et qu'il se hâtait vers Jouanasse, il entendit un bruit de feuilles sèches faiblement froissées derrière lui ; il se retourna : c'était le loup, un gros loup à la forte encolure qui le suivait à quelques mètres. Le pauvret crut sa dernière heure venue, mais il se rappela le conseil de sa mère et prit grand soin de ne pas trébucher ; il avança ainsi pendant trois kilomètres avec le trottinement léger du loup sur ses talons. Heureusement, la lune s'était levée et il voyait nettement les creux et les bosses du sentier, ce qui lui évita la chute. À un quart d'heure de l'arrivée, le loup renifla la trace d'un chevreuil ou d'un sanglier sans doute, prit subitement cette piste et disparut dans le bois.

L'Adrien s'en tira avec une jaunisse. Le lendemain, il dut reprendre le chemin de l'école, mais il ne rencontra plus jamais le loup. Il eut donc tout loisir de sacrifier à son passe-temps favori, qui était la cueillette des champignons. À la bonne saison, il arrivait toujours à Domme avec quelques brochettes de cèpes, de girolles ou de morilles, qu'il vendait dans les auberges pour se procurer un quignon de pain et deux sous de rillettes pour son déjeuner. Un matin, des gendarmes facétieux l'arrêtèrent et firent mine de le conduire en prison pour avoir été trouvé en possession de gros cèpes destinés, disaient-ils, à être des porte-graines officiels. Le pauvre Adrien pleura si fort que la maréchaussée, attendrie, lui acheta sa récolte au prix fort et lui procura quelques douceurs. Ce dernier incident fâcheux le découragea de la forêt, des loups, des champignons et de l'école. D'ailleurs, il venait d'avoir neuf ans et son père l'avait déjà placé comme berger dans une ferme de Montmirail.

En somme, ce fameux loup faisait de plus en plus partie de la légende et de moins en moins de la réalité ; on en parlait encore dans les veillées, mais c'était toujours aux absents qu'il s'était manifesté ; on l'accusait d'avoir volé un agneau par-ci, un chien par-là, mais c'était, semble-t-il, pour perpétuer le frisson. Quand ma grand-mère me menaçait d'appeler le loup, je riais sous cape mais j'appréhendais quand même d'en rencontrer un, le soir, en revenant de la fontaine, par exemple.

Trottinant avec mes petits sabots en bois de noyer à travers champs, derrière les moutons et les oies, ou sur le chemin à la recherche de l'eau, des escargots ou des nids, je devais avoir dépassé mes quatre ans lorsque deux événements marquants se produisirent : mon cousin Alain, dont les parents travaillaient à Versailles, vint habiter à la maison et le dirigeable *Dixmude* explosa en Méditerranée.

L'Alain était un garçonnet un peu malingre, qui allait sur ses huit ans et dont la santé était fragile. Il était né en juillet 1914, un mois avant la Grande Guerre, dans des conditions difficiles. À six mois de grossesse, sa mère avait dû être opérée d'un fibrome et c'est par miracle que les chirurgiens avaient laissé le fœtus en place. Il était parvenu à terme, non sans quelques problèmes que les médecins surmontèrent, sans trop y croire, aussi l'appelèrent-ils Moïse, non pas sauvé des eaux, mais du bistouri. Son père était parti à la guerre trois semaines après la naissance et n'en était revenu que cinq ans plus tard. Ma tante Aline était restée cuisinière chez sa patronne, dont le mari et les grands fils étaient également aux armées, et l'avait élevé comme elle avait pu. Le pauvre Alain-Moïse collectionnait toutes les maladies infantiles, rougeole, scarlatine, oreillons, rhumes et bronchites, bref, comme il ne parvenait pas à prendre le dessus dans l'air versaillais, on décida de l'envoyer chez sa grand-mère, en Périgord, où la vie des champs gardait les Georgy en bonne santé depuis des siècles.

L'arrivée de ce garçon bouleversa ma petite existence, les tendresses et les attentions que lui témoignaient ma tante Élina et ma grand-mère me mortifièrent et éveillèrent en moi une sourde jalousie. Privé d'affection maternelle, j'avais reporté sur ces deux femmes mes élans de tendresse. Je me sentais frustré et un peu rejeté, je me repliais dans une solitude farouche, refusant les avances d'Alain-Moïse et les gestes compensatoires de ma petite tante qui jugeait finement de la situation. Mon cousin, toujours affublé d'un cache-nez et d'un gros tricot, se montrait très bienveillant à mon égard et insistait pour m'entraîner dans ses jeux, mais j'étais le plus réservé des partenaires, non pas tant par caprice que par incompatibilité de goûts. Alain était fondamentalement un paysan, il portait dans ses chromosomes vingt quartiers de haute roture et des millénaires de fin savoir champêtre. Il n'avait qu'une ambition, la terre, qu'une passion, le travail des champs. À huit ans, il gérait déjà dans sa tête la ferme qu'il posséderait plus tard. Il ne parlait que de labours, de bœufs, de semailles, il s'efforçait à parler rude comme un laboureur, jurant, sacrant, se montrant brusque et ombrageux pour masquer une sensibilité qu'il avait grande. Il s'échappait souvent de la maison sans rien dire, mais on le retrouvait sans peine, assis dans un sillon, en train d'épier les gestes d'un semeur ou de suivre la charrue d'un laboureur, une main sur les guides de l'attelage et l'autre portant l'aiguillon.

Il m'avait, d'autorité, assigné le rôle de bœuf et de domestique de ferme. Il m'attelait à l'aide de deux ficelles qu'il m'attachait aux épaules à une grande raclette qu'il nommait charrue et me faisait labourer. Il tenait fermement le manche de l'outil et je tirais de toutes mes forces pour le faire avancer dans un concert d'injonctions, allez le rouge, allez le blanc, allez feignant. Il réussissait ainsi à tracer de minuscules sillons si parfaitement imités et si droits que les paysans qui passaient sur le chemin s'arrêtaient toujours pour les contempler en connaisseurs. Ils disaient : « Quel laboureur ça fera, quel coup d'œil, tant mieux, *millo diu* ! La race n'est pas perdue. »

Quand le labour était fini, j'étais dételé, frotté avec un bouchon de paille et conduit à la grange, c'est-à-dire au pied d'un noyer où je recevais une grande brassée d'herbe avec consigne de ne pas bouger et de ruminer en paix. Ces ruminations m'exaspéraient, et je le suppliais de me libérer ; il me changeait alors d'attribution et me transformait en valet de ferme. « Bon ! disait-il, et si nous allions battre le blé ! » Le battage se passait près *du palhé*, la grande meule que constituait la réserve de paille de l'année. La batteuse était la brouette que nous avions retournée. Il faisait passer poignée par poignée la paille entre les deux pieds, tandis que j'actionnais la roue en imitant le ronflement saccadé d'une batteuse.

Après les battages, il y avait les foins, où l'on distinguait le foin proprement dit du regain, *lou bouriou*. L'Alain choisissait un coin de champ ou de prairie et coupait l'herbe avec une vieille faucille en ahanant comme un faucheur et en passant fréquemment la pierre à aiguiser dont il renforçait le son en faisant « jippo-jappo » pour faire plus vrai.

Travailleur médiocre, trop faible et trop payé, à ses dires, pour mon labeur, je devais ratisser la fenaison, faire des andains et rassembler en petites meules *las patôcas*, le fourrage de l'année. Entre quatre et cinq ans, cet emploi du temps harassant me rebutait et je me portais plus que jamais volontaire pour garder les moutons ou les oies. L'Alain voyait dans ce choix la preuve d'une fainéantise congénitale. Tout chez lui était conditionné par l'efficience et le rendement. Les petites fleurs que j'aimais cueillir n'étaient que de l'herbe, les oiseaux, de la sauvagine qui pillait les récoltes, les petites maisons que je découpais au couteau dans les mottes de terre, du temps perdu.

Il allait, Dieu merci ! à l'école, où il n'apprenait guère et me laissait ainsi du temps libre pour rêvasser derrière les brebis ou partager la vie de mes oies à la belle saison. Ma grand-mère avait bien vu la différence entre nous deux et elle éprouvait, je le sentais, une petite préférence pour l'Alain. Celui-là était pleinement de sa race, il se préparait à être un solide cultivateur, un fermier hors pair, sa passion de la terre et son instinct des gestes essentiels l'émerveillaient. « Regardez comme il a le bon "biais" », disait-elle. Elle priait sans doute pour qu'il prenne des couleurs et devienne plus épais et plus fort. Son peu d'appétit pour l'étude la laissait indifférente et quand, à dix ans, il repartit pour Versailles où étaient ses parents, elle pronostiqua qu'il ne tarderait pas à revenir.

Son instinct ne l'avait pas trompée. À peine arrivé à la ville, l'Alain ne cessa de parler à son père et à sa mère de labourages, de pâturages, de cheptel sur pied, de cartonnées de terre et de travaux champêtres. Mon oncle l'Adrien, qui avait échappé au loup sur le chemin de l'école et qui ne cessait de déplorer son peu de savoir personnel, rêvait de faire de son fils unique un employé instruit. Son patron, qui l'estimait beaucoup et tenait à le conserver à son service, lui avait promis de l'aider si nécessaire dans cet honorable dessein. Mais hélas! aucune sirène n'avait de prise sur l'Alain. À l'approche de la puberté, la forte sève des croquants du Périgord avait pris le dessus. Brisant sa chrysalide d'enfant mal venu, il avait brusquement pris de la taille, de la prestance et une force peu commune. Il était bien question maintenant de rêver de bureaucratie citadine, les collines du Sarladais, les landes et les combes l'appelaient de nuit et de jour. L'Alain se consumait de nostalgie et ses parents, qui avaient atteint leur quarante-cinquième année et rêvaient d'une retraite paisible et aisée, finirent par quitter, la mort dans l'âme, leur emploi confortable pour une nouvelle vie de pauvres paysans sans avoir, en Périgord.

Ils engloutirent leurs économies dans l'achat d'une ferme en ruine mal située aux Combes-Basses de La Roque-Gageac, se procurèrent une paire de bœufs, les instruments aratoires indispensables, un mobilier d'occasion, constituèrent un maigre cheptel et trimèrent de l'aube jusqu'au crépuscule en ruinant prématurément leur santé.

L'Alain, lui, était heureux, il labourait tout son saoul en chantant, car il avait une belle voix de baryton qui faisait merveille durant le battage, les labours collectifs des semailles ou les grandes fêtes de l'Église. Il brassait du blé, du tabac, du foin, comptait ses cochons et ses sacs de blé, rentrait chez lui harassé, se retapait d'un bon chabrol et se moquait du reste du monde. Ce monde qui le guettait pourtant et qui, de 1938 à 1945, le prit en otage comme militaire. D'abord en tant que fantassin sans spécialité dans un régiment des frontières, puis comme soldat en avant de la ligne Maginot, enfin, comme prisonnier de guerre en Silésie pendant quatre ans. Durant cette longue absence, ses parents usèrent leurs dernières forces à maintenir la ferme et quand il fut de retour et qu'il eut épousé la brave fiancée qui l'avait attendu selon la tradition, il reprit, comme s'il les avait abandonnés la veille, les mancherons de la charrue. Son père, qui n'avait jamais pu surmonter toutes les séquelles de la guerre de 1914, et sa mère moururent peu de temps après, usés jusqu'à la corde, comme leurs ancêtres. Il réussit à force de travail et de privations à conforter son exploitation, il eut trois enfants, et, à cinquante-quatre ans, une crise cardiaque le terrassa.

Ainsi se déroula, dans la première moitié du XXe siècle, ce destin d'un autre âge. Je lui avais non seulement pardonné sa tyrannie enfantine mais j'en étais venu à admirer son courage, son honnêteté, sa ténacité et, comme disent les muscadins d'aujourd'hui, son authenticité. En réalité, je n'ai jamais cessé de l'aimer comme un frère pour avoir toujours su, au plus profond de moi, qu'il incarnait toutes les vertus de notre interminable lignée d'ancêtres laboureurs. C'était bien lui, en effet, le seul vrai petit-fils de la famille, il l'était doublement par son père et par sa mère, qui étaient deux Georgy cousins germains, il l'était par les Pelissier, les Lasfargues, les Siossac, les Delpech, les Lapoujade, les Murat, tous ces serfs de mainmorte, ces manants aux mains rudes qui, depuis des siècles, grattaient la même terre ingrate aux confins du Périgord noir et du Quercy, entre leurs bois touffus, leurs clairières pierreuses et leurs horizons moutonnants. En avaient-ils vu passer des hordes d'estafiers, de brigands, de soudards de France et d'Angleterre ! Combien de fois avaient-ils dû se réfugier dans leurs futaies profondes, se nourrissant de glands et de châtaignes tandis que flambaient leurs chaumières ? Tout cela s'effaçait désormais dans l'histoire et l'Alain était le dernier témoignage des temps révolus, une dernière poussée des flammes avant l'extinction du foyer. À cinq ans, je comprenais seulement que nous étions différents, je le sentais bien à l'aise dans son nid légitime et moi, un peu canard boiteux. Je dois avouer que je ne pensais jamais à devenir travailleur des champs, même si je prenais plaisir au rythme des saisons, aux rites de la terre, aux manifestations champêtres. J'étais à l'affût de tout ce qui se passait ailleurs.

C'est ainsi qu'au mois de décembre 1923, alors que je venais d'atteindre ma cinquième année, une grande nouvelle se répandit dans le pays. Le dirigeable *Dixmude,* à bord duquel le fils d'un épicier de Cénac était mécanicien, venait de disparaître corps et biens, frappé par la foudre en Méditerranée. Quelques jours plus tard, la mer avait rejeté sur le rivage les corps de quelques officiers et membres d'équipage, mais celui de notre voisin n'avait pas été retrouvé. Tout le monde, journal à l'appui, commentait l'événement, et j'écoutais avec avidité. Pendant plusieurs semaines, alors que je n'avais aucune idée de la mer ni des dirigeables, je voyais une grande chose noire dans le ciel s'embrasant subitement au milieu des éclairs, et des débris incandescents se dispersant dans les airs.

À partir de cet événement, il me sembla que j'étais entré dans un autre monde. Une véritable soif de récits s'empara de moi et je recherchais avec avidité les conversations des hommes qui parlaient interminablement de leur guerre. Leurs souvenirs étaient émaillés de noms de lieux qui se gravaient immédiatement dans ma mémoire. Ils y sont toujours ; de jolis noms de Champagne, de Lorraine ou de Picardie, Verdun ! Naturellement, quel fantassin n'avait pas fait Verdun ? Et le chemin des Dames et la Woëvre, et Hangar-en-Santerre, et Saint-Martin-en-Goële, et Perthes-les-Hurlus et Sainte-Menehould. Il n'y était question que de 75, de crapouillots, de Minenwerfer, de baïonnettes, d'attaques, de contre-attaques, de Boches massacrés et de braves copains perdant leurs tripes. Il y en avait de partout, de Corrèze, *lo pauvré gojat*[1] était de Collonges-la-Rouge, « le pauvre chien » était de Sauveterre-de-Béarn. « Le pauvre bougre » était un Breton de Landivisiau, un Basque du côté de Mauléon, un nommé Delamare de Caudebec-en-Caux où son père était meunier. Où donc étaient ces pays fabuleux ? Peut-être du côté de Valence en Dauphiné, ou de Rochefort en Saintonge dont parlait ma grand-mère. Tout cela devait appartenir au fameux royaume dont elle m'entretenait et qui n'était ni la France ni la République, notions étrangères à sa culture, mais cette patrie des Gaules qui avait été si longtemps dominée par des rois, *lu rey,* dont on parlait de moins en moins depuis quelque temps. Mon grand malheur était de ne savoir pas lire et de n'avoir, de toute façon, aucun livre à la maison. Le bulletin paroissial de ma tante ne m'était d'aucun secours et l'horizon de l'Alain ne dépassait pas la colline d'en face. Celui des voisins était peut-être plus étendu, surtout pour ceux qui avaient fait la guerre, mais personne n'avait le temps de converser avec un gamin de cinq ans.

Quand j'étais seul derrière mes moutons, je me récitais ces noms avec ravissement et, plus tard, quand j'eus appris à lire, je les recherchais patiemment sur les cartes. Cette fascination pour les noms m'est d'ailleurs restée ; est-ce en raison de leur musicalité, de leur étrangeté, de leur charge de rêve ou de cette impression d'appropriation et de pouvoir que donne l'identification d'un lieu ou d'un objet ? À six ans, j'avais subtilisé une carte postale que ma tante avait reçue de Paris. Ce document était si rare et si précieux pour elle que la pauvre fille se demanda toujours où elle avait bien pu l'égarer. La photographie représentait le pavillon japonais de l'Exposition internationale des arts décoratifs de Paris en 1925. Le bâtiment était

1. Apprenti maçon, jeune homme.

quelconque, mais le nom des architectes m'enthousiasmait. Il y a bien longtemps que j'ai adiré cette image et, pourtant, MM. Yamada, Shishigoro, Iwakishi, Tokichi, Shimada et Miyamoto sont, comme au premier jour, plantés dans ma cervelle. La science architecturale de ces inconnus ne m'intéressait pas, c'était le caractère insolite de leur nom et celui de Japon qui m'intriguaient.

Plus tard, au cours de mes voyages, j'ai toujours succombé à la magie des vocables exotiques : Sansané-Mango, Lama-Kara, Abong M'Bang, Bobo Dioulasso, Louang-Prabang, Balik-Papang, Antofagasta. De même, les noms scientifiques des plantes ou des animaux, que je retiens très facilement, procèdent de ces balancements musicaux et du pouvoir d'évasion et de merveilleux qu'ils détiennent.

Bien évidemment, à six ans, je n'avais jamais entendu parler de ces noms fabuleux, mais le Périgord et son voisinage comportaient suffisamment d'appellations curieuses que je captais à travers les conversations pour charmer mes oreilles et exciter mon imagination : Monsampron-Libos, Montastruc-la-Conseillère, Antonne-et-Trigonant, Le Coux-et-Bigarroque, Tocane-Saint-Apre. Non seulement je les gravais dans ma mémoire, mais je les répétais inlassablement. Ma grand-mère s'étonnait de ces exercices et me traitait de *raficou*, c'est-à-dire de jacasseur. De plus, je racontais des histoires à haute voix, ce qui ajoutait à sa perplexité. « Arrête-toi de répéter des paroles sans suite, me grondait-elle, tu me casses la tête. » « Je crois que ce garçon est un peu *sotardas* (demeuré) », confiait-elle attristée autour d'elle.

Mon cousin Alain ne se souciait pas de vocabulaire saugrenu, ni de romans à dormir debout, il parlait peu, se contentant de ponctuer de quelques jurons un patois élémentaire de laboureur. La comparaison était nettement à mon désavantage, aussi je me réfugiais auprès de nos brebis, en toute saison, et auprès de nos oies, pendant le printemps et l'été.

On s'était aperçu très vite de cette prédilection et on en profitait. « Toi ! va-t-en sortir *las oveilha* (les moutons) », me disait-on, ou bien : « Tu ferais mieux d'aller garder les oies. » Ma tante me relayait plus volontiers au premier troupeau qu'au second. Les oies sont plus cabochardes et les jars plus vindicatifs et plus imprévisibles que les brebis laitières et les béliers. Et puis les oies, il faut savoir leur parler ou tout au moins donner l'impression qu'on est compris d'elles. Je leur racontais mes histoires et mes paroles leur convenaient.

Les jars, dont je contrariais régulièrement les initiatives émancipatrices, ne m'en voulaient pas spécialement, ils se contentaient de baisser la tête en sifflant à mon approche, de battre un peu des ailes et de faire mine de me donner un coup de bec. Aucun ne m'a jamais mordu. Les oies sont de grandes caqueteuses, braves filles, en général obéissantes, mais toujours prêtes à montrer leur indépendance. Le troupeau prend paisiblement la route du pâturage. Les jars marchent devant, ces dames derrière, le gardien avec sa longue gaule, ne se doutant de rien, ferme la marche. Le grand jars a pourtant décidé de lui fausser compagnie, il pousse un cri rauque, un seul, et continue à avancer en se dandinant, alors que les femelles se taisent subitement sans marquer d'autre émoi. Tout à coup, le jars pousse un second cri, prend son élan, et tout le troupeau s'envole, à faible hauteur il est vrai, mais va atterrir à cent cinquante ou deux cents mètres plus loin, comme par hasard dans un champ interdit. Si le gardien n'est pas vigilant, il n'a plus qu'à courir pour rattraper ses volatiles qui, l'ayant jugé vulnérable, recommenceront leur facétie à la première occasion. S'il est en revanche très attentif, il se porte à l'avant du troupeau dès le premier cri et brise, au second appel, l'élan du jars en lui barrant le cou avec sa baguette ; c'est le cafouillage, l'envol est raté, les oies referment leurs ailes et cacardent à l'envi. Elles tendent leur cou à ras de terre et gloussent, criaillent, hoquettent et débitent d'interminables tirades de « gan, gan, gan », qui expriment sans doute leur déconvenue.

Voilà donc le troupeau parvenu à pied d'œuvre dans le champ ; s'il s'agit d'une éteule fraîchement moissonnée, tout le monde s'affaire à chercher les épis, chaque découverte provoque un petit « bibibiou » de commentaires, si la cueillette se raréfie, on se rabat sur une petite graminée à inflorescence trifide appelée le *brenil*[1], qui est une nourriture appréciée. Les jars font en sorte que le troupeau ne s'égaille pas, pour mieux assurer sa défense, ils crient à l'approche d'un danger : chien, chasseur ou rapace de grande taille dans le ciel. Cela étant, il faut savoir qu'ils sont toujours prêts à partir en voyage avec leurs compagnes.

Le gardien doit circuler autour de la troupe pour lui parler et passer négligemment sa baguette sur le cou des oies pour leur rappeler que c'est là leur point faible. Il y a toujours dans le troupeau un ou deux individus malvenus, plus petits, plus fragiles que le commun, ils sont appelés les *aguzés*. Un bon gardien doit s'occuper d'eux, leur cueillir une belle glane d'épis, une brassée de trèfle, quelques feuilles de laitue. Ces laissés-pour-compte sont très affectueux. Ils cherchent refuge auprès de leur protecteur et lui font la conversation d'une petite voix flûtée. Quand il bruinait et que j'ouvrais mon parapluie, ils venaient s'abriter près de moi et me contaient mille choses que je faisais semblant de comprendre.

Pitoyable destin que celui de ces oies, pondues en mars, écloses en avril, achetées en mai sous forme d'oisons au duvet jaune verdâtre avec un petit bec de cire havane. Très voraces, il faut les nourrir de

1. Graminée de la famille des *agrostis*.

pâtées, de feuilles de laitue et d'ortie blanche hachées menu et saupoudrées de farine de maïs. Il faut les protéger des pluies fraîches du printemps à la pousse des plumes et des rémiges, sinon elles risquent d'être « morfondues » et de rester bloquées dans leur croissance. Au début de l'automne, ce sont de beaux animaux au plumage gris cendré avec deux pendeloques sous le bec et une panse imposante qui frôle le sol.

Dès la première semaine du mois de novembre, elles sont enfermées à l'étable et ne voient plus le jour. On les gave de maïs matin et soir jusqu'à la Noël, coutume barbare qui consiste à enfoncer dans le gosier de la bête, maintenue entre les genoux, le tuyau d'un entonnoir assez volumineux et de verser à petites poignées le maïs que l'on pousse avec un bâton. Quelques gorgées d'eau aident le grain à descendre. On poursuit l'opération jusqu'à ce que l'œsophage soit rempli jusqu'en haut. À ce régime, l'oie devient obèse au point de ne plus pouvoir marcher. À la Noël, les pauvres bêtes sont saignées avec un couteau effilé, plumées avec soin, passées à la flamme pour brûler les dernières traces de duvet et suspendues deux par deux au plafond de la cuisine. Elles y restent quatre ou cinq jours, le temps de devenir très fermes. Puis, on les ouvre pour retirer le foie, une énorme masse jaune orangé que la fermière pèse et évalue en experte. On les découpe ensuite en quartiers pour faire les confits, les carcasses sont salées et mises dans des terrines de grès. Le reliquat est fondu dans une grande marmite pour en extraire la graisse, les résidus grillés donnent des grillons délicieux.

J'assistais avec mélancolie au dépeçage de mes pauvres oies, que j'aurais même un peu pleurées si l'atmosphère n'avait été à la fête et si je n'avais pas craint de susciter les sarcasmes de la famille. De toute façon, je les avais abandonnées dès la fin du mois d'octobre pour les moutons et, là, j'avais affaire à un autre monde.

Le gardiennage des brebis est beaucoup plus simple que celui des oies. Les ovins sont dociles, toujours en groupe et paissent sans bruit. Une fois le pâturage choisi, le berger peut s'asseoir, allumer un feu si c'est en hiver, tailler une flûte si c'est l'été. Un coup d'œil de temps en temps pour voir si une dérive n'est pas en train de se développer en direction d'un carré de luzerne ou d'un champ de céréales, une incitation au chien si l'on est pourvu de ce précieux auxiliaire et c'est tout, il n'y a plus qu'à attendre l'heure du retour. Le bélier, car il ne saurait y en avoir plusieurs dans un même troupeau, est, malgré son cornage impressionnant, d'un naturel paisible. Toutefois, si un esprit malicieux le taquine ou lui cherche querelle, il peut devenir dangereux par ses attaques foudroyantes et imprévisibles. J'en avais fait de bonne heure l'expérience. J'avais remarqué qu'en donnant à l'animal un coup de poing, même léger, sur sa bosse frontale on déclenchait aussitôt une riposte : il ramassait son élan, se soulevait légèrement des antérieurs et assenait un coup de tête de haut en bas. Si vous renouveliez fréquemment cet exercice, il jugeait que vous étiez un adversaire et vous attaquait violemment à l'improviste. La charge d'un bélier de soixante-dix kilos au terme d'une course d'une vingtaine de mètres est effrayante, mais un simple écart suffit pour l'éviter, car, sa course étant rectiligne, il ne fait que vous frôler et va terminer piteusement sa trajectoire dans le vide à une dizaine de mètres plus loin. Je ne me vantais pas de ces prouesses tauromachiques par crainte de récolter une sévère correction, ma grand-mère ne badinant pas sur l'orthodoxie du métier.

Un jour d'hiver où j'allais garder, avec une vieille voisine, nos moutons rassemblés dans les prairies des bords de la Dordogne, une lubie traversa brusquement la cervelle de mon bélier et le voilà qui fonce comme un bolide sur la brave femme qui marchait tranquillement en tête du troupeau. Elle reçut le choc à la hauteur des fesses et effectua le plus haut vol plané de son existence. Elle poussa de grands cris et prétendit avoir les reins brisés ; elle refusa de bouger jusqu'à ce que quelqu'un lui ait porté secours. Je ne savais que faire ; heureusement, un fermier vint à passer avec sa charrette et se chargea de la victime. Je restai seul avec les moutons ; je les conduisis jusqu'au pâturage et j'attendis, avec une bonne dose d'angoisse, la suite des événements.

Ceux-ci se manifestèrent en la personne de ma tante qui vint aux nouvelles avec un visage sévère. Que s'était-il passé ? La voisine avait déjà alerté la moitié de la commune, elle allait demeurer infirme pour le restant de ses jours. Nous étions les coupables puisque nous hébergions un fauve sanguinaire dans notre troupeau et, de surcroît, puisque nous étions responsables des dégâts, nous serions traînés devant les tribunaux, obligés de vendre la maison et contraints de mendier notre pain sur les routes, et tout ça par ma faute, car on savait que c'était moi, pauvre petit malheureux ! qui avait ensorcelé le bélier avec mes manigances. On m'avait vu l'entraîner à combattre, oh ! je pouvais être fier, etc. Effectivement, j'étais atterré mais je me demandais qui avait bien pu me trahir, l'Alain peut-être, ou une vieille bavarde cherchant des pissenlits. Je me contentais de pleurer en reniflant, convaincu que je serais un jour ou l'autre précipité dans les flammes de l'enfer par Dieu lui-même, que rien n'irritait autant que les attaques de bélier sur le derrière des vieilles femmes. Bien entendu, la bergère eut vite recouvré la santé et je ne fus pas exempté de garder les moutons malgré le danger que je représentais pour l'ordre public.

Je poursuivis donc mes activités et je laissai tranquille le représentant de Jupiter-Amon, que l'on vendit l'année suivante à la foire de Beynac. Au rythme des saisons, je conduisais mes brebis dans toutes les combes, les palènes, les prairies, les éteules où elles cherchaient leur pâture. En hiver, du mois de novembre à la Chandeleur, je prenais mes quartiers au bord de la Dordogne, les eaux étaient hautes et ma récompense était de voir passer les *mayrandous*. C'étaient des bateliers corréziens qui transportaient le *mayran* ou *carassona*, le bois de châtaignier, pour fabriquer les barriques et les échalas des vignes dans le Bordelais. Ils venaient de Beaulieu ou d'Argentat, dans de grands bateaux à fond plat qui pouvaient franchir, aux hautes eaux, tous les rapides et hauts-fonds de la Dordogne. Leur cargaison était arrimée de façon à passer à une trentaine de centimètres sous la voûte de tous les ponts, c'est dire la connaissance qu'il fallait avoir de la crue pour arriver sans encombres jusqu'à Libourne ou à Bordeaux. Chaque convoi pouvait comporter de quatre à cinq bateaux reliés par un cordage ; chaque barque était équipée à l'arrière d'une godille que manœuvrait un gabier, un petit esquif de sauvetage se dandinait à la traîne au gré des remous. Parvenus à destination, les bateliers vendaient bateaux et cargaisons aux négociants du « pays bas » et remontaient par le chemin de fer Bordeaux-Aurillac jusqu'à leurs forêts lointaines. Ce passage, pour bref qu'il fût, me remplissait de joie, je rêvais de voyages et d'aventures. Plus tard, quand je serai grand, je serai peut-être capitaine de *mayrandou*, marchand de bois ou conducteur de ce train que je n'avais jamais vu mais dont on m'avait décrit les rails de métal, la fumée de la machine et le sifflement de la vapeur.

Quand la rivière restait déserte, je cherchais un petit coin abrité du vent, au pied d'un saule ou d'un peuplier, et j'allumais un feu de brindilles. J'avais toujours quelques allumettes en poche, de ces grandes allumettes de contrebande à tête rouge qui s'enflamment lorsqu'on les frotte sur un galet. La possession de ces engins incendiaires étant interdite aux enfants, je prétendais que je les avais trouvées sur le chemin, mais, en réalité, je les avais dérobées dans une grosse boîte dissimulée dans la salière de la cheminée. La fumée de ce feu avait pour conséquence d'attirer l'autre gardienne du troupeau commun qui accourait et s'appropriait le foyer ; si j'étais, selon elle, trop petit pour m'occuper du feu, j'étais, en revanche, assez grand pour aller chercher le bois pour l'alimenter ; j'avais également droit à des remontrances édifiantes sur le comportement des enfants modèles.

À partir de la Chandeleur, les prés étant interdits aux moutons, nous devions nous rabattre sur les collines et les clairières des environs. J'aimais beaucoup ce changement de décor ; l'herbe y était odorante, non seulement le serpolet, le thym, la sauge et la menthe sauvage y embaumaient, mais les genévriers et les lentisques y recelaient des petites baies bleues ou rouges, des nids d'araignées filandières et des insectes colorés. Souvent, les bosquets de chênes verts ou de rouvres hébergeaient des champignons que je ramassais pour le plaisir de contempler leurs cornets jaunes, lie-de-vin ou roses et leur chapeau couleur de châtaigne. Je faisais aussi des chapelets de glands et de fruits sauvages selon la saison. Je cueillais les prunelles après les premières gelées, les pousses de l'églantier pour les sucer, les mûres en octobre, les nèfles, les sorbes et les faines au début de l'hiver. Dans le courant du mois de janvier, je cherchais quelques truffes pour les rapporter à ma grand-mère. Il y avait dans ma zone de pâture un chêne vert, deux ormeaux, quelques souches d'une vieille vigne et une ou deux touffes de chênes rabougris qui recelaient les précieux tubercules. Comme je n'avais ni chien ni cochon dressés pour les trouver, je les dépistais à la mouche. Le mycélium de la truffe brûle les herbes au-dessus de lui, si bien que l'emplacement du champignon est toujours dégagé. Il s'agit donc, aux premiers rayons du soleil, quand la gelée blanche commence à fondre, de passer la main à quelques centimètres du sol pour voir s'envoler une petite mouche dite truffigène. Cet insecte se pose au-dessus de l'asque enfoui du champignon, il n'y a qu'à creuser de quelques centimètres au point d'envol pour mettre au jour la truffe. Cette petite boule grise et grumeleuse au parfum si subtil était brossée avec soin, fendue en son milieu, glissée entre les deux lobes des foies gras, émincée dans une omelette ou cuite sous la cendre du foyer. Il y avait aussi d'anciennes carrières de pierres envahies par les ronces que j'explorais. Les calcaires jaunes du Sarladais sont pleins de fissures et de cavités que les renards, les blaireaux, les lapins et les fouines habitent; ce petit monde laisse des traces qu'il est amusant de déchiffrer. Enfin, les poches d'argile sont nombreuses et fournissaient un matériau excellent pour le modelage. J'appris très vite et spontanément à façonner des petits sabots en glaise, jaune pour le corps et rouge pour la batte.

Un ou deux ans plus tard, quand j'eus entrevu la collection de figurines que modelait une artiste, Mme Mazet de Domme, je me lançai dans la figuration des animaux et des personnages. Je les faisais sécher, sous un auvent de rocher, à l'abri des regards près du chemin du Bos. C'était en quelque sorte mon sanctuaire; il dominait la plaine, était orienté au midi, et je pouvais surveiller mes moutons sans peine tout en bricolant. Un jour, en rejoignant mon atelier-observatoire, je vis une petite automobile jaune arrêtée sur le sentier derrière un buisson. Il n'y avait personne aux environs et cela m'intrigua; je fis un détour pour rejoindre ma cachette et découvris un petit monsieur, vêtu d'un vieil imperméable blanc, qui avait installé un chevalet sur l'auvent rocheux et peignait le paysage. Je fus surpris, et j'allai m'enfuir quand le peintre m'aperçut et m'interpella en patois. « Oh! petit, n'aie pas peur, viens ici! » Il avait un bon sourire sous son vieux chapeau de toile, je m'approchai et je vis à ses pieds quelques-unes de mes œuvres. « Dis donc, me dit-il, c'est toi qui as fait ça ? » Je balbutiai qu'effectivement, en gardant mes brebis, je m'amusais comme je pouvais. Il me toisa des pieds à la tête et me demanda : « Qui t'a montré à faire ce travail ? — Personne, monsieur. » Il fit pour lui-même quelques réflexions que je ne compris pas et ajouta : « Continue comme ça et un jour tu seras peut-être un artiste ; veux-tu me donner quelques-unes de tes œuvres ? » — Oh ! vous pouvez toutes les prendre, monsieur, j'en fabriquerai d'autres et puis, vous savez, je ne sais pas quoi en faire. » Il prit trois figurines et une paire de petits sabots et se remit à sa peinture. Il mélangeait des couleurs sur une planchette et les appliquait soigneusement avec une sorte de couteau sur son tableau, c'était si bien fait que je reconnaissais, au fur et à mesure qu'il avançait son travail, le coteau de Fondaumier, en face de nous. Quand je fis la description du vieux monsieur et de sa voiture jaune, on me dit qu'il s'agissait de M. Lucien de Malleville, un peintre de grand talent qui vivait au château de Viviers, près de Cénac. J'ai eu, depuis, l'occasion de m'intéresser à son œuvre, et je crois que nul n'a jamais pu rendre comme il le faisait l'incomparable bleu poudreux et transparent des lointains du Périgord.

III

C'est entre six et sept ans que ma vie franchit un nouveau cap. Non seulement parce que mon entendement et ma mémoire s'élargissaient, mais parce que des situations nouvelles se présentèrent. Tout d'abord, mon cousin Alain alla retrouver ses parents à Versailles et me libéra de son droit d'aînesse, des comparaisons déprimantes dont j'étais l'objet et de l'atmosphère de mauvaise santé qui entourait sa personne fragile. J'étais personnellement bien portant et les médications préventives m'horripilaient. Du coup, l'attention de ma grand-mère et de ma tante se reporta sur moi. « Il faudra lui apprendre ses prières, dit mon aïeule, et le conduire à la messe le dimanche. » « Il faudra songer à l'envoyer à l'école, ajouta ma tante, pour qu'il sache lire et puisse apprendre le catéchisme. » Moïse Angibeau et René Truffeil, deux jeunes voisins de mon âge, savaient déjà leurs quatre opérations. « Ce n'est pas pressé, objecta ma grand-mère, il en saura toujours assez ! Il vaut mieux qu'il soit honnête et travailleur. » Ma tante entreprit donc de me familiariser avec la religion et m'expliqua que tout nous arrive par la volonté de Dieu. Il sait tout, il voit tout, il gouverne tout, il nous a créés, mais nous ne sommes rien qu'un peu de terre, et je pensais à mes statuettes ; il faut lui obéir en toute chose sinon il nous punit. Avec les péchés capitaux passe encore, un bon repentir après la confession et un pasteur miséricordieux suffisent à nous faire pardonner, mais, au-delà, c'est la damnation et les flammes de l'enfer pour l'éternité. Intransigeant sur l'obéissance et implacable dans la sanction finale, Dieu est néanmoins infiniment bon, infiniment aimable et pas rancunier. Après avoir chassé nos ancêtres lointains du paradis terrestre et nous avoir flétris du péché originel pour une histoire de pommes qui ne poussaient pas sur un pommier, mais sur l'arbre de la science du bien et du mal, il s'adoucit et nous envoya le petit Jésus qui est si mignon ; un enfant qu'il avait eu de la Vierge Marie et qu'on mit à mort à trente-trois ans parce qu'il se prétendait Dieu comme son père. Qu'il soit représenté en angelot de cire, en porcelaine ou en sucre, sur la paille entre l'âne et le bœuf, ou en pauvre supplicié sur la croix, il est là pour racheter interminablement ce fameux péché originel que nous n'avons pas trop conscience d'avoir commis.

Bref ! c'était une rude et difficile histoire pour un jeune Périgourdin élevé dans la nature avec des oies, des moutons, le cochon, les canards, le renard, le loup, les oiseaux et les bêtes à bon Dieu. Malgré ma bonne volonté, j'avais du mal à concevoir le paradis terrestre où l'homme ne mangeait rien, sinon des pommes, où le renard contemplait les poules sans y toucher, où le tigre était un pur esprit et le loup jouait à saute-mouton avec les agneaux, et tout à coup, patatras, pour un fait divers mal éclairci, chez le seul ménage d'homme qui existait, voici le Tout-Puissant qui devient rouge de colère, le tigre qui saute à pieds joints sur la chèvre et la dévore, le renard qui se gave de volailles et les enfants du premier couple qui se déchirent et se massacrent. Toute cette aventure mélangée de saints et de saintes, d'évêques toujours saints, de Romains, de Juifs, d'Églises, de protestants, comme ce pauvre pasteur qui devait m'emporter si je n'étais pas sage, soulevait chez moi des vagues de détresse.

Ma tante ne se tirait d'affaire devant mes remarques sacrilèges qu'en me disant : « Tais-toi, tu n'es qu'un petit imbécile, c'est le diable qui te fait parler, fais ton signe de croix, comme ça, pas à l'envers, petit malheureux, et récite tes prières. » Le malheur, pour ces prières, c'est qu'elle me les apprenait en français avec un zeste de latin et que je ne parlais et ne comprenais que le patois. Je récitais donc le *Pater*, l'*Ave Maria*, le *Credo* et le *Confiteor*, appris par cœur, avec titre latin et dans une langue étrangère.

Je mis plusieurs années à comprendre ce que je disais. Tant et si bien que mes oraisons ne déclenchaient dans ma tête que des images stéréotypées, par exemple : Le « Je crois en Dieu » représentait la partie du chemin allant de notre noyer à la croix du Bos. Le « et en Jésus-Christ son fils unique » correspondait à l'ormeau de M. Bouyssou. Le « D'où il viendra pour juger les vivants et les morts » me rappelait la haie de ronces du champ de Martissou. Au « Je crois en l'Église catholique », j'étais parvenu aux deux noyers de M. Angibeau. Avec « La communion des saints et la résurrection de la chair », j'atteignais la croix du Bos. L'*Ave Maria* se déroulait le long de la vigne dite des *Embrenils* entre la route du Bos et la cabane de M. Paulès. Le *Confiteor* allait de la ferme des Landes jusqu'à Mallefont. Quand ma culture fut jugée suffisante, ma tante m'endimancha avec un vieux costume de l'Alain et me conduisit à la messe.

L'église de La Roque-Gageac était à plus de deux kilomètres de notre maison. On s'y rendait par un chemin merveilleux tracé à mi-pente du coteau. Ce sentier était bordé d'un côté par des murailles de pierres sèches qui maintenaient les terres surplombantes, et de l'autre côté était soutenu par des bâtisses qui supportaient la chaussée. Celle-ci avait dû être rempierrée à plusieurs reprises au cours des siècles, mais le sol n'était pas homogène, les ornières étaient profondes à certains endroits, en d'autres, le pavage était saillant, il y avait quelques pentes ravinées par les pluies et des bas-fonds fangeux.

Tout au long du parcours, le coup d'œil était exceptionnel, la vallée de la Dordogne déroulait son ruban sinueux au pied des collines, les hautes falaises blanches et roses des Pendolies et du Pech de Marti pointaient dans leur écrin de verdure. La plaine quadrillée de cultures s'étendait comme un damier savant et là-bas, au tournant de la rivière, devant la haute barrière de La Malartrie, s'incurvait le rocher tutélaire de La Roque-Gageac avec son vieux village blotti à ses pieds. « Tiens ! me disait ma grand-mère, quand on a des choses aussi belles sous les yeux, on ne devrait jamais mourir. » Au bord du chemin, il y avait pourtant le cimetière avec ses trois ou quatre cyprès noirs, un petit cimetière accueillant, avec ses tombes disparates, ses lézards se chauffant au soleil, sa grille rouillée qui gémissait quand on l'ouvrait et ses lierres fureteurs qui devaient, entre les pierres, avoir des relations particulières avec les morts.

Combien de Laroquois y ai-je conduits dans ma carrière ultérieure d'enfant de chœur ! Vieux paysans, antiques aïeules, jeunes femmes mortes en couche ou d'une pleurésie, petits enfants dans leur cercueil minuscule, hommes accidentés dans la force de l'âge. Combien de fois ai-je vu le spectacle de la tombe ouverte dans la terre rouge du piédmont, ou la pierre du caveau déposée près de l'orifice enténébré où l'on devinait les vestiges des morts. J'entends toujours la première motte de terre tombant sur le cercueil déposé par un jeu de cordes au fond de la fosse. Le curé psalmodiait le *Ego sum resurrectio et vita* en brandissant son goupillon qui faisait par intervalle sonner le seau de bronze où il le plongeait. Le silence était oppressant, on n'entendait plus que les soupirs de la famille, le reniflement d'une pleureuse, une toux dans un mouchoir, des aboiements de chien dans le lointain et une bouffée de vent qui émouvait les cyprès. C'est par un jour plein des douceurs mélancoliques de l'automne, quand le soleil est doré et les collines cendrées, quand l'air sent le tabac séché et la feuille de noyer, que je voudrais être conduit en terre, auprès de tous ceux dont je fus le témoin des derniers instants.

Mais il n'y avait pas que le cimetière le long de ce sentier, on y trouvait une garenne, un lavoir où tombait le trop-plein de la fontaine de Font-Réal, des ronciers, des prunelliers, et des arbres fruitiers redevenus sauvages. Il y avait également les cannelles[1] de Saint-James où Guignol remisait ses roulottes, mais je parlerai de lui plus longuement.

Pour le moment, j'allais à la messe avec ma tante qui envisageait de me présenter au curé et à la sœur Marthe, directrice de l'école des sœurs où ma mère avait appris à lire. J'étais très intimidé et même passablement anxieux. Chemin faisant, nous rencontrions d'autres paroissiennes qui disaient, en me tapotant la joue : « Alors comme ça, c'est le Néné, l'enfant de la pauvre Noëlie. Hé hé ! le pauvret, il n'a pas tiré le meilleur numéro lui. Il est sage au moins ? »

Parvenus à l'église, ma tante m'installa sur une chaise à côté d'elle et se mit à chanter des cantiques. Je voyais la chasuble dorée du curé, les deux servants en soutane rouge et surplis blanc, le manège étrange de l'officiant, j'entendais le tintement des carillons, je sentais l'odeur des cierges, je comprenais même que Dieu était descendu du ciel pour assister à la messe, qu'il était caché quelque part mais qu'il n'allait pas tarder à apparaître. Je fus déçu de ne pas le voir. Je rencontrai, en revanche, la sœur Marthe, une virago moustachue à l'air sévère, qui me toisa sans aménité et demanda à ma tante : « Quel âge a-t-il ? Sait-il ses prières ? Il aura pas mal de pénitence à faire ; envoie-le tout de

1. Gargouilles.

suite au catéchisme. » Il me sembla qu'elle sentait le pétrole.

Après la sœur tourière de notre vallée de larmes, je fus conduit chez le curé. C'était un homme grisonnant, au visage émacié, qui boitait beaucoup et semblait malade. Il fleurait la teinture d'iode. Il nous reçut dans la sacristie où il achevait de ranger ses ornements sacerdotaux dans une commode ; les enfants de chœur avaient déjà suspendu au clou leur soutane écarlate et lorgnaient la porte pour s'esquiver. L'abbé Gabriel Arnouil m'embrassa sur le front, dans des remugles de pharmacie, et me demanda en patois si je connaissais le petit Jésus, j'opinai de la tête mais je me gardai bien de répondre, ma tante le ferait pour moi. « Oui, oui, disait-elle. » Je récitais mes prières, j'étais très pieux, j'irai au catéchisme dès la semaine prochaine. « S'il travaille d'une façon exemplaire, remarqua le curé, nous penserons à lui pour être enfant de chœur. » Quand je revins à la maison, ma tante entreprit de conter les hauts faits de la matinée à ma grand-mère, mais celle-ci n'écouta pas et parla d'autre chose.

Le jeudi suivant, je partis pour le catéchisme dès 8 heures, car il me fallait une heure pour atteindre l'église. Je trouvai sur les lieux trois ou quatre garçonnets et quelques fillettes que je ne connaissais pas. Il faut dire qu'en dehors de mes voisins immédiats je n'avais jamais vu personne ; ma grand-mère estimait que les enfants avaient autre chose à faire qu'à s'amuser et elle ne voulait pas que j'aille faire ami avec les deux ou trois bambins des fermes voisines.

Mes compagnons de catéchisme étaient du bourg de La Roque et en tiraient fierté ; ceux qui venaient des landes ou des coteaux faisaient figure d'aborigènes. Ce fut tout de suite le flot des questions qui m'ont poursuivi jusqu'au terme de mon adolescence. « Comment t'appelles-tu ? — Qu'est-ce qu'il fait ton père ? — Je n'en ai pas ! — Et ta mère ? —

Elle est morte. — Tu as des frères ? — Non ! — Alors qui te donne à manger ? — Ma grand-mère ! — Bon, alors tu n'es rien ! — Et tu ne sais pas parler français ? — Non, mais je vais apprendre ! » La catéchiste arriva, c'était une jeune paysanne dont le père avait été tué à la guerre et qui était élevée par les sœurs. Elle parlait le français. « Comment t'appelles-tu ? » — *M'oppeloun Noël* — Les autres, qui entendaient parler le patois toute l'année, se mirent à rire, comme si je m'étais exprimé en javanais. On commença par lire la première page du catéchisme. Qu'est-ce que Dieu ? Dieu est un pur esprit, éternel, infiniment bon, infiniment aimable et souverain seigneur de toutes choses. « Tu as compris ? — Non ! — *Parlen del boun Diu* », me dit ma petite voisine. Oui, ça j'avais compris !

Après cette séquence, on passa à l'histoire sainte et mon interprète, qui s'appelait Yvette, me traduisit au fur et à mesure. Comme les cours avaient commencé depuis plusieurs semaines, Dieu avait déjà créé le monde, le ciel, la Terre, les poissons, les oiseaux, les animaux et l'homme venait d'arriver bon dernier. C'était la félicité pour tous au paradis sauf pour lui ; il s'ennuyait et réclamait une compagne. Le Seigneur venait de lui découper une côtelette et de lui façonner une femme sur mesure : notre grand-mère Ève. À partir de là, je savais déjà ce qui allait se passer bien que ma tante ne m'ait pas tout dit. La catéchiste racontait l'affaire de la pomme comme si elle y avait assisté. « Adam était parti, dit-elle. — Où ? lui demandai-je. — Comment où ? Tu ferais mieux d'écouter au lieu de poser des questions stupides », me répondit-elle en patois. Elle savait donc le patois ! Cette réponse me vexa. Toutes les fois que je voulais aller quelque part, tout le monde me demandait : « Où vas-tu ? » Moi, ça m'intéressait de savoir où il était allé, Adam : pas à la chasse, ni à la pêche puisque ces activités n'avaient pas cours au paradis terrestre, ni chercher du bois pour se chauffer ou faire la cuisine, on ne mangeait évidemment pas de viande, ni de gibier, ni même de pommes de terre, ni travailler vu que personne ne faisait rien, ni pour se promener tout seul, puisqu'il avait une femme bien jolie qu'il avait réclamée au bon Dieu (pour moi, tous les gens amoureux se promenaient tendrement deux par deux), ni, enfin, pour garder les moutons ou les oies puisqu'il ne pouvait pas les vendre ni les manger. Alors ! où était-il allé, hein ? Puisqu'on ne voulait pas me le dire, je n'avais plus qu'à me taire et à écouter. Pour le moment, Ève se promenait dans son jardin, elle devait drôlement s'ennuyer pour aller parler avec un serpent, ma grand-mère n'aurait pas toléré un tel désœuvrement, ni une telle fréquentation et qu'est-ce que c'était que cette couleuvre qui lui demandait de manger une pomme ? A-t-on jamais vu un serpent se faire cueillir des pommes, des œufs, peut-être ! Un bel œuf de poule ou de pintade par exemple, mais une pomme ! Pour Ève qui savait que tout était permis au paradis, sauf embêter les autres et manger des pommes, Adam lui avait certainement tout expliqué, vous pensez bien, il n'y avait qu'une réponse à faire : « Veux-tu t'en aller, sale bête, et me ficher la paix avec la pomme, sinon, je vais le dire au bon Dieu. » Au lieu de ça, elle faisait des façons. Ah ! les pommes, j'aime bien ça, elle en avait donc déjà mangé, mais que va dire Adam ? il va me gronder — lui, la gronder, allons donc ! Il était toujours dans la lune ou dans les nuages, puisqu'il n'avait rien à faire. Alors, elle l'a croquée avec le serpent, cette pomme. Dieu savait bien que ça allait se passer ainsi puisqu'il la surveillait et qu'il a pris une colère à tout casser. Qu'est-ce qu'il était jaloux quand même. Il devait être bien amoureux d'elle, c'était d'ailleurs la première femme qu'il voyait et cela peut se comprendre. Quand on a fabriqué quelque chose, mes petits sabots par exemple, on y tient beaucoup. J'en étais là de mes réflexions, lorsque la Marcelle battit des mains pour annoncer la fin de la leçon et le programme de la prochaine rencontre où l'on parlerait de Caïn et d'Abel, les enfants du serpent.

Sur le chemin du retour, j'étais tout embarbouillé par ces histoires au point de ne pas vérifier, au passage, si le groseillier de la Zoé aurait beaucoup de fruits cette année. C'était un groseillier à maquereau qui portait de grosses baies dorées avec de fines rayures vertes et une épine au sommet. Je l'avais découvert en cherchant des escargots et j'en prélevais clandestinement depuis deux ans la récolte. J'arrivai pour le déjeuner à la maison et on me félicita de ma ponctualité. « De quoi a-t-on parlé ? » demanda ma grand-mère. « D'Adam et d'Ève », lui répondis-je. Elle haussa les épaules et me dit : « C'est encore de belles *jouanes*[1] tout ça ! »

Blague ou pas, je revins au catéchisme la semaine suivante et ainsi de suite jusqu'à l'automne. J'avais fait quelques progrès en français grâce à la catéchiste et à ma tante, et j'utilisais une *lengua franca* pittoresque qui, malgré ses insuffisances, permettait de me faire comprendre.

Mes connaissances religieuses s'étaient considérablement approfondies. Abraham et Jacob, Moïse et Joseph, les prophètes et la terre promise, David et Goliath, Pharaon et Nabuchodonosor n'avaient plus de secrets pour moi. Je trouvais cependant que Dieu le Père, si à cheval sur les pommes et les péchés mortels, était d'une faiblesse insigne avec les Hébreux. De vrais Bohémiens, ces gens-là ; toujours en promenade et prompts à rouspéter. Ils avaient faim, il leur envoyait la manne ; ils se plaignaient encore, il faisait pleuvoir des cailles (entre nous, c'est un oiseau qui piète tout le temps et qui est bien difficile à capturer). Ils avaient soif, il faisait jaillir l'eau du rocher. Ils mettaient partout la pagaille, il leur donnait les tables de la Loi. Bref,

1. De belles blagues.

un favoritisme choquant. Après quoi, ils avaient mis à mort son fils Jésus-Christ, que j'aimais bien avec son bon visage et ses miracles. Lui, il était gentil et plein de simplicité. Il préférait la compagnie des pêcheurs pauvres à qui il achetait du poisson qu'il mangeait avec des hosties, tandis que son cousin Jean-Baptiste, celui qui porte un agneau sur les épaules, se nourrissait de laitues amères, de la rouquette sans doute, et de sauterelles grillées. Le symbole de l'eucharistie et les dogmes m'échappaient grandement, mais les fastes liturgiques me séduisaient, l'odeur de l'encens me grisait et les chants grégoriens me faisaient pleurer.

À la fin de l'été 1925, l'abbé Arnouil fit subir un examen probatoire à la classe de catéchisme. Je me situais dans les tout premiers, devançant même ceux qui connaissaient déjà les quatre opérations, alors que je ne savais toujours pas lire. À l'étonnement général, je ne fus pas admis à faire ma communion privée. J'allais pourtant avoir sept ans au mois de novembre et cet âge de raison est le point de départ obligé d'une bonne existence chrétienne.

On s'interrogea sur mes tares secrètes sans résultat. La vérité était pourtant très simple : le curé avait décidé de me prendre comme enfant de chœur et pour être sûr de mon assiduité future, il me tenait par la première communion.

Ma tante était probablement complice, puisqu'elle décida que, pour être un bon servant de messe, il fallait que j'aille à l'école. Elle alla voir M. Arpaillange, l'instituteur, pour lui annoncer ma venue prochaine à Pâques. Le brave homme se demanda pourquoi je prenais tant de retard mais on lui fit valoir que nous habitions à deux kilomètres et qu'en hiver les jours étaient trop courts et les chemins dangereux. Je passai donc la mauvaise saison à garder les moutons, à ramasser du bois sec dans les garrigues voisines et à me perfectionner dimanches et fêtes chantées dans l'art de servir la messe.

Mon compagnon de soutane écarlate était un garçon de mon âge dont les parents étaient métayers de M. de Tarde à Gageac, à deux pas de l'église. Les Lacour étaient et sont encore une famille importante de la commune, ils appartenaient à l'establishment paysan, comme on dirait aujourd'hui. Raymond avait un frère aîné et des grandes sœurs qui chantaient à l'église. Un oncle adjoint au maire, des cousins embourgeoisés, bref, un pedigree, un nom, une famille. Il était d'une grande gentillesse à mon égard et faisait ce qu'il pouvait pour me faciliter la tâche quand j'étais en retard : ouvrir l'église, sonner les trois coups, allumer les cierges et même me remplacer pour l'introït si je n'arrivais qu'au Kyrie.

L'abbé Arnouil était sévère et bien que je n'aie pas encore célébré ma première communion, il m'obligeait à communier tous les dimanches. Il fallait se confesser le samedi soir, et ne pas pécher jusqu'au lendemain. En ces temps préconciliaires, le diable était à l'affût et traquait les pauvres pénitents : un mot de trop, une envie de soupe aux choux, l'ombre d'une mauvaise pensée, d'une parole, d'une action ou d'une omission et vous sombriez dans le péché mortel, l'âme plus noire que celle de Belzébuth. Le lendemain, il fallait se lever au petit jour, parcourir deux kilomètres l'estomac vide, attendre la fin de la messe pour communier Heureusement, la vieille Mathilde, la mère du curé, une brave paysanne cassée par l'âge, nous attendait, entre deux offices, avec des pains frais, une terrine de rillettes et un bol de lait bien chaud.

J'ai gardé de cette époque un faible prononcé pour les rillettes, assimilées dans mon subconscient au magma originel ou à la source de jouvence. L'estomac bien calé et la hantise du péché mortel écartée, la grand-messe prenait des tonalités fastueuses. Tous les cierges étaient allumés, l'autel était orné de fleurs, la cire chaude et les fumées d'encens entretenaient sous les voûtes une atmosphère de volupté. La nef était pleine de femmes et d'enfants, les hommes perchés sur la tribune, une sorte de balcon intérieur très répandu dans les églises d'Aquitaine et du Pays basque, l'harmonium actionné par la comtesse de Saint-Aulaire chuintait de toutes ses soupapes, l'alto des jeunes filles rivalisait avec le baryton des garçons, le marmonnement des prières provoquait un bourdonnement feutré comme le vibrato des abeilles dans les essaimages de printemps. Le curé montait en chaire et étrillait ses ouailles, trop de laisser-aller, trop de complaisance à l'égard du démon, trop de péchés, trop d'avarice pour le denier du culte, trop d'envie, de paresse et de luxure. Heureusement, les cloches se mettaient à sonner à toute volée, l'offertoire s'estompait dans les grelots du carillon et l'*Ite missa est* irradiait sur les âmes apaisées la béatitude du devoir accompli.

Je galopais deux kilomètres, sur le coup de midi, pour manger un morceau à la maison et je repartais dare-dare par la même voie pour être à temps à l'office des vêpres. Il n'y avait pas grand monde à cette célébration. Les hommes étaient au café, les garçons au football, les filles se promenaient en bandes et les femmes éclusaient, devant leur porte, les fatigues de la semaine. Le curé se vengeait comme il pouvait en faisant durer la cérémonie. *Magnificat. Tantum ergo;* encensements. *Salve regina,* prières d'action de grâce, bref, une heure et demie à deux heures d'oraisons en cascade. En hiver, la nuit noire me surprenait sur le chemin du retour et ma tante avait l'impudence de me demander d'un ton de reproche à l'arrivée : « Où est-ce que tu es allé traîner encore ? »

Heureusement, la semaine sans école me laissait, malgré les moutons, quelques loisirs. Ceux-ci étaient consacrés à la corvée de bois. Nos moyens ne nous permettant d'acheter annuellement qu'un stère de bûches, il fallait donc pourvoir par soi-même à l'approvisionnement en fagots. Dieu merci ! les forêts ne manquent pas en Périgord et le bois sec y est abondant. Les brassées de branchages collectées sous les arbres étaient liées par de fines tiges de coudrier et entreposées à un croisement de sentes forestières pour être enlevées ultérieurement, selon les besoins.

J'aimais beaucoup ce ramassage. La forêt est un domaine merveilleux avec son tapis moelleux de mousses et de feuilles, l'air y est embaumé par les résines et les moisissures, la lumière y est tamisée par les frondaisons et les branches, les troncs d'arbre lisses ou noueux sont autant de piliers d'une cathédrale mystérieuse peuplée de figures étranges, d'oiseaux et d'animaux qui se cachent des hommes. Les champignons s'y multiplient en toutes saisons. Ils naissent loin de tout regard, en une nuit, certains à l'état adulte et d'autres en petits bourgeons, et leur configuration ne change pas. Il est inutile d'en laisser un pour qu'il grandisse, il ne bouge plus une fois qu'il a rencontré l'œil humain. On dirait même qu'ils prennent un malicieux plaisir à vous tromper. Le cèpe reste blotti sous la feuille ou la fougère et, tout à coup, il surgit, royal, avec son chapeau de cuir sombre et sa jambe blanche gainée d'une résille bistre. Les petites girolles sont malicieuses, elles se cachent dans la mousse ou l'humus forestier ; si l'une d'entre elles est découverte, il n'y a plus qu'à écarter les feuilles voisines pour mettre la main sur toute une nichée. Les morilles se dissimulent dans les ronciers humides tandis que les russules noires, ou rouge lie-de-vin, que personne ne ramasse, vous provoquent jusqu'au milieu du sentier. La forêt est pleine de bruits, de gémissements, de cris aigus et lancinants. Des oiseaux au plumage blafard s'envolent brusquement et disparaissent comme des songes, d'autres roucoulent par intervalles, un corbeau en faction au sommet d'un arbre pousse son cri lugubre de vigilance. Un bruit de feuilles froissées attirait parfois mon attention, je me dissimulais derrière un buisson ou une muraille moussue pour en déceler l'origine. C'était messire renard qui se distrayait. Il tournait en rond en poursuivant sa queue touffue, ou faisait mine de combattre une fougère. Il se tapissait, bondissait, roulait les pattes en l'air. Il feignait une grande peur devant un innocent champignon qu'il culbutait ensuite d'un coup de patte. Parfois, j'assistais à l'activité brouillonne d'un écureuil, le plus affairé des rongeurs, toujours en mouvement, prenant une châtaigne, la grignotant puis l'abandonnant pour un gland qu'il emportait on ne sait où, revenant pour chercher la châtaigne, se trompant, ramassant des faînes, montant au sommet d'un arbre, toujours la queue en panache, les mandibules actives et l'œil noir aux aguets. De temps en temps, deux bolides emplumés déferlaient entre les souches avec des cris perçants et des éclairs bleu et vert ; c'étaient deux geais qui réglaient des comptes aussi anciens que leur espèce. Une chouette, réveillée par le vacarme, hululait une protestation et se rendormait.

Quand je disposais d'un après-midi entier, je me dirigeais vers les châtaigneraies de La Curade où je savais qu'un de mes amis travaillait. Ce personnage qui m'était cher s'appelait Chavaroche ; c'était un pauvre hère d'une quarantaine d'années, chargé d'une famille nombreuse, qui gagnait sa vie comme ouvrier agricole saisonnier, aide-cantonnier, carrier, couvreur ou maçon. L'hiver, il faisait les feuillards, c'est-à-dire qu'il coupait les longues perches de châtaigniers qui avaient repoussé sur les souches des coupes antérieures et les débitait en fines lanières pour fabriquer les cerceaux des barriques bordelaises qui ne tolèrent ni les clous ni les cercles de fer. Il choisissait habituellement une petite clairière près de son chantier ; il y construisait une hutte ronde en courbant des gaules de coudrier qu'il recouvrait de copeaux de feuillards, les *abalisques*. Il installait son banc de feuillardier fait d'une poutre inclinée avec deux pieds à l'avant près de la porte et manœuvrait avec une dextérité étonnante son couteau à deux poignées pour fendre, sur toute leur longueur, les perches flexibles de châtaignier.

Il m'avait pris en amitié et me voyait toujours arriver avec plaisir. Je m'installais dans sa hutte où l'on ne pouvait loger que plié en deux ou étendu à plat ventre, je m'allongeais sur un lit de fougère, près d'un petit foyer de braises où chauffait sa gamelle. J'appuyais ma tête sur mes avant-bras devant la porte de la hutte et je lui disais : « Alors ! Chabarrot, tu me racontes une histoire ? » « Je n'en sais plus », me disait-il en faisant mine de chercher dans sa tête. J'attendais le temps qu'il fallait, goûtant la douce chaleur de la cabane et le fumet de soupe aux choux qui s'exhalait de la gamelle. « Ah ! attends, je vais te raconter ce qui m'est arrivé il y a trois ans avec le blaireau de la Sirventie. » C'était parti ! Je n'avais plus qu'à suivre pas à pas le braconnier Chavaroche et le célèbre blaireau toujours insaisissable qui pillait les champs de maïs, les vendanges et les poulaillers de l'arrondissement de Sarlat.

« C'était un matin du mois de juin, commençait-il, à la fleur de l'aube, le temps était bien apaisé et la rosée gouttait de toute part. J'avais pris le chemin du Cap-Long qui court à travers bois jusqu'à la route des Vayssières pour lever quelques collets de lapins que j'avais posés la veille. J'allai atteindre la vigne de Masclat, lorsque j'entends renauder en contrebas du talus, j'écarte les branches, je regarde et qu'est-ce que je vois ? Le Taï, ce brigandard de blaireau qui ravageait le pays et dont plus de vingt battues et un régiment de chiens n'avaient jamais pu venir à bout. Il était là, allongé sur le flanc, une patte arrière prise dans les mâchoires d'un piège. Il avait dû batailler une partie de la nuit, car la terre était toute retournée autour de lui. Quelle bête c'était! La taille d'un porc de deux cents livres. Avec son pelage hérissé, il semblait encore plus gros et, sous ses babines retroussées par la douleur, on voyait ses canines, qui étaient plus grosses qu'un doigt. Je me dis aussitôt : "Que vas-tu faire? Tout dépend de la façon dont il est accroché. Si ça lâche trop tôt, il est capable de te sauter dessus et de t'arracher un bras d'un coup de gueule. Si le piège est attaché avec une chaîne un peu trop longue, il peut avoir assez de champ pour m'empêcher de l'approcher." Je n'avais pas de fourche, ni d'épieu, mais peut-être qu'avec une grosse pierre ou une branche je pourrais l'assommer. Avec une pierre, ce n'est pas si facile, il faut bien viser et avec sa petite tête et sa fourrure épaisse, il est capable d'esquiver ou de supporter le coup. Le bâton devait être solide, sinon il se briserait et comment en couper un qui soit assez fort et assez vert avec mon couteau? Tandis que je le regardais, lui ne me quittait pas des yeux. Et il se disait : "Qu'est-ce qu'il va me faire celui-là, il va me tuer, c'est certain, mais avec quoi? Il n'a pas de fusil, pas de hache, pas de chien, d'ailleurs s'il en avait un, je le lui éventrerais. Lui aussi, je peux lui briser les jambes, surtout qu'il ne les a pas très grosses, alors il faut que je le laisse approcher, je ne vais pas faire le mort, il ne me croirait pas, je vais gémir et râler doucement pour lui donner à entendre que je n'ai plus de force." Moi, je voyais tout ça dans ses yeux et je me disais : "Toi, tu vas faire semblant d'être à l'agonie pour me mettre en confiance, mais je me tiens sur mes gardes. Bien que ta patte saigne, elle n'a pas l'air d'être cassée, alors tu peux courir. Si je vais chercher du renfort, peut-être que tu ne seras plus là, à mon retour." Je restais là, indécis, et lui voyait bien que je ne savais pas quoi faire. Il y avait quelque chose d'humain dans son regard, ce n'était sûrement pas un blaireau comme les autres pour avoir échappé à tant de battues et de chasseurs, il fallait qu'il soit valeureux et bien intelligent. Il devait avoir une nichée nombreuse dans son terrier, quelque part au fond des bois et ce n'est pas facile à nourrir, une grande nichée, j'en savais quelque chose, et je savais également qu'il m'était arrivé plusieurs fois de chaparder moi-même quelques poules pour améliorer la soupe à la maison et, tout d'un coup, je me suis dit : "Tiens ! toi aussi, pauvre bougre, tu as du mal sur cette terre et bien que tu sois un blaireau et moi un homme, nous sommes un peu frères tous les deux. Ne bouge pas, je vais essayer de te délivrer." Je coupai une longue *códra*[1] avec mon couteau et, du haut du talus, je passai le gros bout taillé en biseau entre les mâchoires du piège. Je jurerais qu'il m'avait compris, il ne bougea plus et tout doucement, tandis que je faisais levier, il essayait de faire venir sa patte ; je souquai avec tant de force que je me retrouvai bientôt au pied du talus et à cinquante centimètres de l'animal. Au prix d'un dernier effort, le piège s'entrouvrit et le blaireau se libéra. Je réalisai alors brusquement que j'étais en danger, car il ne s'enfuyait pas. Il se lécha soigneusement la patte, me regarda longuement et partit en boitillant dans les fourrés. Eh bien ! tu ne me croiras pas, mais, je l'ai rencontré, depuis, à deux ou trois reprises et, chaque fois, il s'est arrêté pour me regarder comme s'il voulait me remercier. Cela fait déjà trois ans que ça s'est passé et, depuis cette époque, je n'ai jamais eu un pied de maïs brisé, ni une poule manquante au poulailler. Surtout ne raconte pas cette histoire dans le voisinage, on penserait que c'est une blague alors que c'est la vérité et même si quelqu'un y croyait, il dirait : "Chavaroche est toujours l'imbécile que nous connaissons. Il n'a pas le sens commun." »

Quand l'affaire du blaireau était terminée, il passait à un autre seigneur des bois, le sanglier, par

1. Repousse de châtaignier.

exemple. Bien entendu, il en connaissait plusieurs hordes, une qui traînait dans *les ramberts*, les environs, de Mas-Robert, une autre qui gîtait dans le vallon du Roc-Mezeli. Là, il y avait au moins trois mâles, cinq ou six femelles et des marcassins de deux portées, la dernière battue leur avait fait grand mal, mais cela ne les empêchait pas de défoncer les champs de pommes de terre de Lestevenie et du Sibadal. Lui, Chavaroche, ne les craignait pas et, même, il savait les détourner des cultures. C'est simple, disait-il, le sanglier est très malin, il sait dissimuler sa bauge, il ne sort que la nuit en maraude et quand il se déplace le jour, c'est sur des sentiers connus depuis longtemps et fréquemment explorés. Il connaît tous les endroits où se trouve sa nourriture, les racines sauvages et cultivées, les tubercules, les terres noires à lombrics, les truffières. Il a un odorat très développé et hume toujours le vent, c'est une grande force mais également sa faiblesse. « Quand tu veux protéger ton champ de pommes de terre, tu n'as qu'à mettre, tous les deux jours, quelques bocaux d'urine et des chaussettes bien sales aux quatre coins du terrain. Il y a toujours une brise qui porte l'odeur et lui croit que c'est un chasseur à l'affût et s'en va. C'est surtout par l'odeur de nos pieds quand nous portons des chaussures que les bêtes qui flairent à ras de terre nous repèrent. Tu sauras qu'il vaut mieux pister pieds nus et se laver de temps en temps. » Si l'heure du jour le permettait ou qu'un vol de corneilles vint à passer, il enchaînait sur les corbeaux. C'était à croire qu'il avait été élevé dans une colonie de freux ; il savait quand ils se levaient, quand ils se couchaient, leurs menus saisonniers, leurs amours, leur organisation, leur ruse et il comprenait leur conversation. « Quand un vol a décidé de piller un champ de maïs, disait-il, le guetteur s'installe au sommet d'un arbre et reconnaît les alentours, hommes, femmes, enfants sont repérés ; seuls les premiers sont jugés dangereux, surtout s'ils portent un bâton suspendu au côté ou sous le bras, car ils reconnaissent les fusils. Les autres ne sont que des faiseurs de bruit inoffensifs. Il croasse alors quelques ordres : "Vous pouvez y aller !" Le vol, qui s'était égaillé dans les environs, se lève et s'abat sur le champ ; en un clin d'œil les épis sont plumés à leur sommet. Les gardiens poussent des cris et font du tintamarre. Le guetteur lance un deuxième ordre, la moitié de la troupe s'envole en croassant pour faire croire à une fuite générale, l'autre moitié reste sur place, dissimulée par les tiges encore fournies de feuilles et se gave abondamment. Le vol revient après quelques tournoiements et s'abat à nouveau sur le terrain. Les gardiens reprennent leur vacarme et le guetteur lance un nouvel ordre. Les oiseaux rassasiés prennent leur vol, tandis que ceux qui n'ont pas encore mangé mettent les bouchées doubles. Il n'y a que le bruit du fusil pour mettre un terme à ce manège, et encore faudrait-il plusieurs chasseurs. Quand le maïs est fraîchement semé et que le terrain est encore nu, les corbeaux sont à découvert et se méfient. Il est alors inutile de faire du bruit, il faut tendre quelques ficelles à travers champs en y suspendant plusieurs cadavres de volatiles. Comme tous les oiseaux vivant en colonies, les corbeaux n'aiment pas voir les dépouilles des leurs.

— Mais dis-moi, Chabarrot, comment fais-tu pour les tuer parce qu'à l'affût c'est très difficile ?

— Qui te parle de fusil et d'affût, c'est beaucoup plus simple que tu crois. Le corbeau est très intelligent, mais il a un gros défaut, c'est un gourmand. Tu prends du papier fort, tu fais des cornets, tu enduis l'intérieur de glue, tu sais, des boules de gui écrasées et cuites avec une pincée de farine, tu mets un peu de viande hachée au fond du cornet et tu plantes le tout au milieu du champ. Les corneilles, curieuses de nature, repèrent ces objets insolites, s'approchent, voient la viande, et plaf ! d'un grand coup de bec, elles plongent au fond et la glue leur colle sur les yeux. Elles s'envolent mais sont aveugles et, une fois en l'air, ne peuvent se débarrasser du cornet. Elles tournent, tournent à la verticale et bientôt s'abattent de fatigue ; tu n'as plus qu'à les assommer à coups de bâton et à les suspendre à ton fil. Les autres ont peur, car elles savent qu'elles ne résisteraient pas à la viande si tu en mettais de nouveau. »

Voilà quel était ce merveilleux conteur, dont le théâtre était peuplé de toutes les bêtes de la forêt. Il les aimait à sa façon et les faisait parler selon leur psychologie, qu'il connaissait bien. Ça fait que je me disais... et elle se disait, lui parlait renard ou fouine ou sanglier ou corbeau et eux s'exprimaient en chavaroche. Je devais retrouver bien plus tard cet exceptionnel talent d'observation et d'identification avec tous les acteurs de la nature chez les conteurs africains.

La nuit était sur le point de tomber et je m'inquiétais du peu de fagots que j'avais rassemblés. « Ne te fais pas de mauvais sang, me disait Chavaroche, je connais l'endroit où tu les laisses d'habitude. » Je ne sais pas si c'est lui ou le blaireau qui s'en occupait, mais il y avait toujours au croisement de la sente forestière un véritable bûcher.

L'année 1926 fut à marquer d'une pierre blanche ; le blé et le maïs avaient été abondants, la vigne généreuse, le tabac n'avait pas eu le feu rouge, ni l'oïdium, les pommes de terre avaient bien donné, les cochons s'étaient bien vendus, les noyers avaient porté une belle récolte et les granges étaient pleines de foin.

L'hiver s'annonçait rude, mais les semailles de novembre avaient eu lieu dans de bonnes conditions ; les paysans n'avaient donc qu'à attendre le printemps en toute sérénité, en bricolant à la ferme et en se donnant un peu de bon temps. C'était le moment d'aller voir des parents éloignés, de fréquenter les foires, de traîner dans les cafés le dimanche après s'être fait faire la barbe chez le coiffeur, et d'inviter ses voisins à la veillée.

Cette coutume avait plusieurs avantages : raffermir les liens de la collectivité, parler en commun des affaires de chacun, favoriser les rencontres entre jeunes gens et jeunes filles, papoter de tout et de rien, boire un coup, danser quelques bourrées, commenter de façon plaisante la chronique locale et faire avancer ensemble des travaux fastidieux tels que l'énoisage et l'égrenage du maïs.

Ces trois mois d'hiver-là furent donc riches en manifestations mondaines ; nous fûmes invités dans presque toutes les fermes du voisinage, aux Landes, au Bos, au Pech-de-Milhac, aux Combes, à Mallefond et même à Gaillardou. On m'emmenait pour ne pas me laisser seul à la maison et surtout pour me faire trier les noix auprès des énoiseuses.

Le rituel de ces soirées était immuable. On soupait de bonne heure pour être assez tôt chez le voisin, on fermait la porte et on partait dans la nuit noire ou par clair de lune selon le temps et le calendrier. Dehors, il ventait et faisait froid. Dans la cuisine des hôtes, un grand feu crépitait dans la cheminée, une odeur capiteuse de gaufres, de pommes mûres et de fumée flottait dans l'air, les souhaits de bienvenue s'entrecroisaient, les hommes parlaient avec de gros rires, les femmes s'affairaient autour de la table et du foyer, des assiettes et des ustensiles métalliques s'entrechoquaient. Les uns tiraient des bancs ou des chaises, d'autres apportaient du bois. Les nouveaux arrivants, annoncés par le courant d'air de la porte, se débarrassaient de leurs capotes et lançaient quelques plaisanteries. Deux ou trois sacs de maïs et de noix se devinaient dans l'ombre, une lampe à pétrole à gros abat-jour brillait au plafond, une autre à acétylène, dans le coin de la pièce, jetait une lueur aveuglante. La maîtresse de maison manœuvrait devant le feu les deux branches du fer à gaufre et retirait toutes les minutes une galette dorée et odorante qu'elle empilait dans une corbeille de jonc. « Allez ! il faut goûter mes gaufres ! tant qu'ils sont chauds ! » (En patois périgourdin, les gaufres sont du masculin.) La fille de céans passait la canaste, puis la mère versait entre les mâchoires du gaufrier, préalablement lustrées avec un morceau de lard, une pâte liquide qu'elle puisait avec une louche dans un saladier. Des tintements de verre annonçaient que les hommes buvaient déjà un petit coup.

Peu à peu, la veillée se mettait en place, les énoiseuses calaient une pierre plate sur leurs genoux et, armées d'un maillet de bois, la « tricotte », commençaient à casser les noix d'un coup sec et rapide qui brisait les coques sans léser les cerneaux. Les égreneurs de maïs tiraient les sacs d'épis à eux, disposaient sur leur chaise la reille d'une araire et s'asseyaient dessus de façon à avoir devant eux la longue queue du dental. Ils prenaient alors un épi de maïs à pleine main, l'appliquaient fermement sur une arête de la tige de fer et lui imprimaient un mouvement de rotation qui arrachait tous les grains. Pour ma part, je m'installais à côté du panier où ma grand-mère jetait les noix cassées et je débarrassais les beaux cerneaux ambrés de leurs cloisons internes, *las mejanas*.

Les conversations allaient bon train, les rires également, il y avait toujours un joyeux farceur pour raconter des histoires lestes qui faisaient glousser les femmes et s'esclaffer les hommes. Des récits de revenants... « Vous savez ce qui m'est arrivé l'autre soir ? Ah ! mes pauvres enfants, la plus forte trouille de ma vie. » « Allez, raconte, raconte. » « Il était entre minuit et une heure du matin, je rentrais de La Roque où je m'étais un peu attardé chez le Claou (un des cafés du village), la lune était voilée mais la nuit assez claire. J'arrive en vue du cimetière et j'entends un grincement lugubre comme si on ouvrait lentement le portail rouillé, je m'arrête sous le noyer que vous connaissez et je retiens mon souffle, le grincement s'amplifie et je vois une grande forme voilée de blanc qui sort du cimetière et qui commence à faire un tas de simagrées devant la porte. Je me dis : "C'est un revenant, pourtant les morts ne reviennent guère !" Mais allez faire, quand vous en avez un devant vous, ça vous donne quand même un frisson. J'avais envie de passer car il se faisait tard, mais ce *caramantran* qui dansait sur le chemin me glaçait les sangs. Finalement, je prends mon couteau, je l'ouvre et je m'avance tout doucement, en me disant, mort ou vif, squelette ou pas, je lui fonce dedans. Je lève le bras, la lame au poing pour le frapper et voilà mon fantôme qui se retourne en poussant un grand cri et qui me dit : "Mais c'est toi Éloi ! qu'est-ce que tu fais là ? Tu m'as fait une de ces peurs !" Dites ! c'était la Léonie de chez Brouquet, vous connaissez, *la treplade,* la toquée, qui était venue porter des noix et des gousses d'ail sur la tombe du jeune Desplat, l'instituteur qui est mort l'an dernier. Vous parlez d'une heure pour faire des offrandes. Je lui ai arraché son drap de lit, je lui ai relevé ses cotillons sur la tête et je lui ai administré une de ces fessées dont elle se souviendra. » Tout le monde avait écouté en silence et riait maintenant du dénouement inattendu de l'affaire. « Tu aurais dû la sauter », fit remarquer une grosse voix. « Les hommes, vous êtes tous des cochons », répliqua un timbre fluet.

« Tenez ! à propos de sauterie, dit Bottobiro le maçon, je vais vous raconter l'aventure qui est arrivée récemment à un de mes amis de Monrecours, sur le chemin de Sarlat. Il s'était levé de très bonne heure pour aller à la foire de Gourdon. Il laisse sa femme au lit, attèle son cheval à la jardinière et s'en va ; arrivé à Vitrac bas, il s'aperçoit qu'il avait oublié son portefeuille et fait demi-tour. Il rentre chez lui sans se douter de rien. Sa femme, qui se donnait du bon temps avec le fils du voisin, l'entend monter les escaliers. Le galant à moitié nu ne sait où se mettre et la femme lui dit : "Cache-toi dans la pendule." Un de ces grands meubles d'horloge à balancier qui s'ouvre sur le devant pour le réglage des poids et du mécanisme. Aussitôt dit, aussitôt fait. Le mari rentre dans la chambre, bavarde avec son épouse, parle de son oubli et s'inquiète d'avoir perdu tant de temps. Il se tourne vers la pendule et voit qu'elle est arrêtée : "C'est encore ce sacré balancier qui fait des siennes, dit-il, je vais le relancer." Il se dirige vers l'appareil, ouvre la porte et trouve le beau Camille rencogné dans la boîte. "Tonnerre de Dieu, s'écrit-il, qu'est-ce que tu fabriques là-dedans ! — Oh ! rien, fait l'autre innocent, je, je me promène." » Éclat de rire général, ce n'était même plus la peine de connaître la suite de l'affaire, l'effet était déjà acquis.

D'histoire en histoire, la veillée avance et, tout à coup, le maître de maison frappe des mains. « Allez drôles ! et si on se dérouillait un peu les jambes. » Brouhaha général, les chaises raclent le sol, les sacs et les bassines disparaissent, six bras robustes déplacent la table. Le grand-père, qui surveillait la cuisson des châtaignes dans la grande oule pendue à la crémaillère, ravive le feu. Un domestique musicien et chanteur apparaît avec sa vielle ou sa cabrette et le bal commence. D'abord une bonne bourrée pour se mettre en forme : « Encore il n'est pas jour, c'est la lune qui brille,/Encore il n'est pas jour, c'est la lune d'amour. » Les sabots résonnent sur le sol battu, les doigts claquent, les jupes volent, les hommes le poing sur la hanche fignolent les figures, toutes les femmes dansent et ma grand-mère a retrouvé ses jambes de vingt ans. Après la bourrée, c'est la sautière ou le pelelé, mais là on cède la place aux jeunes.

Ouf ! il faut souffler un peu, on ôte les châtaignes de dessus le feu, on les verse dans une bassine en terre avec les trois coings et les deux raves qui ont cuit avec elles. Les *rufadous*, ces curieux appareils à peler les peaux coriaces des châtaignes, entrent en action, on débouche quelques bouteilles d'un blanc prétendu fameux, on trinque, on mange les marrons fumants, on en fait éclater quelques-uns (les birols) dans les braises et on chante :

Castanha rufado
Un cóp de vi blan
Lo guero es en Franço
Lu biról[1] *lo fan.*

Châtaigne ruffée
Un coup de vin blanc
La guerre est en France
Les birols la font.

Minuit a déjà sonné à la pendule dans laquelle personne ne se cache. Il faut rentrer. On remercie tout le monde de ces bons moments, on endosse les manteaux et on sort dans la nuit glaciale. La lune est déjà à son déclin, des bancs de brouillards diaphanes traînent sur les prairies et les champs que les cristaux de gelée blanche parent d'un scintillement irréel, la terre gelée du chemin résonne sous les clous des sabots. Une rafale d'aboiements mystérieux déferle au pied des falaises, là-bas sous la barre de Domme. Les chats-huants s'émeuvent et hululent longuement dans les bois, ma grand-mère s'arrête, me serre plus fort la main et fait le signe de la croix. « C'est la chasse volante qui passe », me dit-elle. Diane chasseresse vient de découpler sa meute. Nous frissonnons et nous hâtons le pas vers notre chaumière où le moine a maintenu les lits au chaud et où les dernières braises ne sont pas encore éteintes.

L'hiver étendait maintenant sa cape de neige, de

1. Châtaigne grillée sous la cendre.

verglas et de froidure, et le temps de tuer le cochon était venu. Il n'y avait plus qu'à attendre que la lune soit montante pour la bonne conservation du lard et des jambons, et le pauvre *moussur* était extrait de l'étable et conduit au supplice. Dans l'ancien Périgord, le cochon était une institution sociale et la principale source de graisse, de viande et de mangeaille de la famille. Dans les baux de fermage, il faisait partie des paiements en quart, en demi ou en entier, selon la valeur des champs et les accords. Son élevage exigeait un choix préalable délicat, une bonne conformation, de la robustesse, une castration précoce, de la vivacité, une voracité de bon aloi, des soins méticuleux et une alimentation choisie : des pâtées équilibrées de betteraves, de pommes de terre, de topinambours, de verdures, assaisonnées de son de maïs, de blé ou d'orge, mouillées de petit-lait quand il y avait une vache à la maison et d'eau de vaisselle naturelle. Enfin, quelques poignées de châtaignes et de glands crus à la saison lui apportaient un supplément de vitamines. Cette nourriture, cuite dans une grande oule de fonte suspendue à la crémaillère du foyer, était écrasée à la main avant d'être servie à son destinataire. À ce régime correspondait un saindoux blanc et onctueux apte à toutes les cuisines et à la pâtisserie, des viandes tendres et rosées, des jambons rouge foncé et des gammes infinies de spécialités, rôtis salés, saucisses, boudins, enchauds, confits... plus de cent façons, disait-on, d'accommoder jusqu'à la dernière parcelle les restes de cet animal fabuleux.

La mise à mort du *moussur* me remplissait d'une étrange et fascinante panique, ses cris aigus, son refus de la mort, la lame pointue du grand couteau entaillant jusqu'à l'aorte sa gorge pantelante, le bouillonnement du sang, les derniers spasmes de l'agonie m'horrifiaient et m'attiraient à la fois. La masse flasque que l'on ébouillantait dans une maie pour arracher les soies avant le dépeçage, la carcasse béante suspendue à une échelle et écartée par le *cambalou,* un barreau de bois qui facilitait la coagulation des sanies et des lymphes, faisaient naître en moi la panique de la cruauté et de la mort. Mais je n'avais pas le temps de m'attendrir, car il fallait que j'aide à laver les tripes à la rivière dont l'eau glacée me paralysait les doigts, que je gonfle les intestins grattés et rincés pour vérifier s'ils n'étaient pas percés et donc aptes à recevoir, andouilles, boudins, saucisses et saucissons. Je devais alimenter et attiser le feu sous les marmites, nettoyer les bassines, porter la fricassée dans les fermes voisines et m'occuper de la vessie, *la peteiróla,* qui devait être vidée avec soin, insufflée délicatement et suspendue dans une encoignure ombreuse du plafond dans l'attente des lavements futurs dont elle serait la poire à injection idéale. Tous les enfants manquaient ainsi l'école pendant trois jours et quand ils réapparaissaient devant l'instituteur, ils n'avaient qu'à dire pour toute excuse : « On a tué le cochon. » Et c'était suffisant. Car le jour où l'on tuait le cochon était la plus grande fête de l'année.

IV

Cette année-là, les fêtes de Noël bousculèrent mes petites habitudes, le service de l'autel exigeant ma présence à La Roque. D'abord, ce fut ma première messe de minuit. Il me fallut partir bien en avance pour apporter ma contribution aux derniers préparatifs, allumer les lustres, m'assurer que la crèche était prête, sortir les ornements sacerdotaux, remplir les ciboires d'hosties non consacrées en vue de la communion, rassembler la braise pour les encensoirs. À minuit moins le quart, les premiers fidèles firent leur entrée, les hommes endimanchés soufflaient leur lanterne en pénétrant dans l'église, les femmes emmitouflées, flanquées de leurs marmots, se pressaient entre les rangs de chaises, le chœur des filles et les plus belles voix de la commune entouraient l'harmonium que tenait la plus sémillante jeune femme du pays, l'héritière des Pontou du port de Domme. À minuit moins une, le comte de Beaupoil de Saint-Aulaire, ambassadeur de France, châtelain de La Malartrie, suivi de la comtesse née Balny d'Avricourt, de leurs trois filles et de leur grand dadais de fils firent une entrée remarquée et s'installèrent au premier rang sur des chaises de velours rouge. Une minute plus tard, la famille de Tarde arriva et se glissa dans la petite chapelle latérale qui lui était réservée. Un grand oncle, le chanoine Jean Tarde, qui avait été vicaire général de l'évêque de Sarlat, aumônier du roi en 1599 et grand savant de la Renaissance, y avait sa plaque. Dans la nef débordante de monde, je reconnus le visage de ma tante au milieu des gens de notre parage.

L'office commença dans les ors, les chants, la musique et l'éblouissement des lumières ; je servais à gauche en numéro deux. Je ne fus jamais en numéro un à droite, place toujours réservée à mon camarade Raymond Lacour qui bénéficiait d'une haute protection familiale. Peu m'importait d'ailleurs, je tenais un encensoir fumant et une navette d'encens et je savais par cœur, sans les comprendre, tous les répons de la messe en latin. Le *Minuit chrétien* chanté par le Bellaou, marguillier adjoint de son état, fut repris en chœur par l'assistance et provoqua en moi des vibrations profondes.

À la fin de l'office, quand les fidèles se hâtèrent vers les réveillons, je guettai ma tante et les gens des hautes terres pour partir avec eux dans la nuit noire et glacée. De grandes stalactites de glace pendaient aux cannelles de Saint-James et mes sabots ferrés dérapaient sur les plaques de verglas du chemin. Arrivé à la maison vers 2 heures du matin, on me donna un bouillon chaud et je sautai dans mon lit car, à 6 heures, je devais repartir pour la première messe. Je me souviens qu'avant de m'endormir j'avais regardé avec mélancolie les corps durcis de nos huit oies grasses qui se balançaient au-dessus de ma tête au plafond, en attendant leur dépeçage.

Il faisait encore nuit quand je m'éveillai, ma grand-mère était déjà debout et tisonnait le feu pour me préparer un bol de lait. Je remplis mes sabots de braise et, quand ils furent bien chauds, je les vidai de la cendre pour enfoncer mes pieds chaussés de laine. Divin bien-être que ces chaussures brûlantes ! Je bondis sur le chemin et je m'en allai, pauvre Jésus, perdu dans les ténèbres, vers ma lointaine église que ne signalait aucune étoile.

Le jour de Noël était si plein d'offices que je ne rentrai que le soir vers 6 heures à la maison. Huit kilomètres de va-et-vient en vingt-quatre heures par des chemins pierreux et verglacés étaient un rude exercice pour des petites jambes de sept ans, mais qui aurait pu s'en soucier en ces temps de rudesse ?

Le mois d'avril arriva comme une giboulée et l'on me conduisit enfin à l'école. J'avais une bonne année de retard sur tous mes condisciples et l'instituteur s'attaqua tout de suite au problème du français. Il était de la région et parlait bien le patois. Il pouvait donc m'enseigner sans peine. Je savais déjà, grâce aux leçons de ma tante, beaucoup de phrases et même quelques lettres d'alphabet qu'elle m'avait montrées du bout de son aiguille à tricoter. Mon charabia s'affinait de jour en jour... On ne dit pas un *fer lisoir* mais un fer à repasser, un *crostet* mais une tranche de pain, on ne dit pas je l'ai *espouti* mais je l'ai écrasé, on dit j'ai fait une chute, non un *córnabudel*, bref, à la fin du mois de juin, je lisais l'alphabet, je savais compter jusqu'à mille et parler presque aussi bien que ma tante. Ma grand-mère, éblouie par mon savoir, voyait déjà une possibilité de mettre fin à ma scolarité pour m'occuper de choses sérieuses. Outre les connaissances nouvelles qu'elle me procurait, la fréquentation de l'école était pour moi une révolution. D'abord, il y avait des petits amis qui élargissaient considérablement mon cercle de relations. Confiné aux Landes et dans leurs alentours immédiats, je n'avais jamais quitté notre masure, nos moutons, nos oies et le petit monde des champs.

J'ai déjà parlé de l'aversion de ma grand-mère pour le temps perdu et son refus des jeux, des loisirs et de l'infantilisme pouponnier : « Tu as autre chose à faire qu'à perdre ton temps ou à le faire perdre aux autres, tu es sur la terre pour gagner ton pain. » La conséquence était que je ne voyais jamais mes compagnons d'âge et que je vivais seul. Je m'accommodais très bien de la solitude mais la découverte de la vie collective m'ouvrait des horizons.

Chaque matin, à 7 heures, les écoliers des hautes terres passaient sur le chemin et m'appelaient pour que je me joigne à eux. Il y avait des garçons et des filles de six à douze ans, tous champions de la survie en milieu naturel, comme disent les citadins d'aujourd'hui. Lou Catzé et Robert Cluzel étaient des dénicheurs de pies et des piégeurs hors ligne, le Jeantou aurait ramené un panier de fraises ou de prunes d'ente du grand erg oriental. La Claire, une belle fille à l'œil noir, délurée et dynamique, inventait tous les coups à faire. L'aîné des Deuré était plutôt braconnier, il parlait peu et avait toujours l'air de cacher quelque chose. Un matin, il m'apporta un petit geai trouvé au pied d'un nid avec une aile cassée, qu'il avait soigné et habitué à recevoir sa pâture. Il me le remit dans une petite cage qu'il avait tressée avec des joncs : « C'est pour toi », me dit-il, en ayant l'air de penser à autre chose. Je compris que je venais de recevoir un témoignage exceptionnel d'amitié.

Ce volatile portait déjà le nom de Brontolo, c'est-à-dire de galvaudeux un peu bancal, à cause de son aile mal ressoudée qui retombait légèrement. Brontolo ne fit aucune difficulté pour m'adopter, il trottinait toute la journée autour de la maison, jacassant et piaillant selon son humeur, se jetant goulûment sur la nourriture, surveillant avec attention les attitudes et les allées et venues du chat. Parleur comme tous ses congénères, il avait appris à prononcer mon nom et m'appelait à tout propos. Le soir, à la rentrée de l'école, il venait à ma rencontre, il se perchait sur un néflier près de la croix du Bos et, dès que j'apparaissais, il criait : « Noël, Noël ! » et s'installait sur mon sac à dos. Je lui donnais quelques reliefs de mon repas, mes compagnons en faisaient autant et lui se pavanait d'aise sur nos épaules. Brontolo avait une vie privée mystérieuse. Comme il volait mal à cause de son infirmité, il ne s'écartait guère de nos parages. Toutefois, il disparaissait pour quelques jours à certaines époques de l'année et revenait légèrement songeur et déplumé. Je n'ai jamais su où il allait, ni à quels rites propres à la tribu des geais il se livrait. Sa voracité devait, quelques années plus tard, lui être fatale. Un jour d'été, un vieux paysan nommé Pelen passait paisiblement sur le chemin, les pieds nus comme d'habitude. La plante de ses pieds était devenue si dure avec l'âge qu'une large crevasse s'était formée au-dessus du talon à la limite de la peau tendre. La couleur rouge de cette fente attira l'attention de Brontolo qui ne résista pas au plaisir d'y donner un grand coup de bec. Sous la douleur, le pauvre homme ôta son béret béarnais et, le jetant violemment sur l'agresseur, le tua net.

Ce chemin de La Roque que j'ai parcouru si souvent avec mes camarades était devenu un champ de récréation permanente. Nous y jouions à la guerre, aux gendarmes et aux voleurs, aux brigands et aux maraudeurs, dans une liberté totale, loin des contraintes familiales et des conseils de bienséance du curé et de l'instituteur. Il n'y avait aucune différence entre nous, les plus riches partageaient avec les plus pauvres, les plus forts soutenaient les plus faibles. Tous issus du même milieu et confrontés à la même rudesse d'existence, nous étions loyaux et solidaires. Élevés dans la nature, nous avions un ordre moral rigoureux sans état d'âme et sans complexe. Il n'y avait pas de problèmes troubles avec les filles, tout était clair, non seulement quand nous étions petits, ce qui allait de soi, mais également aux approches de la puberté. Nous nous serions battus pour les défendre, car on les respectait déjà comme de futures compagnes.

Il faut dire qu'à la campagne les choses de l'amour et de la procréation étaient si naturelles qu'on ne s'y attardait pas. Tout le monde avait vu les béliers retrousser leurs babines dans le rictus qui précède l'accouplement, les jars couvrir les oies, les coqs sauter sur les poules, les chiens se poursuivre, les verrats gémir voluptueusement pendant des journées entières, les chats aux amours tumultueuses miauler sur les toitures, l'étalon saillir les juments et le taureau les vaches. Il y en avait précisément un à la ferme du Bos, un animal monstrueux qui pesait plus d'une tonne et auquel l'on amenait toutes les vaches des environs. Comme il était très puissant, il fallait maintenir les femelles dans un travail, une sorte de caisse charpentée où l'animal était immobilisé pour ne pas s'agiter indûment et se blesser. Le taureau doit se dresser pour saillir la vache et, dans son excitation, il manque souvent son but, ce qui le trouble et affole sa partenaire. Il faut donc surveiller de près l'opération. La vache a tendance, par réflexe, à rabattre sa queue pour protéger sa vulve. Il convient donc de l'écarter fermement, quand le taureau se dresse, impressionnant avec sa montagne de viande surplombante. Il faut alors saisir son sexe dardé pour le guider jusqu'au bon endroit. L'opération est rapide et demande un certain entraînement, car un pénis de soixante-dix centimètres reste toujours un peu flexible.

Un jour, la plus charmante jeune fille de la commune, dont je tairai le nom, la plus douce, la mieux éduquée, l'élève exemplaire des sœurs, le pilier des œuvres paroissiales, conduisit une des vaches de son père au taureau du Bos ; elle aida à lier sa bête et lui saisit la queue pour l'écarter. Devant le taureau se tenait le Coco, un robuste gaillard de dix-huit ans, domestique de ferme, coureur de bals et grand conteur de gaudrioles. Quand l'animal se dressa, le Coco officia d'une main experte, mais rata l'opération. Le taureau retomba, mugit épouvantablement et recommença. Tout se passa bien. La jeune fille n'avait pas tremblé ; le Coco s'épongea le front et lui dit : « Oh ! Marinette, tu l'as vue, l'immaculée conception. » « Mon Dieu ! qu'il est bête, ce garçon, lui répondit-elle en haussant les épaules ; si un jour on te la tient ainsi, on verra bien si tu feras tant le malin. » Une telle réflexion paraissait sans malice tant le sujet allait de soi. Et quand la vieille Picarde raconta à tout le pays qu'elle avait surpris le jeune facteur faisant l'amour derrière un buisson avec Mme de M..., personne ne s'offusqua. Seuls quelques hommes se demandèrent si ce coquin de facteur avait ôté son sac ou l'avait conservé sur les épaules. C'est qu'il n'a pas le droit de l'enlever, prétendaient-ils, il peut y avoir des valeurs dans le courrier.

V

À la rentrée des classes, le premier octobre 1927, un nouvel instituteur avait été nommé, et il fallut s'habituer au personnage et à ses méthodes. Je dus également renouer les contacts avec les autres élèves, ce qui pourrait paraître surprenant, mais trois mois de vacances avaient rompu les habitudes.

En fait de vacances, l'été était plutôt une période d'intense activité, les enfants des paysans n'allaient ni à la mer ni à la montagne, mais aux champs aux côtés de leurs parents. Les moissons, les battages, l'écimage du tabac, les semis de raves, le gardiennage des animaux, les regains, les vendanges mobilisaient toutes les énergies. Les écoliers retrouvaient le chemin des classes comme une délivrance. Ils étaient tous brûlés par le soleil ; les visages, les jambes et les poignets rouges. Ils avaient du mal à rentrer leurs pieds gonflés dans leurs chaussures. La marche nu-pieds durcit la plante, écarte les orteils, aplatit le pied mais le rend intelligent. Cet organe, habituellement torturé, emprisonné, atrophié, retrouve rapidement sa sensibilité lorsqu'il est à l'air libre. Il distingue le chaud, le froid, le gluant, le glissant, le solide, il tâte la roche, contourne l'épine, le caillou aigu ou tranchant, le tesson de bouteille, couche dans le bon sens les chicots rigides des chaumes de blé ; quand il doit retourner dans ses prisons de cuir ou de bois, il rechigne, quoi de plus naturel ! Les mains s'étaient également durcies pendant l'été, les manches d'outils avaient provoqué des cals protecteurs, la nicotine du tabac vert avait rongé les ongles, les doigts se refermaient mal sur les porte-plume et puis la position assise donnait des fourmis dans les jambes.

Le nouvel instituteur, fils de paysan des contreforts du Quercy, connaissait bien ces problèmes et savait les résoudre. C'était un jeune homme de vingt-cinq ou vingt-six ans, de taille moyenne, aux épaules robustes et au visage fin, qui sortait de l'école normale de Périgueux. Il avait teinté sa foi républicaine, héritée de Jules Ferry, d'un communisme juvénile enfanté au congrès de Tours. Il était dévoué corps et âme à son apostolat et, puisant une part de son inspiration dans l'école émancipée, organe des enseignants socialistes, il voulait appliquer sur le tas une nouvelle pédagogie.

Abel Maradène avait tous les talents, il dessinait avec goût, repoussait le cuivre et l'étain, bricolait les premiers postes de T.S.F., inventait des appareils à apprendre la table de multiplication, ajustait des machines à vapeur miniatures, mettait l'histoire de France en mots croisés, transformait les projections de cinéma Pathé-Baby en méthode d'initiation à la géographie, à la géologie, à l'agriculture. Un personnage extraordinaire, qui, en dehors de son sérieux professionnel, était un bon vivant, plein d'humour et de fantaisie. Il avait participé avec un groupe de joyeux drilles, dans les années de l'immédiate après-guerre, à toutes sortes d'équipées et était l'auteur de quelques blagues restées célèbres dans le pays. C'est ainsi qu'il avait déboulonné le buste du jurisconsulte Jacques de Malleville, corédacteur du code civil, qui orne l'esplanade de la Barre à Domme et l'avait installé sur l'impériale de l'autocar qui faisait la liaison journalière Domme-Vézac. Le voiturier, qui était parti à l'aube, ne s'en était pas aperçu. Le maire, tardivement informé de cette disparition, s'était perdu en conjectures sur les mobiles de cet acte où il voyait une manœuvre de ses ennemis politiques.

La gendarmerie avait fouillé en vain les falaises et les précipices des environs, bref, le canton avait été en émoi jusqu'à ce qu'un quidam s'avise de lever les yeux sur le toit de l'autocar où Malleville parachevait sa formation de jeunesse par les voyages.

Je dois, à la mémoire d'Abel Maradène, maître original et artisan exemplaire de l'enseignement du premier degré, un témoignage de reconnaissance pour tout ce qu'il a fait pour moi. Je lui dois la base de mon savoir, mon attachement indéfectible à la République, mon affection pour les classes laborieuses et le monde rural, l'esprit de tolérance et le culte des vertus humaines. Peut-être parce que j'avais plus de curiosité que la plupart de mes petits camarades, que j'écoutais attentivement ses leçons ou que j'étais le plus déshérité de tous au plan matériel, il m'avait pris rapidement en sympathie. Il me fit obtenir de la commune une petite indemnité pour acheter mes fournitures scolaires et m'accorda une certaine liberté pour que je puisse concilier le service de l'église et la fréquentation de l'école publique. Bien qu'agnostique, il cohabitait harmonieusement avec les instances religieuses, respectant le curé, les bonnes sœurs et la bourgeoisie locale encore férue de privilèges anciens, mais il veillait avec un soin jaloux à ce que je ne tombe pas dans les filets de l'Église. L'abbé Arnouil rêvait sans doute, du fait de ma naissance et de mon dénuement social, de m'attirer vers le séminaire et d'illustrer ainsi son apostolat. Il me parlait du service divin plus que de stricte nécessité et avait même proposé de m'apprendre un peu de latin et de grec. Sœur Marthe faisait sans douceur et sans nuance le siège de ma tante, mais elle ne se risquait pas à affronter ma grand-mère.

L'instituteur, quant à lui, avait vite compris que je n'avais pas de vocation particulière, ce qui lui facilita la tâche.

Ma surdité à l'appel du Seigneur me valut d'être mis un peu à l'écart : pas d'invitation au théâtre de l'école libre, pas d'accès au patronage, pas de collation dans les châteaux, pas de premier poste d'enfant de chœur, pas de pèlerinages à grande distance, sauf celui de Notre-Dame-de-Capelou à quelques kilomètres de Belvès où trois ou quatre services de messes et de vêpres sans fin se succédaient.

Cette journée harassante me procurait heureusement quelques recettes qui dépassaient parfois cinq francs. Je me dédommageais en achetant un énorme chou à la crème et en serrant précieusement mes piécettes dans un vieux porte-monnaie pour assurer mes lendemains.

Cette pression sociale sournoise ne me touchait guère, je n'en étais que plus proche de mes compagnons du chemin creux et des braves gens du plat pays.

Je disposais de plus de temps pour accompagner ma grand-mère dans ses récoltes d'herbes et de fleurs propres à nous guérir de tous les maux. Je pouvais l'interroger plus à loisir sur ses ascendants et l'écouter parler des vertus des plantes et des tisanes de saison.

Elle faisait, de préférence, ses moissons de simples au début de l'été et les étalait sur des claies pour les faire sécher. Ses plantes préférées étaient la regoule, encore appelée *gratto lengo,* qui allège le sang, la gorge, le foie et les reins et convient aux congestionnés — à défaut de regoule, elle utilisait l'ortie blanche, dont la tisane est plus douce mais également efficace comme dépuratif —, la douce-amère, qui est souveraine pour les anémiques, la chicorée sauvage qui décongestionne le foie, la racine de pradèle, qui donne de l'appétit, le bouillon blanc ou *caou d'aze,* qui s'emploie contre l'albumine. Le millepertuis, ou herbe de la Saint-Jean, est un cicatrisant efficace. L'ortie noire écrasée vient rapidement à bout de toutes les plaies. La verveine sauvage, ou herbe des dindons, dissipe les œdèmes. L'immortelle mêlée à l'huile de noix et l'infusion de reine des prés calment la douleur. Le datura fume en cigarettes soigne les asthmatiques ; l'armoise violette, la sabine, la rue et le persil sont des abortifs puissants et sont utilisés aussi bien pour les humains que pour les animaux. La mercuriale, ou *lamberga*, sert habituellement à purger. Le coquelicot est réputé contre la coqueluche ; la lavande, le genièvre, le thym, ou *perpillou*, sont des désinfectants du rhume. La chélidoine enlève les verrues. Il n'est pas mauvais non plus de savoir que la truffe crue, les tubercules d'une orchidée, l'ophris, la menthe poivrée, les oignons et le safran sont de bons aphrodisiaques. Mais de vous à moi, sachez que rien ne vaut l'herbe de « matago » dont personne ne parle mais que tout le monde connaît. Ses propriétés sont exceptionnelles. Elle donne aux garçons le moyen de se faire aimer des filles, une simple feuille glissée dans la poche du tablier de la demoiselle, sans qu'elle le sache, la fera se jeter dans vos bras.

Cette science botanique était autrefois très répandue dans les campagnes et je me souviens que Mme Delteil, la Marie Yzard, la camarade de jeunesse de ma grand-mère qui était devenue institutrice, m'apprit, alors que j'avais dix ou onze ans que : l'*urgou* était l'amarante vulgaire, l'*obrel :* l'onopordon du bon Henri, la *lamberga :* la mercuriale, la regoule : le galium aparine et la *morelle :* le solanum nigrum.

Ma grand-mère utilisait également l'urine, la salive, les pétales de lys trempés dans l'eau-de-vie, la toile d'araignée fraîche et la feuille de plantain écrasée contre les piqûres d'abeille. En cas d'indispositions chez les voisins, j'étais parfois mandé pour porter discrètement à la maîtresse de maison un petit paquet contenant de la fleur de sureau, des queues de cerise ou tout simplement de la camomille ou de la bourrache. Je connaissais donc tous les endroits où poussaient ces herbes miraculeuses et j'avais mission d'en récolter en gardant les moutons ; ces recherches s'étendaient, bien entendu, aux feuilles de noyer, de frêne et de chêne, qui servaient je ne sais plus trop à quoi.

Les connaissances du monde surnaturel que possédait ma grand-mère atteignaient presque les sommets de sa science botanique.

Vouliez-vous avoir des éclaircissements sur les loups-garous ? Mon aïeule en avait bien connu un. Il s'appelait Cluzel, il habitait Labrot ; il avait la particularité de ressembler à tout le monde pendant le jour et à un loup la nuit. Quand ça le prenait, racontait sa femme, la Marie, il partait sans rien dire vers les 9 heures du soir dans une cabane qu'il possédait au-dessus de Mallefond. Il y conservait, dans un recoin nauséabond, une grande peau de loup, écorchée depuis bien des lunes, qu'il mettait sur son dos pour aller courir à travers bois. « Cela me donne bien du tracas, disait la pauvre femme ; j'ai toujours peur qu'il attrape froid, aussi je lui tricote des gilets de laine brute pour mieux le protéger de l'humidité. » Et que faisait cet impénitent noctambule ? Il hantait des clairières et des chemins mal famés en poussant des hurlements sinistres, tantôt debout, tantôt à quatre pattes ; s'il rencontrait un passant, il lui sautait sur le dos et se faisait porter, la malheureuse victime, glacée de frayeur, ne pouvant esquisser un geste de défense. D'autres fois, le loup-garou se postait près des fermes isolées et semait la terreur par ses cris démoniaques.

Ces hurlements étaient restés dans l'oreille de ma grand-mère. « Une nuit de juin, disait-elle, profitant de la pleine lune, vers 3 heures du matin, nous fauchions le grand pré sous Mallefond. J'avais porté une grande soupière de bouillon et du vin aux faucheurs. Il y avait là cinq ou six fermiers des environs dont Cluzel. Nous venions à peine de faire chabrol que ce dernier se leva brusquement comme s'il avait un malaise, bredouilla quelques mots et s'enfuit vers le bois. Les hommes se regardèrent sans rien dire et reprirent leur faux. Quelques instants plus tard, deux "bramades" nous parvinrent de la garrisade, qui nous glacèrent le sang. Les faucheurs activèrent leur rythme et baissèrent un peu plus la tête. "C'est le loup-garou", dit l'un d'eux. » Je ne connais pas les syndromes cliniques de la lycanthropie, mais, qui sait, ce témoignage pourrait peut-être être utile aux spécialistes.

Quand le chapitre du loup-garou était épuisé, on pouvait passer à celui des sorcières, des « Fotzillers » jeteurs de sort, des androgynes et des succubes. Ma grand-mère en avait également connu quelques-uns.

En Périgord, chaque pays avait ses thaumaturges, ses rebouteux, ses druides et ses fées bonnes et mauvaises ; les curés eux-mêmes ne dédaignaient pas certaines pratiques que les évêques faisaient semblant d'ignorer. Le curé de Sagelat, par exemple, était un guérisseur fameux que l'on venait consulter de tout le Sud-Ouest, celui de Doissac tirait le feu, supprimait les fièvres, l'abbé Gouzot de La Roque-Gageac détournait les orages et combien d'autres qui, en plus de l'apiculture et de la soudure des boîtes de conserve, leur passe-temps favori, détenaient des recettes d'onguents et d'embrocations pour le plus grand bonheur de leurs fidèles.

Le sorcier, ou la sorcière, était en quelque sorte le pendant sulfureux du pasteur, ce qui expliquait leur cohabitation pacifique. À La Roque, nous avions la Marie du Poivre, à Domme, Pasquet dit Pipette, à Castelnaud, la Pintoulette, à Calviac, la Coutounette ; Vitrac avait un féticheur : Loufotzillé, et Beynac un rebouteux fameux : le père Brugue.

Pour me protéger de ce réseau d'influences maléfiques, ma grand-mère retournait la poche droite de ma culotte et me recommandait de dire très vite :

« *M'en douti, m'en douti, m'en douti* », si je rencontrais un regard un peu trop appuyé.

À quelque deux cents mètres du chemin creux avait longtemps vécu la Peyroune, un androgyne mystérieux. Elle était morte quelques années auparavant, mais son âme ou son double pouvait encore rôder dans les parages. Cette Peyroune était toujours vêtue en femme mais avait une carrure d'homme, une voix caverneuse, une barbe tenace et une poitrine large et plate ; elle ne parlait que labours et sacs de blé. Elle vivait seule dans une petite masure des Combes basses et se livrait à des sabbats auxquels participait le diable en personne. Plusieurs témoins de qualité avaient vu des lueurs rouges comme des feux follets sur sa toiture, une flamme jaunâtre dans le ciel et avaient rencontré entre chien et loup des gnomes velus et difformes qui rampaient vers sa demeure.

Quand elle mourut, le conseil municipal envoya un médecin, M. de Molènes je crois, pour vérifier si, de par sa nature, cette créature pouvait être enterrée dans le cimetière. Le rapport du praticien laissa tout le monde dans le doute. Ce n'était ni un homme ni une femme. Le curé insista néanmoins pour qu'elle eût une sépulture décente.

Je pense que le monde fabuleux de ma grand-mère n'aurait eu rien à envier à Disneyland. Les phénomènes merveilleux y abondaient : génies, fées, phantasmes, magies. Sur la plaine de Bord, au lieu-dit « le Puits de Sergent », à certaines pleines lunes, un chevalier en armure, chevauchant un étalon fougueux, sortait de terre et se dirigeait vers Turenne où brillait au sommet d'une tour la lampe de sa bien-aimée.

À Fontchopine, près de la falaise du Fort, il y a toujours une caverne où se cachait un de mes ancêtres qui voulait échapper à la conscription napoléonienne vers 1804. Le pauvre garçon trouvait la nuit bien longue dans cette grotte solitaire, il faisait un beau clair de lune sur le ruban de la

Dordogne qui coulait à ses pieds. Il entendait des bruits de battoir, des clapotis, un brouhaha de paroles comme si des lavandières profitaient de la belle nuit pour laver et battre leur linge. Il se dit : « Je vais aller leur tenir compagnie. » Il prit le sentier qui surplombe la rivière et à peine eut-il fait cinquante mètres qu'il vit un cavalier lumineux sur un grand cheval blanc qui battait l'eau de ses sabots et hennissait sourdement ; il s'arrêta, stupéfait, et contempla pendant près d'une heure cet étonnant spectacle sans pouvoir l'expliquer.

Ma grand-mère avait un talent particulier pour évoquer ce monde trouble des esprits et des songes. Les femmes de sa génération avec qui je gardais parfois les brebis contaient également des histoires de revenants, de diable ou de sorciers, mais je n'y prenais pas le même plaisir. Elles ne savaient pas créer l'atmosphère et redoutaient visiblement les forces dont elles parlaient, elles prenaient un ton confidentiel et apeuré, regardaient autour d'elles comme si elles se sentaient épiées et faisaient de-ci, de-là quelques signes de croix exorciseurs. Mon aïeule avait, certes, le même fond superstitieux, mais elle ne croyait pas complètement à ce folklore, un réalisme solide venu du fond des siècles la préservait des délires de l'imagination ; elle n'en conservait que la fantaisie et la poésie. La plupart des hommes d'ailleurs étaient dans son cas, ils ne parlaient pas volontiers du surnaturel, haussaient les épaules et se donnaient des airs affranchis, ce qui ne les empêchait pas de retourner leur poche pour échapper au mauvais œil.

Je dois dire qu'une fois connus ces récits perdaient pour moi beaucoup de leur charme. L'instituteur condamnait si fermement les superstitions et dénonçait avec une telle vigueur les charlatans que je ne pouvais que suivre la pente de mon scepticisme naturel. Dans ma huitième année, je recherchais davantage les récits de voyage et d'aventure, et les expériences personnelles. Mais, dans cette branche, les interlocuteurs étaient rares. Il n'y avait pas de livres à la maison, ni à l'école, en dehors des manuels scolaires. De plus, je n'étais pas encore suffisamment rodé à la lecture pour parcourir un ouvrage entier. Enfin, à qui aurais-je pu l'emprunter ? Mes camarades de classe n'étaient pas mieux lotis que moi et, de toute façon, rien ne les portait à lire, leurs père et mère étaient illettrés ou avaient oublié depuis longtemps le peu qu'ils avaient appris. Par ailleurs, leur expérience du monde ne dépassait pas l'horizon du canton.

Je me rabattis donc sur les marginaux, ceux que les hasards de l'existence avaient transplantés loin de leur patrie et qui, après avoir roulé leur bosse, étaient revenus au pays. C'était des loqueteux, des sortes de parias qu'on utilisait pour les travaux domestiques, mais que l'on ne fréquentait pas ; ils mangeaient à part dans les granges leur écuelle de soupe ou de haricots. Le visage d'un enfant qui venait les trouver en confiance et écoutait avec attention le chapelet de leurs souvenirs les attendrissait.

Le premier que j'avais rencontré était Bessaguet, dit le Péoux (le poisseux) ou le Bagnard, qui avait purgé dix ans de travaux forcés à Cayenne pour un crime de sang et traînait sa vie dans une méchante cabane appartenant à sa famille dans les hauts de Cantegrel. Il était employé comme rempailleur de chaises dans les fermes. Je surveillais ses allées et venues, et quand il avait trouvé un travail dans mes parages, j'inventais un prétexte pour échapper à ma grand-mère et à ma tante, et j'allais le trouver. Il exerçait généralement son art au fond d'une grange entre la coulée du fenil et la mangeoire des bœufs. Il étalait ses bottes de jonc et de tiges de saule autour de lui, posait son couteau, son alène et son aiguille à parer sur un billot de bois et, confortablement assis sur une botte de foin, tressait minutieusement un fond de chaise. Je le saluais : « Bonjour Péoux, c'est moi le Noël, je passais comme ça » et... « Dis donc, coquin, nous nous connaissons bien, et ça fait que, comme ça, tu te promènes ? Alors on n'est plus compagnon de chaîne ? » Il riait, soulevait sa casquette sur ses cheveux hirsutes, lissait sa moustache qui tombait de chaque côté de sa bouche édentée, frottait sa barbe d'une semaine et, se remettant à l'ouvrage, il me disait : « De quoi je t'avais parlé la dernière fois, de Cayenne ou de l'île Royale ? »

Pendant une heure ou deux, selon la crédibilité du motif de mon escapade, je le suivais dans son univers carcéral. Il y avait le bagne puis les corvées à l'extérieur, dans l'Inini par exemple où il retrouvait un semblant de liberté parmi les arbres à pain ; oui, ça s'appelle comme ça, ce ne sont pas des tourtes de pain qu'ils portent mais des gros fruits grenus qu'on fait frire et qu'on mange en tranches. Les palmiers plus hauts que des peupliers. Les cassaves plus volumineuses que les rhizomes d'iris, les bananiers aux feuilles géantes, les ananas quatre fois plus gros que des pignes de pin. Il y avait aussi des oiseaux de toutes les couleurs, des pluies de papillons, des crocodiles, et je me rappelais alors les récits que Tony Chambon faisait à ma grand-mère. « Et les serpents, Péoux, il y en avait beaucoup ? » D'autres fois, il était à l'île du Diable où on l'avait transféré après une crise de paludisme ; il avait failli s'évader avec un camarade, mais, finalement, ils avaient échoué et c'était mieux ainsi parce que les fuyards étaient chassés comme des bêtes par les gardiens et par d'autres bagnards qui, une fois libérés, vendaient sans scrupule les têtes de leurs anciens compagnons.

Je surveillais toujours la porte de la grange, car j'avais peur de voir apparaître la fermière avec une cruche d'eau ou d'autres chaises à rempailler. Elle m'aurait aussitôt dénoncé à ma grand-mère. « Vous savez où je l'ai trouvé, ma pauvre, au fond de la grange avec le Péoux, vous vous imaginez une telle fréquentation pour un enfant ! » Bessaguet comprenait tout ça et veillait au grain avec l'acuité d'un Indien dans une forêt vierge. « Tu peux t'en aller maintenant, me disait-il, je vais faire une diversion du côté de la cuisine pour occuper la patronne. »

Presque à la même époque, je fis la connaissance d'un personnage d'un autre genre, mais non moins pittoresque : l'Ange Gabriel. Il s'appelait en réalité Mazère, il portait une casquette de mécanicien et était charpentier. Natif de La Roque-Gageac, il avait bourlingué dans sa jeunesse entre Bordeaux et le Sénégal sur les bateaux de la compagnie Morel et Prom.

Ces grands huiliers bordelais, qui concentraient entre leurs mains le plus gros du trafic de l'arachide ouest-africain, recrutaient leur personnel navigant en Gironde et en basse et moyenne Dordogne, deux départements séculairement bateliers et tournés vers la mer. L'Ange avait appris la charpenterie de marine à leur bord et vivait toujours de l'exercice de cet art. Les paysans appréciaient son savoir-faire et le bon marché de ses services. « Tiens ! l'Ange, je voudrais refaire la toiture de ma grange. Combien me prendrais-tu ? » « Attends que je vienne jeter un coup d'œil ! » Il venait en effet, mais trois semaines ou six mois plus tard, lorgnait la toiture, tirait quelques plans dans sa tête et disait : « Ce sera deux sacs de blé, un jambon, trois quarterons de pommes de terre et un peu de lard pour faire la soupe. »

De tels marchés, qui ne demandaient aucun argent liquide, enthousiasmaient le cultivateur qui disait spontanément : « J'y ajouterai même de quoi faire chabrol. » Le marché était conclu et l'Ange allait commander les bois nécessaires chez le scieur de long. Celui-ci n'était pas pressé et l'Ange encore moins. Au printemps suivant, le paysan s'inquiétait. « Alors l'Ange, tu viens ou tu ne viens plus ? » « Je ne pense qu'à ça, j'arrive, j'arrive ! » Il débarquait, en effet, le jour suivant sans crier gare, avec ses bois, ses scies, ses varlopes, son marteau, ses ciseaux et son échelle. En un tour de main, les vieilles tuiles étaient déposées, brossées, empilées, les fermes anciennes étaient abattues et les nouveaux arbalétriers tendus vers le ciel. Vers dix heures du matin, alors qu'il façonnait quelques entraits de Jupiter, le vent tournait et soufflait de l'ouest. L'Ange levait son doigt mouillé de salive et diagnostiquait : « Le vent tire du bas, les *acees*, les chevesnes vandoises, vont remonter. » Il abandonnait le travail, prenait sa musette et une gaule qui l'accompagnait toujours sur les chantiers, sautait sur sa bicyclette et partait à la pêche. Il rentrait vers midi avec une pleine musette de poissons blancs frétillants qu'il déversait sur la table de la fermière et préparait la friture. Tout le monde était ravi de cet intermède. Nul mieux que lui ne s'entendait à chauffer à point l'huile dans la poêle, à hacher menu l'ail et le persil, à mesurer la pointe de vinaigre. Le fermier débouchait la bouteille de blanc et si la sieste avait été bonne, on pouvait, avant le couchant, revoir l'Ange sur la toiture. Il avait entre autres talents celui de jouer de la cornemuse et s'exerçait les soirs d'été sur le revers du talus du chemin, derrière notre maison. Il avait en effet élu domicile dans une ferme voisine momentanément inoccupée, ce qui me permettait de le rencontrer facilement, puisque la distance était courte et le travail du jour terminé.

Au cours de ces soirées merveilleuses où le ciel transparent est criblé d'étoiles et où l'odeur des herbes et des fleurs s'alourdit, il me racontait ses voyages et m'enseignait les constellations. « Cette étoile brillante, c'est le *Luo* : Vénus ; l'orangée sur l'horizon, c'est Mars. La fleur de carotte là-haut, c'est Orion. La petite rouge là-bas, c'est l'étoile polaire, tu mesures cinq doigts derrière les roues du chariot de l'Ourse et tu la trouves toujours au rendez-vous. Elle sert à guider les navires parce qu'elle ne bouge pas. Cette faucille à l'envers avec une aigrette au bout du manche, c'est le Scorpion. Plus on descend dans le Midi, plus elle monte dans le ciel. Quand tu es sur les côtes d'Afrique, tu en vois monter une autre, la Croix du Sud, qui penche un peu à gauche. » Après cet exercice cosmographique, il racontait ses voyages. « Une fois, dans le golfe de Gascogne, je naviguais sur le *Cap blanc*, une tempête de suroît nous attrape par babord, une vague déferlante nous arrache le gouvernail, le bateau commence à tourner comme un fou, le capitaine appelle les charpentiers et leur dit : " Si vous ne réparez pas tout de suite, nous sommes perdus ! " On m'attache à un bout pour aller voir ce qui restait du safran, la poupe plongeait tellement que je disparaissais sous la mer. » Je ne comprenais rien à ces safrans, à ces aiguillots, à cette poupe mais je voyais l'Ange planant dans les airs et plongeant dans les eaux comme un brochet pris à la ligne. Je me rappelle seulement qu'il avait réussi à bricoler un safran de fortune et qu'à la suite de cet exploit le capitaine avait rendu hommage aux charpentiers de marine sans qui l'homme serait toujours resté accroché au rivage comme un escargot en hibernation.

Une autre fois, nous avions déjà atteint les îles Canaries et nous nous apprêtions à doubler le pic de Ténériffe, lorsque l'Ange me demanda à brûle-pourpoint : « S'il fait vent, dans quel sens va la fumée ? — Dans le sens du vent pardi ! » J'avais allumé assez de petits feux pour connaître cette règle. « Eh bien ! détrompe-toi ! Aux Canaries, la fumée va dans le sens contraire, la fumée du volcan va au sud quand le vent souffle vers le nord. » Je refusais de le croire et j'avais tort car, s'il ignorait l'existence du contre-alizé, il avait sur moi l'avantage d'en avoir observé les effets.

Les descriptions du Sénégal faites par l'Ange dépassaient toutes les leçons de géographie que pouvait imaginer l'instituteur. De toute façon, on n'apprenait, à l'école primaire, que la géographie de la France et un peu celle de l'Europe. Au Sénégal, un pays plus sec que le causse, tout le monde était noir. Je n'avais jamais vu de Nègre et, en dehors du Roi mage qui portait la myrrhe et l'encens à l'Enfant Jésus, je n'en avais même pas entendu parler. « Ce sont des gens comme nous, ajoutait l'Ange, seulement ils vivent tout nus ou en chemise. Ils ont des chameaux qui portent les arachides et beaucoup de chèvres et de moutons. Ils ne sont pas plus voleurs que d'autres, mais ils aiment tout ce qui brille, les perles, l'or, l'argent et les toiles bigarrées, alors les Blancs en profitent pour leur vendre leur camelote. Ils ont comme nous des sorciers, mais les leurs jouent du tambour. Je ne crois pas qu'ils pourraient vivre longtemps dans nos pays, ils font toujours la sieste et le froid les fait tousser. »

Pour conclure ses récits, l'Ange jouait quelques airs de cornemuse puis allait se coucher ; je rentrais à la maison la tête pleine d'étoiles, de navires et de Nègres en chemise qui gardaient des moutons et des chèvres. Quelques années plus tard, un matin glacial du mois de janvier, l'Ange ne parut pas ; on alla frapper à la porte de sa chambre, il ne répondit pas ; on força la serrure, il était mort de froid dans son lit.

Le Péoux et l'Ange étaient des interlocuteurs exotiques exceptionnels qui égrenaient leurs souvenirs avec plaisir et presque avec reconnaissance pour l'unique auditeur qu'ils avaient dans le pays ; les paysans méprisaient ces *barloques*, ces dégoiseurs de fadaises, et mes camarades les tenaient pour de simples fainéants, des *pellans* [1] et des ivrognes.

Je dois dire que je n'étais pas loin de partager leur opinion en ce qui concernait deux autres

1. Ruffians.

personnages qui rôdaient sur le chemin. Il s'agissait de deux mendiants professionnels du canton. Le premier, un nommé Sarlat que l'on appelait « le roi de Castelnaud », était un vieillard bancroche et estropié qui traînait sa besace de ferme en ferme pour glaner quelques croûtes de pain, un morceau de lard, une poignée de noix ou une pomme. Il clopinait à demi cassé, avec un lourd bâton à la main, couchant dans les fenils ou dans les étables et ne répondant aux salutations que par quelques grognements. Parfois, quand il passait devant notre maison à l'heure du déjeuner, ma grand-mère me déléguait pour lui offrir une assiette de soupe. Je l'interpellais : « Oh ! Sarlat, arrêtez-vous, on veut vous donner quelque chose à manger, asseyez-vous là sur cette pierre ». Il grommelait, posait sa besace et obtempérait. J'allais chercher sa soupe où plongeait une grande cuillère d'étain et je la lui tendais. Il mangeait par longues lapées, rotait bruyamment et me rendait l'assiette en bougonnant : « Dieu vous le rendra », puis reprenait sa route.

Le second était un curieux personnage, quasi muet, de haute taille avec une grande barbe blanche hirsute, des cheveux en mèches grisâtres qui s'échappaient d'un vieux chapeau de toile informe. Sous ses sourcils broussailleux, on devinait deux yeux clairs à l'air égaré. Il était toujours habillé d'une antique redingote usée et lustrée de crasse, ouverte sur un vestige de gilet de laine ; son pantalon était sans forme ni couleur. Il portait également des guêtres sur ses chaussures éculées et s'aidait d'un bâton noueux. On l'appelait M. de Saint-Ours et c'était, en fait, son vrai nom. Il descendait de François de Saint-Ours, seigneur de la Bourlie, qui avait pris la ville de Belvès par trahison en 1577. Ce sinistre estafier avait été accueilli dans la cité parce qu'il se disait catholique ; une fois dans les murs avec sa troupe, il s'était proclamé protestant et avait fait poignarder, malgré ses promesses de vie sauve, tous ceux qui avaient manifesté contre sa traîtrise. Le comte de Saint-Ours qui mendiait sur les grands chemins appartenait à cette famille ; c'était un homme très érudit, licencié en théologie, ancien propriétaire du château de Griffoul, mais homme d'affaires malheureux. Après avoir tenté de développer plusieurs industries dans les anciennes carrières au pied de son château, il avait fait faillite. Des querelles de famille, des créanciers avides et je ne sais quelles autres calamités l'avaient complètement ruiné. Ses biens avaient été saisis et il avait pris son bâton et ses besaces pour aller mendier sur les routes. À celui-là ma grand-mère ne donnait rien, peut-être parce qu'il n'était pas de son monde, le curé feignait de l'ignorer et je crois que les châteaux rejetaient ce failli, ce traître scandaleux. Je ne crois pas avoir rencontré ce personnage plus de trois ou quatre fois sur mon chemin, et, comme je savais qu'il ne me prêterait aucune attention, je ne le saluai pas. Je ne pouvais toutefois m'empêcher d'éprouver devant lui une sorte de malaise comme devant un gouffre inconnu où aurait reposé quelque trésor gardé par des dragons. Un jour d'hiver, car c'est toujours en hiver que succombent les malheureux, ma petite amie Claire me dit : « Tu sais, M. de Saint-Ours, ma mère vient de le trouver mort dans la grange. »

Si mes camarades d'école ne partageaient pas mon penchant pour les parlotes avec les disgraciés, nous communions, en revanche, à l'unanimité dans une curiosité admirative pour Guignol.

Ce paysan saltimbanque et voyageur nous intriguait ou plutôt nous fascinait. C'était le grand-père de deux ou trois de nos compagnons. Bien qu'habitant depuis longtemps le village, il était étranger au pays. D'où venait-il ? Nul ne le savait ! Certains disaient qu'il était originaire du Lot-et-Garonne et, parce qu'il s'appelait Pierre Viaud, prétendaient qu'il était cousin de Pierre Loti. Il était marionnettiste et spécialisé dans le guignol lyonnais. Il avait fait sa première apparition en Sarladais dans la dernière décennie du siècle précédent et avait épousé une fille de La Valade. Il avait acheté une maisonnette dans les côtes de Gageac et quelques lopins de terre que sa femme, fille d'agriculteur, faisait valoir. Il était toujours vêtu d'un costume de velours sombre à côtes, dont le pantalon un peu bouffant était serré à la cheville. En guise de cravate, il arborait une lavallière artistement nouée et sur sa tignasse blanche frisée il portait, hiver comme été, une casquette de marin à visière de cuir. À son oreille gauche brillait un petit anneau d'or qui nous intriguait. On ne s'imaginait pas Guignol se livrant aux travaux des champs, on le rencontrait parfois conduisant une petite charrette tirée par un âne, se rendant à un grand jardin qu'il possédait non loin de l'école. Il bricolait autour d'une vieille cabane en planche qu'il y avait élevée mais c'était toujours sa femme qui bêchait, sarclait ou semait.

Le vrai domaine de Guignol consistait en deux roulottes de Bohémien qu'il avait remisées entre les cannelles de Saint-James, sur le chemin de l'église. Il y travaillait souvent, assis sur un banc, et sculptait dans du bois tendre des figures de marionnettes. Quand il en avait façonné quelques-unes, il les plaçait sur un ratelier à l'intérieur de la plus grande voiture et les peignait soigneusement. En son absence, nous risquions un coup d'œil par les fentes de la porte pour découvrir la galerie de ses héros. Il y avait Guignol et sa batte, les gendarmes avec des bicornes et des moustaches noires, des diables rouges et cornus, quelques dames emplumées. Tous ces personnages fameux que nous irions voir en été, le jour de la fête votive, sous la tente qu'il montait, près du terrain du jeu de quilles. Car, à partir du mois de juillet jusqu'à la frairie de Vitrac-Haut, le jour de la Saint-Martin en octobre, il parcourait tous les villages du pays où il installait son théâtre de marionnettes. Sa femme et parfois une de ses filles l'accompagnaient pour l'aider dans les scènes d'action où Gnafron rossait la maréchaussée, arrachait sa fiancée au diable ou se battait avec les trois mousquetaires. L'entrée coûtait un franc, ce qui représentait pour moi deux services de messe. Je sacrifiais allégrement une telle somme pour assister sous la toile à travers laquelle filtrait le soleil d'été à la farandole des figurines barbouillées de rouge, de blanc et de vert que j'avais vues naître au bord du chemin.

L'hiver, Guignol disparaissait pour plusieurs semaines et ses petits-enfants nous avaient appris qu'il partait pour l'Amérique du Sud à bord du paquebot *Massilia,* qui faisait la ligne Bordeaux-Buenos Aires. À son retour, au printemps, il remettait en état ses équipages, réparait ses marionnettes et préparait ses deux haridelles pour la campagne d'été.

Bien que peu bavard, il ne dédaignait pas de nous interpeller quand nous passions devant son banc et de nous conter des histoires de mer, de grandes baleines, de dauphins ou de poissons volants. Il nous dépeignait les perroquets parleurs et les fêtes du Brésil. Habitué à inventer des voix pour ses marottes, il changeait de ton à tout instant et nous trouvions cet exercice prodigieux.

Les habitants de La Roque étaient généralement réservés à l'égard du vieux montreur de marionnettes. Ils ne lui manifestaient aucune hostilité, mais il faisait partie de la catégorie des nomades. Il ne partageait rien avec ce monde rural sédentaire, ni les origines, ni le costume, ni le mode de vie, ni la sensibilité. Autant sa femme, qui était des coteaux de La Valade, était une véritable paysanne, autant lui, avec ses deux roulottes, ses habitudes migratoires et ses poupées de bois, appartenait à la cohorte des sans-patrie, des coureurs de routes, des romanichels. Il portait, comme ces derniers, l'anneau d'or à l'oreille et avait certainement des pouvoirs magiques et des relations inavouables avec l'univers trouble des diables. Ces Bohémiens, que l'on appelait les « barraquins » étaient en effet considérés comme des êtres malfaisants, les hommes étaient des voleurs de poules et de « tout ce qui traîne », leurs femmes aux yeux sombres et aux longues jupes, avec leurs corbeilles de jonc garnies de pelotes de laine et de mauvaise mercerie, étaient toujours à l'affût d'un larcin et prêtes à vous jeter un sort. Janca, le chef bien connu d'une tribu de gitans spécialisée dans le commerce des chevaux, était le symbole de la traîtrise ; il n'avait pas son pareil, disait-on, pour doper une vieille ânesse, lui limer les dents, lui couper le poil des oreilles et lui faire avaler un setier d'avoine arrosée d'eau-de-vie pour tromper le client. Quant au paysan que l'on soupçonnait d'avoir eu des faiblesses pour une belle brune aux grands anneaux d'or, sa réputation était à jamais perdue et l'opprobre dont il était l'objet rejaillisait sur sa famille.

De conteur des bois en mendiant guenilleux, de loups-garous en saltimbanques, j'avais dépassé ma huitième année et, chaque jour, mon univers se déployait.

VI

Du côté de l'Église, j'étais toujours assidu aux offices, aux vêpres et aux cérémonies de la vie paroissiale, baptêmes, mariages, décès. Si je préférais les manifestations de la vie sociale au rituel abstrait de la liturgie des fêtes, toutes mes faveurs allaient à la semaine sainte, aux Fête-Dieu et aux rogations. Sans doute parce que ces cérémonies se passaient au grand air et qu'elles avaient une coloration printanière qui m'émouvait.

Les Rameaux étaient une fête populaire, tous les enfants venaient à l'office avec des branches de laurier chargées d'œufs et de cloches en chocolat, d'angelots en sucre candi, de petites poules couveuses en meringue, de biscuits en pain d'épice. Les parents portaient des ramilles de buis qui, une fois bénies, sécheraient toute l'année sur les crucifix ou les portraits de famille. À l'offertoire, le curé sortait de la nef à la tête d'une procession et faisait le tour de l'église en aspergeant d'eau bénite l'air ambiant, la terre, le ciel et la lumière. Je balançais avec vigueur mon encensoir fumant, convaincu comme tous les fidèles que nous bénissions le vent du nord, ce qui promettait un printemps chaud et sec propice aux moissons et à la vigne. À l'issue de l'office, nous sonnions les cloches à toute volée puis nous dissimulions les cordes dans le clocher pour marquer le départ de notre carillon pour Rome. La semaine sainte allait commencer et c'était une semaine de fêtes.

Les vacances scolaires de Pâques et les obligations chrétiennes nous permettraient d'échapper aux occupations familiales, le curé serait de bonne humeur, car il aurait tous ses enfants de chœur sous la main. Le vent d'autan soufflerait et le temps serait beau. Déjà, dans les jardins et près des murs en ruine enfouis dans les halliers, les lilas arboraient leurs quenouilles odorantes, les bourgeons éclataient, les pêchers s'enneigeaient de rose, les champs de blé tendre frissonnaient sous les brises et les oiseaux dansaient à tire d'aile le ballet de leurs amours. Le lundi et le mardi de la semaine étaient consacrés aux exercices pieux, le curé, parfois aidé par un prédicateur de passage, tentait de sensibiliser ses jeunes ouailles aux dernières heures du Christ. Nous écoutions d'une oreille distraite les commentaires de la Passion selon saint Matthieu. Caïphe et le peuple complotaient pour saisir Jésus qui savait ce qui l'attendait. Une grande troupe de gens armés d'épées et de bâtons envoyés par le gouvernement s'emparaient de lui, l'insultaient, le crucifiaient et personne ne le défendait, ce que nous jugions scandaleux. Tous ses fidèles étaient pourtant au courant et, au lieu de le cacher et de donner une bonne raclée aux mercenaires de Caïphe, ils faisaient des discours : « Non, je ne le connais pas, je ne l'ai jamais vu ! — Un ami de cet imposteur ! Vous plaisantez ! » et ce pauvre Jésus, que son père lui-même abandonnait, ne savait plus à quel saint se vouer. Il disait : « C'était écrit, il faut que tout m'arrive puisque c'est écrit. » Mais écrit par qui ? Quel était l'arnaqueur qui avait pu lui faire croire une telle chose sans éveiller sa méfiance ?

Bref, la passion du Christ, malgré les efforts du curé pour nous émouvoir et nous donner le sentiment de culpabilité qui devait nous incliner vers la pénitence, n'éveillait chez nous qu'une révolte unanime. Nous laissions notre esprit vagabonder, non pas sur le mont des Oliviers, ni dans les rues de la Jérusalem d'Hérode, mais à travers les champs et les bois du Périgord. « Dis Noël, me disait le grand Cluzel, tu vas venir chercher les œufs avec nous cette année ? » « Pourquoi tu ne ferais pas le garde but dans l'équipe de football junior de La Roque ? » me demandait André Labattut. Quant au Catzé et à l'aînée des Bouyssou, ils discutaient pêche, poêlées de gardons, liasses de barbeaux, foënes et gabarots.

Ainsi préparés aux symboles et aux méditations, nous attendions avec allégresse le mercredi, le jeudi, le vendredi et le samedi saints. Ces jours-là, comme les cloches étaient à Rome, il fallait annoncer les offices au claquoir, aux crécelles et aux sonnettes manuelles. L'escouade des enfants de chœur en titre et officieux se divisait en deux groupes, un pour le bas du village et l'autre pour les côtes de Gageac. Le rassemblement était fixé à 3 heures sous le porche de M. de Tarde. Quelle inépuisable source de joie que ces circuits que j'ai parcourus au fil des ans dans tous leurs méandres. Nous escaladions les courettes et les sentiers montueux de notre merveilleux village comme des chevreaux en liberté. Nos sonnailles affolaient les milliers de corneilles qui, en ce temps-là, nichaient dans les anfractuosités de la haute falaise, elles volaient en croassant par myriades au-dessus de nos têtes. Les gens apparaissaient sur le pas des portes et nous interpellaient : « Vous n'avez pas soif, les enfants ! Vous mangerez bien une gaufre, dépêchez-vous, ce sera bientôt l'heure de l'office. » Les hommes étaient au loin dans les champs de la plaine ; les femmes, endimanchées pour se rendre à l'église, fermaient leurs demeures et au vu de tous cachaient les clés sous une marche de l'escalier. Nous repérions, en vue des maraudages à venir, les jardins, les grenadiers qui commençaient à fleurir, les figuiers dont les feuilles s'ouvraient, les pruniers dont les branches pendaient au-dessus du chemin.

Comme un long serpent d'argent, la Dordogne se lovait amoureusement au pied du village, le vent d'autan bleuissait les lointains. Un immense bonheur, calme et rassurant descendait sur la terre. Comme nous étions loin des ténèbres de la Judée, des tremblements de terre du Golgotha et de tous ces personnages étrangers, éteints depuis des siècles qui s'appelaient Joseph d'Arimathie, Simon de Cyrène, Salomé ou Zebedee.

Le jeudi et le vendredi saints, nous devions jeûner toute la journée pour communier et nous recueillir. L'office des ténèbres et le *Stabat mater dolorosa* apportaient une note de mélancolie prenante à la fringale de nos estomacs.

Le samedi saint était jour de joie. Les cloches revenaient de Rome, nous préparions le cierge pascal avec ses cinq clous d'encens disposés en croix et nous mettions en place les décors de la fête pascale.

La journée de Pâques voyait affluer à l'église tous ceux qui venaient recevoir la communion « au moins pour Pâques ». On voyait, parmi ces fidèles, des blasphémateurs impénitents qui, tout au long de l'année, avaient invoqué les milliers de dieux de l'Olympe et des siècles obscurs, des dames dont l'air innocent nous rendait perplexes, des coquins sans foi ni loi, mais tout ce monde étant passé par le confessionnal se retrouvait vêtu de probité, de grâce et de lin blanc au moins jusqu'à l'année prochaine.

Le temps pascal à peine écoulé, la fête des rogations tombait le 25 avril, jour de la Saint-Marc. Le curé organisait une procession destinée à demander au Seigneur de protéger les fruits de la terre et les animaux. On y chantait les litanies des saints, ce qui est un exercice de longue haleine, car pour une cinquantaine de noms connus, il y avait collectivement tous les saints, anges et archanges, les patriarches et les prophètes, les apôtres et évangélistes, les disciples du Seigneur, les saints innocents, les martyrs, les pontifes et les docteurs. Cette procession était en réalité l'occasion de rappeler le dogme chrétien à des fidèles inconstants, de demander le pardon de nos fautes, l'intercession divine, la pénitence et le salut éternel. Les gens du village, eux, avaient dressé des reposoirs au pied des calvaires qui s'égrenaient le long du parcours ; ils avaient tendu des draps de lit ornés de bouquets d'épis de blé et de maïs, de tiges de millet, de pommes, de noix, de grappes de raisin séchées, de feuilles de tabac et de têtes de tournesol. Ils attendaient les deux seuls vœux qui les intéressaient en la circonstance : Seigneur, donnez les fruits à la terre et daignez les conserver, Seigneur délivrez-nous de la peste et de la famine. Le jour où l'instituteur nous parla du culte de Cérès et de Pomone, j'eus l'impression d'avoir fait un grand pas dans la compréhension de notre Histoire.

Les autres fêtes parlaient peu à mes sens et à mon esprit. Je leur préférais les baptêmes, les mariages et les enterrements. Des premiers, j'ai gardé le souvenir de la joie et de l'innocence. À la fin de la grand-messe, le dimanche matin, nous nous rendions au baptistère, qui se trouvait près du porche d'entrée de l'église, et nous trouvions une famille dans ses plus beaux atours. Il y avait toujours une jeune marraine intimidée qui portait dans ses bras l'enfant candidat au baptême, enfoui dans une robe d'organdi qui bouillonnait de toutes parts. Un parrain rubicond, glabre, chauve ou moustachu qui se demandait visiblement ce qu'il devait faire, et les membres de la famille, paysans rougeauds empruntés dans leurs habits naphtalinés, grand-mères à fichus, femmes un peu couperosées à l'embonpoint naissant, oncles, cousins et grands-pères préposés aux réflexions fines sur l'aventure humaine. Le curé officiait gravement, oignait front, narines et oreilles d'huile consacrée et de saint chrême, mettait quelques grains de sel sur les lèvres que le nouveau chrétien mâchonnait en exsudant une goutte de lait. S'il se décidait à pleurer, il déclenchait des commentaires sur les pieds de nez à la sagesse, s'il riait, c'était un petit ange. Le curé imposait son manipule, versait un peu d'eau lustrale sur le nouveau-né, récitait l'*Ego te baptizo* et l'*Epheta,* rappelait en quelques mots le rôle des parrain et marraine, et tout le monde s'ébrouait vers la sortie. Nous recevions des poignées de dragées et des étrennes princières pour monter dans le clocher sonner le « repiquet ». Cet exercice consistait à se glisser sous la panse de la cloche, à saisir le marteau à deux mains et à frapper fortement la paroi de bronze. Un beau carillon devait durer un quart d'heure, nous l'accomplissions avec conscience sans mesurer nos efforts au montant du pourboire. Cette incursion dans le clocher me donnait un grand plaisir, il y avait toujours des oiseaux qui s'envolaient, des effraies chassées de leur refuge, des chauves-souris désemparées, des corneilles en maraude.

Dans mon livre de lecture, à l'école, figurait un poème d'André Theuriet, qui commençait ainsi : « Le vieux sonneur monte au clocher auprès des meurtrières béantes où les corneilles vont nicher. » Je l'avais appris par cœur et le récitais avec délice ; un jour, je ne résistai pas à l'envie de le débiter au curé ; il haussa les épaules et me dit : « Où est Dieu là-dedans ? » Le brave homme ne sut jamais combien il m'avait contrarié et déçu. Nous n'avions pas, de toute évidence, les mêmes idées sur les cloches. Notre église en possédait trois, une petite, une moyenne et une grosse. Cette dernière était très ancienne, un laboureur l'avait exhumée de son champ il y a bien des lunes sur l'emplacement du village de Saint-Donat, plusieurs fois rasé dans l'Histoire. Elle s'était fêlée à la fin du siècle dernier et on avait dû la refondre. Elle avait une voix chaude et vibrante qui faisait merveille dans la grande volée, le glas et le tocsin.

La moyenne sonnait les trois coups pour annoncer les offices ou accompagner l'offertoire. La petite appelait au catéchisme et égrenait l'angelus.

Selon l'habileté des sonneurs, leur musique était pleine de nuances, alerte, joyeuse, grave et même tragique.

Un carillon de mariage se reconnaissait à une lieue à la ronde. Un glas se répercutant dans les grandes falaises et accompagnant le piétinement silencieux du cortège funèbre sur le chemin du cimetière avait des résonances émouvantes de tristesse et de mélancolie. Le tocsin faisait naître le frisson collectif du danger, les hommes posaient leurs outils, s'assemblaient et partaient aux nouvelles, les femmes regroupaient instinctivement les enfants et le bétail épars, et guettaient les fumées dans le ciel sur l'horizon.

Les cloches rythmaient la vie des champs et peuplaient l'espace d'une vibration humaine qui était l'âme de la collectivité. Quand les premiers clochers furent électrifiés, leur carillon mécanisé ne produisit plus que des bruits anonymes comme le hurlement des sirènes sur le toit des mairies ou le chant des muezzins enregistré sur bande magnétique au sommet des minarets.

Jolis clochers de nos villages. Le curé n'y retrouvait plus Dieu et bientôt je n'y perçus plus les hommes.

Les mariages étaient d'autres hauts moments dans la vie du servant de messe. Il y en avait de riches, de modestes et de très pauvres, mais tous excitaient également ma curiosité. Les riches m'émerveillaient par leur cérémonial pompeux et par le comportement compassé des gens. Pourquoi les hommes s'habillaient-ils avec des pantalons gris rayés, des guêtres blanches, des redingotes noires, des nœuds papillons et des chapeaux hauts de forme ? Les femmes avaient des robes extravagantes et des capelines immenses parées de voilettes. Les invités et les témoins se plaçaient curieusement autour des mariés qui étaient aussi travestis que l'étaient leurs parents ; la mariée, surtout, disparaissait sous des voilages de tulle démesurés qui se gonflaient autour d'elle. Elle prenait un air innocent sous sa couronne de fleurs et feignait de ne pouvoir arracher ses gants quand le fiancé lui tendait l'anneau. Comme si elle était surprise par cette opération. Il y avait toujours sa mère qui se précipitait ostensiblement pour relever le voile, tapoter la robe, bref se donner en spectacle. Les pères avaient généralement l'air embarrassé en conduisant leur fille à l'autel ; quant aux trois ou quatre polissons déguisés en laquais qui devaient veiller sur la traîne, ils dormaient ou se pinçaient hypocritement pendant la cérémonie. Il n'y avait pas encore, à cette époque, le va-et-vient des amis du couple qui lisent, depuis un pupitre érigé dans le chœur, des passages sentencieux, des poèmes, l'épître ou l'Évangile en lieu et place de l'officiant. Les curés de ma jeunesse ne déléguaient aucun des rites de leur ministère et dirigeaient fermement leur troupeau. Ils prononçaient des prônes très balancés, consacrés surtout à dire du bien des deux familles et à mettre les mariés en garde contre l'infidélité et le désordre conjugal.

Pour un grand mariage, la décoration de l'église posait des problèmes difficiles. Où trouver et où placer les plantes vertes ? Combien de guirlandes de papier fallait-il suspendre aux voûtes de la nef, quel nombre de chandeliers et de lustres devait-on allumer ? Un de mes plus mémorables hyménées fut celui de la Madeleine M. avec le premier Hollandais qui se soit fixé dans le pays. Ce jeune homme était venu à La Roque-Gageac avec son oncle, artiste peintre, ami de Gromaire, et s'était épris de cette robuste jeune fille. Après deux saisons de fréquentation, ils avaient décidé de s'épouser. L'affaire n'avait pas été simple. Les familles étaient tout à fait dissemblables : l'une était modeste et l'autre richissime, des paysans périgourdins d'un côté, de grands armateurs d'Amsterdam de l'autre, des

Français catholiques ignorant le néerlandais et de grands bourgeois protestants parlant peu notre langue. Grâce à l'ardent amour des deux promis, à la bonne volonté du prétendant qui se convertit au catholicisme, à la complicité agissante de l'« establishment » local bien-pensant et à la prodigalité des beaux-parents qui firent construire un petit château à La Malartrie pour abriter le jeune couple, tout s'arrangea à merveille. Le jour des noces arriva ; les élèves des sœurs avaient tressé des hectomètres de guirlandes de papier, la baronne d'Herp avait prêté des orangers en caisse, d'autres avaient rasé leurs plates-bandes de fleurs, l'église ressemblait à une serre préparée pour un bal. Les prie-Dieu des mariés étaient surmontés d'un dais composé d'une couronne de carton doré fixée à la voûte d'où tombaient, en courbes molles, quatre guirlandes en dentelle de papier. En cette époque où l'électricité n'avait pas encore atteint le village, il fallait allumer toutes les bougies du décor à l'aide d'une mèche appelée « queue de rat », entortillée sur un morceau de fil de fer fixé au sommet d'une longue tige de bambou. J'attendais donc, allumoir en main, au pied de l'autel, l'entrée des futurs époux pour embraser en quelques minutes toutes les cires du décor. L'instant était solennel, l'harmonium soupirait ses plaintes asthmatiques sur un rythme de marche nuptiale, la mariée, toutes voiles dehors, naviguait vers le chœur ; j'attaquai fougueusement le grand lustre et patatras ! ma perche allumeuse heurta une guirlande et y mit le feu. En un clin d'œil, les quatre piliers du dais s'enflammèrent, la couronne du plafond grésilla et le cerceau de fer qui en constituait l'ossature tomba, noirci et fumant, au pied de la mariée haletante. Heureusement, l'incendie s'arrêta faute de combustible, l'assistance prit le parti d'en rire et la cérémonie se déroula sans autre encombre. Mais le pauvre incendiaire était devenu le point de mire de la communauté et sentait avec terreur monter l'opprobre autour de lui. À peine avait-il rejoint la sacristie pour dégrafer sa soutane que sœur Marthe, mère des guirlandes et maître des cérémonies, se dressa devant lui comme la justice poursuivant le crime, et lui appliqua deux gifles magistrales qui résonnent encore dans sa tête. Ce n'était pas les premières dont elle me gratifiait ; les plus récentes avaient été provoquées par une hostie qui était tombée pendant la communion et qu'elle m'avait surpris en train de ramasser. « Petit malheureux, m'avait-elle dit, tu as osé toucher le corps du Seigneur sans avoir les doigts consacrés. » L'affaire de l'incendie, pour lourde que fût la faute, était quand même de moindre importance à ses yeux, aussi se contenta-t-elle de dire au curé : « Je me demande s'il ne l'a pas fait exprès ! » Je m'attendais à être chassé du temple, mais la Hollande généreuse proclama une amnistie générale et fit de royales étrennes.

Les mariages du commun comportaient évidemment moins de décorum que ceux des riches, mais je trouvais que leur dépouillement leur conférait plus de caractère, de sérieux et de sincérité. Le marié portait généralement un costume noir sortant de chez le tailleur « *Lou coustumé nouyal* ». Il le rangerait dès le lendemain dans l'armoire familiale d'où il ne serait ressorti que pour les grandes circonstances de la vie. Le jour de sa mort, il en serait revêtu pour l'ultime voyage. La mariée arborait la robe blanche et le voile traditionnel avec sa couronne de fleurs d'oranger. Ses mains rougies par le soleil et les lessives semblaient tendues en offrande sur le prie-Dieu ; son visage tourné vers son futur époux n'exprimait aucune afféterie mais le don de soi ; les parents et les amis qui les entouraient avaient l'air grave et méditatif, peut-être pensaient-ils à la difficulté de fonder une famille ou à d'obscurs problèmes d'intérêt et de partage des terres. La jovialité ne reviendrait qu'à l'heure du déjeuner, autour de la grande tablée des noces installée sous le hangar de la ferme. L'abbé

Arnouil, fils de paysan lui-même, délaissait pour une fois son recueil d'homélies et retrouvait un langage simple dépourvu de redondances ecclésiastiques. Il parlait de travail, de dévouement, d'enfants à élever, de vertus chrétiennes et de lignée à maintenir dans l'honneur et la probité.

Les mariages des très pauvres étaient peut-être les plus émouvants ; c'était en quelque sorte le départ de la galère, les postulants se tenaient par la main avec plus de fréquence que les autres et se regardaient avec un sourire complice et résigné ; les invités étaient peu nombreux, mal fagotés avec l'air emprunté des humbles. Si la mariée n'avait pas de robe blanche, on devinait dans les yeux de sa mère l'immense déception de n'avoir pu donner à sa fille, en ce grand jour, le voile d'apparat dont elle avait rêvé.

J'ai déjà évoqué les enterrements qui me frappaient par la mélancolie particulière qui entoure la mise en terre de ceux qui n'ont vécu que par elle et pour elle. Les pleureuses y étaient inconnues, les condoléances brèves et les prières succintes. À quoi bon s'attarder sur une fin aussi naturelle et méditer sur le retour à la glaise des origines ? De toute façon, les vieillards ne servaient plus à rien, sinon à traîner leurs sabots d'une pierre ensoleillée à un banc au coin du feu. Ils avaient perdu depuis longtemps la direction de leur maison, les fils, les brus ou les gendres tenaient les rênes. « *Pouden parti* » (nous pouvons partir), disaient-ils à tout propos, « *oben fa noutre temps* » (nous avons fait notre temps). Je connaissais bien cette rengaine pour l'avoir entendue dans toutes les fermes quand, avec le curé, nous portions l'extrême-onction aux mourants. La maîtresse de maison nous attendait sur le pas de la porte en s'essuyant les mains à son tablier de grosse toile. « Ça fait pas miracle, disait-elle, le pauvre "papé" ou la pauvre "mamé" est en train de "vira batto", de passer de l'autre côté. » Nous pénétrions dans la maison, dans une pièce aux volets clos où, dans un recoin obscur, l'ancêtre à l'agonie nous attendait sous ses couvertures. Il tournait vers le prêtre son pauvre visage émacié, ravagé par le temps et marmonnait : « *Douna me lou boundiu perque m'en angui.* » (Donnez-moi le bon Dieu pour que je parte.) Le curé « l'extrêmontiait » et nous repartions par les chemins buissonneux où des générations d'ancêtres étaient passées pour leur dernier voyage. Les uns, les plus pauvres, presque furtivement, entre quatre planches de bois blanc et quelques parents pour tout cortège. D'autres, les chefs de familles aisées, dans de robustes cercueils en chêne ou en noyer, portés à six épaules par leurs pairs et leurs compagnons d'âge. Ils avaient traversé la cour de leur ferme parmi les animaux, bœufs, chevaux, moutons, cochons et volailles lâchés en liberté pour un dernier adieu à leur maître. Depuis le matin les ruchers de l'enclos portaient des nœuds de crêpe. Où allaient-ils les gens de mon pays ? Dans la lumière du Seigneur certainement, mais avec l'incertitude du jugement dernier et les aléas de la route.

Alors que j'allais sur mes dix ans, ma grand-mère me prit un jour à part et me dit : « Je suis bien vieille à présent et, bientôt, je vais partir, fais-moi la promesse de mettre ceci dans mon cercueil avant qu'on ne le ferme. » Et elle me remit une pièce de deux sous en bronze à l'effigie de Napoléon III. « Surtout ne l'oublie pas, c'est pour payer le passage ! » ajouta-t-elle. Car mon aïeule connaissait depuis le fond des âges l'existence du Styx et de la barque de Charon qui conduisait sur l'autre rive au royaume des ombres. Ceux qui ne pouvaient payer l'obole étaient condamnés à rester sur le rivage de notre monde où ils erraient comme des âmes en peine jusqu'au jour du jugement dernier.

VII

Si je me suis attardé sur mes souvenirs d'enfant de chœur, c'est parce qu'ils ont contribué grandement à ma formation et à l'éveil de ma sensibilité. Pour un enfant privé de tendresse maternelle et d'autorité paternelle, condamné par la pauvreté et le destin à l'isolement ou à la marginalité, l'Église était une porte ouverte sur la vie sociale, un observatoire privilégié pour la connaissance des hommes. Une véritable immersion dans la collectivité. Je rends donc grâce à cette petite soutane rouge et à ce surplis blanc que j'ai portés pendant cinq ans et je remercie l'abbé Arnouil, non seulement de m'avoir distingué pour cette tâche un peu accaparante et ingrate de servant de messe, mais surtout de m'avoir toujours manifesté sa confiance.

Les fêtes pascales de ce printemps 1928 avaient donc été, comme de coutume, pleines de gaieté et d'enseignement. J'étais devenu un petit garçon robuste, riche de maints savoirs champêtres et attentif à la vie de mes contemporains. Je savais lire et écrire, je parlais enfin le français et je venais d'accomplir mes neuf ans.

À l'école, l'instituteur me tapait sur les doigts quand il le fallait, ne me passait aucune négligence et m'interrogeait plus qu'à mon tour pour mieux contrôler mes progrès. J'avais pris conscience de l'attention affectueuse qu'il me portait et je lui en étais si intimement reconnaissant que j'aurais tout fait pour ne pas le décevoir.

Mes camarades de classe et mes compagnons du

chemin creux me traitaient déjà comme un grand et recherchaient ma participation à leurs jeux et à leurs expéditions. C'est ainsi que Robert Cluzel et lou Catzé, qui allaient sur leurs douze ans, me convièrent à la recherche des œufs de Pâques. C'était une vieille tradition qui s'est perdue depuis longtemps. Dans la nuit du 30 avril au 1er mai, les jeunes gens de dix à vingt ans se réunissaient en bande et faisaient le tour des fermes pour récolter des œufs. Il y avait ensuite une grande fête chez le chef de la troupe où l'on mangeait une omelette géante appelée *la pascada* et des beignets dits les « aiguillés » ou *cambo d'ouillo*. La quête des œufs obéissait à un cérémonial immuable fait de chants et de pantomimes. À la nuit tombante, les participants se rassemblaient en un lieu stratégique pour visiter toutes les fermes sans revenir sur leurs pas. Précédée par un porteur de mai, une longue perche avec une touffe de feuilles à son extrémité, la troupe s'acheminait en chantant vers la première mine d'œufs, s'arrêtait au portail et entonnait :

Douna nus qualques yots per lo pascada,
Lou chel beneziro vottro teulada.

Donnez-nous quelques œufs pour l'omelette,
Le ciel bénira votre toit.

Si personne ne venait vers nous, nous reprenions :

Se voule pas nus balha d'yots
Douna nus vottro domaizela
L'atroporen pel davantal
Lo foren dansa coumo cal.

Si vous ne voulez pas nous donner d'œufs,
Donnez-nous votre demoiselle,
Nous la prendrons par le tablier,
Nous la ferons danser comme il faut.

Si la fermière arrivait avec une douzaine d'œufs, nous l'embrassions et reprenions en chœur :

Ajèssiatz tant de chas dé bla
Coumo dé pailho, coumo dé palha
Ajèssiatz tant de chas dé bla
Coumo dé palha pel móla.

Eussiez-vous autant de sacs de blé
Que de paille, que de paille
Eussiez-vous tant de sacs de blé
Que de paille dans la meule.

Il existait une variante qui souhaitait autant de louis d'or que de plumes sur le loriot, un petit oiseau qui a, comme l'on sait, un beau plumage jaune.

Si la porte restait close et nul ne se manifestait, nous chantions :

Ajèssiatz tant dé forfolous ol tiol
Coumo dé felha, coumo dé felha
Ajèssiatz tant dé forfolou ol tiol
Coumo dé felha pel pibol.

Eussiez-vous tant de frelons aux fesses
Comme de feuilles sur le peuplier.

Et, ainsi vengés, nous reprenions le chemin de la ferme suivante.

La marche était rythmée par un chant sur la passion du Christ :

Un li fout ün bourma, l'aoutre y eccrazzo
Un porto lou mortel l'aoutre loï tazzo
Ount eria bouy moma quan me totzaboun
Eri dorré lo crou que soupirabi.

Un lui donne une gifle, l'autre lui crache dessus,
L'un porte le marteau, l'autre les clous.
Où étiez-vous maman quand on me clouait,
J'étais derrière la croix à soupirer.

Et ainsi de suite, car les strophes étaient nombreuses.

À la fin de la randonnée, nous comptions les œufs, cent cinquante ou deux cents si tout allait bien. La corbeille qui les contenait était déposée chez le préposé à la pascade et chacun rentrait chez soi fourbu et content.

Les mois de mai et de juin passèrent sans relief majeur. L'instituteur menait ses classes tambour battant, trois grands élèves préparaient le certificat d'études et M. Maradène se désespérait de leur ignorance. Il ne savait quoi inventer pour leur fourrer dans la tête l'histoire, la géographie et l'arithmétique. Pour l'histoire, il avait dessiné une vaste grille de mots croisés qui occupait un grand panneau du mur entre deux fenêtres. À l'horizontale, il y avait 90 carreaux numérotés de 1 à 90, à la verticale 19 carreaux numérotés de 1 à 19. À l'intersection du 15 et du 15, par exemple, était écrit « Marignan ». À l'intersection du 17 et du 89, il y avait « Prise de la Bastille ». Il en allait ainsi pour toutes les grandes dates de notre histoire. Les années de guerre étaient coloriées en rouge, celles de paix étaient blanches, ce qui était commode pour apprécier l'importance proportionnelle des guerres de Cent Ans et de Trente Ans, les campagnes de Louis XIV et les prouesses de Napoléon Ier. Nous étions très étonnés de voir, à la dominante brique de tout le panneau, combien la France était batailleuse. Quand les distraits ou les rêveurs laissaient traîner leurs yeux sur le plafond ou sur les murs, leur regard était accroché par le mot croisé de l'Histoire, et ils cherchaient automatiquement les coordonnées de la paix de Vervins ou de la révocation de l'édit de Nantes.

Une autre astuce consistait à placer une plaque mobile que l'on changeait chaque jour devant le bureau du maître, pour nous rappeler que l'adjectif qualificatif s'accorde en genre et en nombre avec le nom auquel il se rapporte, que les participes passés s'accordent avec le sujet quand ils sont conjugués avec l'auxiliaire être, que les compléments sont directs, indirects ou circonstanciels.

La géographie était rendue intelligible par les films Pathé-Baby en 9 mm et la morphologie de la France par le tas de sable. Le cinéma Pathé-Baby comprenait un petit projecteur entraîné à la main par une manivelle et une source lumineuse constituée par la batterie de la motocyclette Terrot de l'instituteur. Les films avaient pour sujet les fleuves et les montagnes de notre pays, l'océan Atlantique et la Méditerranée. À l'issue de chaque projection, les élèves devaient rédiger un compte rendu. Les meilleures copies étaient illustrées par leur auteur de la façon suivante : le projecteur était retourné sur un pupitre et projetait sur une feuille blanche une image fixe caractéristique d'un paysage, d'une ville ou d'une activité : le chapeau de Napoléon à Saint-Claude, le robinet de Donzère ou la pêche à Concarneau. L'élève devait repasser avec sa plume les lignes essentielles de la vue projetée en distinguant les différents plans par l'épaisseur du trait.

La caisse était un grand tas de sable déposé dans la cour de l'école que l'on pouvait modeler avec une pelle pour apprendre la structure physique de la France. Les élèves construisaient, par exemple, un tas conique aplati qui représentait le Massif central. Au centre, ils façonnaient trois ou quatre petites bosses : les volcans d'Auvergne. Ils creusaient ensuite une longue raie contournante : la Garonne et quatre petites rigoles au sud : le Tarn, l'Aveyron, le Lot et la Dordogne. Trois autres au nord se raccordant à la Loire : le Cher, l'Indre et la Vienne. Un quidam muni d'un arrosoir versait de l'eau sur le « château d'eau de la France » en prenant soin d'alimenter toutes les rigoles. Des cailloux blancs de la Dordogne figuraient les quatre ou cinq villes principales et quand on passait à la genèse géologique, un peu de paille allumée simulait les volcans et trois gaillards armés de pelles représentaient la poussée alpine et le soulèvement des Cévennes.

L'arithmétique commençait dès le cours préparatoire par l'apprentissage des tables. Celle de multiplication était représentée par une plaque de bois portant autant de clous de cuivre qu'il y a de multiplicandes, de multiplicateurs et de sommes dans la table. Un câblage discret à l'arrière reliait les 8 et les 5 pour faire 40 ou les 6 et les 3 pour faire 18, etc. Deux baguettes métalliques, alimentées en électricité par la fameuse batterie de la motocyclette, fermaient le circuit quand la réponse était exacte et déclenchaient une sonnette. Des bouliers et un appareil à faire les règles de trois complétaient la panoplie, et même les pires crétins devenaient des virtuoses à ces jeux.

Les trois candidats au certificat d'études furent reçus et M. Maradène en tira une grande réputation de savoir et de compétence pédagogique.

Le 14 juillet, jour des vacances d'été, coïncida heureusement avec le début des moissons. Déjà, les plus grands élèves avaient déserté l'école pour aider leurs parents à lever la javelle et les plus jeunes ne tenaient plus en place. En ces temps où l'outillage agricole commençait à peine à se moderniser, le blé était coupé à la faucheuse. Cette machine rustique tirée par des bœufs était composée d'une lame horizontale articulée, animée d'un mouvement de va-et-vient rapide qui sectionnait les tiges ou les herbes et les laissait tomber sur place. L'andain ainsi créé n'était pas gênant pour le foin mais posait un problème pour le blé. Il fallait pourvoir la lame d'un grand râteau mû par une pédale que le conducteur de l'engin tenait relevé tant que la quantité de blé amassée n'était pas jugée suffisante. Quand le poids supportable par le râteau était atteint, la pédale était brusquement relâchée et la javelle de blé glissait sur le sol, le râteau vivement relevé recommençait à accumuler une nouvelle charge. Il fallait suivre à pied la faucheuse pour dégager les javelles au fur et à mesure de leur chute de façon à laisser la voie libre pour le prochain passage de la machine. Cette activité demandait beaucoup de main-d'œuvre et les enfants étaient mobilisés pour le coup de main. La besogne, sous le soleil brûlant, était harassante : toujours courbés, la faucille à la main, une lourde brassée de paille et d'épis entre les bras, la gorge asséchée par la poussière, les javeleurs tournaient pendant une matinée entière autour du champ de blé et au dernier andain laissé sur place, ils s'effondraient à l'ombre d'un noyer pour boire de longues lampées d'eau, avaler un bouillon et une salade de laitue bien fraîche pour ne pas alourdir l'estomac.

Après un bref repos, alors que la plaine se transformait en fournaise et que les cigales bruissaient de toutes leurs crécelles, il fallait s'occuper de la fabrication des liens, à partir de la paille de seigle maintenue humide depuis la veille. Le tour de main consistait à choisir deux grosses poignées de tiges souples et lisses, à les nouer à hauteur des épis et à les mettre par paquets de douze. Vers les 17 heures, les gerbeurs commençaient leur travail. Ils déposaient sur le lien étendu trois ou quatre javelles, puis liaient le tout, en pressant du genou et en tirant fortement vers eux les deux bouts de l'attache que d'un coup de gerboir ils tordaient ensemble en coinçant le nœud sous le lien. À la tombée du jour, quand le gerbage était terminé, les gerbeurs construisaient les meules. Chaque région de France avait son type. Celui du Sarladais comportait douze gerbes : deux placées tête-bêche, les épis se recouvrant, puis un rang de quatre perpendiculaires, un de trois, un de deux et enfin une dernière gerbe couronnant le tout. Ces meules bien alignées restaient une dizaine de jours sur le champ en attendant que tous les blés des parages soient coupés.

À la fin du mois de juillet commençait la construction des grands gerbiers dans la cour des fermes. C'était un travail collectif, les fermiers prenaient date et pendant une semaine se rendaient d'exploitation en exploitation avec leurs charrettes et leurs attelages pour collecter les meules et bâtir le *malhat*. Cet imposant édifice était conçu de telle sorte qu'il concentrait en son cœur tous les épis et ne présentait aux intempéries que la base des gerbes. Il permettait d'attendre en toute tranquillité le moment du battage qui, de mon temps, s'effectuait dans les premières semaines du mois d'août.

Le battage au fléau se pratiquait seulement dans les petites exploitations à faible production, comme celle de ma grand-mère. Dès l'âge de huit ans, je fus appelé à participer à cette opération et si je n'hésite pas à la décrire, c'est parce qu'elle n'avait subi aucune modification depuis la plus haute Antiquité. Battre au fléau ou dépiquer au rouleau tournant traîné par un animal, c'était tout d'abord préparer la sole, c'est-à-dire enlever soigneusement toutes les herbes, niveler le sol et le mouiller légèrement, le tasser avec une dame, le balayer et le laisser sécher. Ensuite, l'enduire avec de la bouse de vache délayée dans l'eau pour fixer la poussière.

Parallèlement, c'était préparer les fléaux, c'est-à-dire choisir deux tiges de bois de 5 à 6 centimètres de diamètre et de 1,50 m de longueur, le manche et le battoir, creuser une gorge à un des bouts du manche de façon à isoler une boule ronde et polie. Forer simplement le battoir à une extrémité. Ensuite découper dans un nerf de bœuf conservé préalablement dans l'eau un segment de 20 centimètres, percer trois trous dans ce fragment, un large au centre, deux petits aux extrémités, passer la boule polie du manche dans l'orifice central du nerf et relever les deux extrémités. En séchant, le nerf devient d'une très grande dureté et tourne librement sans pouvoir se déboîter autour de la boule du manche. Une lanière de cuir passée entre les extrémités du nerf et le trou du battoir assurait la mobilité de l'ensemble. J'étais devenu rapidement très habile dans cet art simple, et ma grand-mère en avait conclu que l'on pourrait me retirer un jour prochain de l'école pour me placer chez un corroyeur. Tous ces préparatifs étant terminés, il n'y avait plus qu'à battre le blé. Une dizaine de gerbes étaient étalées sur le sol de façon à constituer une nappe homogène d'épis. Les batteurs étaient disposés face à face. Ils faisaient tournoyer les fléaux en cadence et les abattaient vigoureusement devant eux. Ils avançaient lentement le long de la nappe de blé jusqu'à ce que tous les épis aient été battus. Ils faisaient alors une courte pause, puis retournaient l'autre face du tapis de blé et recommençaient l'opération. Quand tous les épis avaient été égrenés, on enlevait la paille à la fourche et on étendait une nouvelle couche de gerbes fraîches.

Le grain et la balle qui s'étaient accumulés étaient alors rassemblés pour être ventés, c'est-à-dire séparés par le souffle du vent. Si celui-ci faisait défaut, on avait recours au tarare[1], un appareil de ventilation équipé de grilles de différents calibres qui séparaient le bon froment de la balle.

Heureusement, le battage au fléau vivait ses derniers jours, les batteuses mécaniques mues à la vapeur se répandaient dans toutes les campagnes, allégeant la peine des hommes et ruinant mon avenir de corroyeur.

Quand le cycle du blé fut terminé, je fus repris dans la routine des activités estivales dont les principales étaient le glanage, le gardiennage des animaux, l'ébourgeonnage du tabac et, dans les

1. Vanneuse.

derniers jours du mois de septembre, les vendanges, la récolte des pommes de terre et des champignons.

Le glanage consistait à rechercher sur les éteules, en surveillant les oies, les épis laissés par les moissonneurs, à les grouper en bouquets, les glanes, et à les stocker à la maison pour la nourriture des volailles. Les oies et les moutons parcouraient les champs pour paître les herbes tendres que les bruines du début d'août faisaient lever avant les premiers dessolages.

C'est cette année-là que je fis ample connaissance avec mon plus proche voisin, Moïse Angibeau. La phobie de ma grand-mère pour les jeux et les fréquentations enfantines nous avaient tenus éloignés depuis notre jeune âge, mais l'approche de la dixième année nous émancipait et nous révélait de grandes affinités de caractère. Il avait un an de plus que moi et allait à l'école à Cénac, de l'autre côté de la rivière. Ses parents n'élevaient pas de moutons mais un important troupeau d'oies; c'est en tant que gardien de ces volatiles que nous prîmes l'habitude de travailler ensemble. Il avait une vive imagination et un sens pratique étonnant. Il gagnait déjà de l'argent en aidant son père et ses deux frères aînés à faire des parpaings de ciment.

La famille Angibeau était industrieuse et tirait profit de toutes sortes d'activités marginales pour accroître ses revenus. Moïse recevait de bonnes étrennes de son père, un homme plaisant, généreux et plein de fantaisie qui avait fixé une montre au collier de son chien pour avoir l'heure en tout temps et en tout lieu. Il sifflait simplement l'animal qui ne le quittait guère. L'argent de poche de mon camarade servait à acheter des merveilles : une lampe de poche dont je n'avais jamais vu auparavant aucun spécimen, des billes de verre multicolores, un stylo graphe, des couteaux, un cadenas, tous objets précieux qu'il me prêtait pour les admirer.

La première année, nous avions découvert un pacage pour nos oies près d'une carrière de gravier qui appartenait à son père. L'extraction des matériaux se faisait surtout en hiver, le chantier était abandonné pendant l'été et nous pouvions disposer sans être dérangés du petit chemin de fer Decauville qui était remisé sous un abri. Les sections de rail étaient bien pesantes pour nos faibles bras, mais à grand renfort d'astuces, de leviers et de rondins, nous étions parvenus à établir un circuit sinueux légèrement incliné que nous dévalions à grande vitesse, sur la bogie d'un wagonnet. La remontée de l'engin nous demandait de pénibles efforts mais la descente nous procurait des griseries indicibles. Nous avions construit plusieurs gares et même un aiguillage, mais nous n'avions pas pu résoudre de façon satisfaisante le problème du freinage.

L'année suivante, nous fûmes victimes de l'assolement triennal : le terrain portait des betteraves, et les champs de blé avaient été semés à l'autre bout de la plaine. Nous émigrâmes donc, avec nos oies, dans la plaine des Landes où, grâce à un champ de topinambours dont les hautes tiges offraient un abri indécelable, nous nous lançâmes à la conquête de l'espace.

Il faut dire que, l'hiver précédent, nous avions découvert la propulsion par réaction, à une époque où il n'était question que d'hélices et où les essais de Von Braun ou d'Esnault-Pelterie nous étaient, et pour cause, totalement inconnus. Sur la mare de la ferme inoccupée des Landes, nous avions conçu l'engin suivant : une grosse écorce de pin avait été taillée en forme de bateau, disons plutôt de chaland, avec une proue effilée et une large poupe dotée d'une dérive. Sur le pont aplani de l'esquif, nous fixions une boîte de cirage Lion-Noir vide, autour de laquelle nous plantions quatre pointes à charpente de huit millimètres. Sur la tête des quatre pointes, nous posions un œuf d'oie préalablement vidé avec une paille et percé d'un seul trou. L'œuf ainsi couché était empli d'eau jusqu'à la hauteur de l'orifice que l'on tournait vers l'arrière. Un tampon de coton imprégné d'alcool placé dans la boîte servait de brûleur. Une fois allumée, la flamme chauffait l'œuf, un minuscule jet de vapeur fusait alors par l'orifice et le bateau se mettait en mouvement en décrivant des cercles que commandait la dérive arrière bloquée. Le problème était le réglage de la hauteur des quatre pointes qui supportaient l'œuf et l'orientation de l'orifice. Le principe de la propulsion par réaction nous était donc devenu familier, et le spectacle d'un feu d'artifice tiré à la fête de Cénac nous orienta vers l'espace.

Ce fut Moïse qui eut l'idée du moteur fusée et se procura la logistique. Sur le chemin de son école, à l'entrée du bourg, un horloger réparateur de bicyclettes, nommé Bouldouyre, avait liquidé son fonds de commerce pour se retirer dans le Midi. Il avait jeté au fond de sa cour un lot considérable de vieilles pompes à bicyclettes et de chambres à air en lambeaux. Moïse subtilisa une grande partie de ces rebuts et les entreposa dans notre abri du champ de topinambours. Ainsi équipés, nous passâmes à la fabrication de la poudre. Nous avions obtenu, auprès de ses frères et de Chavaroche, le secret de la poudre noire : un tiers de charbon de bois soigneusement moulu, un tiers de fleur de soufre et un tiers de nitrate. Le produit mélangé et roulé à la bouteille pour homogénéiser le grain était conservé dans une boîte étanche. Moïse avait également dérobé à son père un rouleau de cordeau Bickford[1] et un pain de mélinite de carrier.

Nous remplissions les cylindres des pompes à bicyclette avec notre poudre additionnée de quelques éclats de mélinite pour accélérer la combustion puis nous introduisions vingt centimètres de

1. Mèche lente.

cordeau Bickford par l'écrou du piston ; nous fixions une longue baguette maintenue par des rondelles de chambre à air au corps de la pompe, comme nous l'avions vu faire aux artificiers, et l'engin, accolé à un piquet de lancement, était mis à feu. Nous nous heurtâmes à un nombre considérable d'échecs comme les premiers bricoleurs de Peenemünde ou de cap Kennedy. Tantôt le corps de pompe éclatait, tantôt il tombait à terre et poursuivait sa course zigzagante parmi les chaumes, tantôt il refusait tout simplement de partir. En dosant la poudre, en élargissant l'orifice de sortie des gaz, en calibrant la baguette de guidage et la longueur de la mèche, nous arrivâmes à lancer nos fusées jusqu'à une trentaine de mètres de hauteur. Le miracle n'était pas l'altitude atteinte, mais le fait que nous soyons sortis indemnes de ces expérimentations dangereuses.

Ayant maîtrisé notre technique, l'idée nous vint de lancer des crapauds dans les airs. La réserve de batraciens astronautes n'était pas difficile à constituer, mais l'incorporation de l'animal à la fusée était un problème compliqué. Attaché au corps de la pompe, le crapaud la déséquilibrait ; si nous compensions sur la face opposée le poids de la bête par une tare d'argile, l'engin virevoltait. De vieilles chambres à air nous donnèrent la solution. Le crapaud fut doté d'un harnais ajusté sous les pattes antérieures et fixé à deux lanières élastiques qui pendaient sous la fusée. L'engin décollait normalement et emportait à un mètre derrière lui le malheureux passager qui décrivait une magnifique courbe et retombait dans le champ en plus ou moins bon état.

Normalement, Moïse et moi-même aurions pu être crédités, en date du mois d'août 1929, d'un des premiers vols habités de fusée, mais il nous était difficile de révéler nos exploits et de tenir nos familles au courant de la façon originale dont nous gardions les oies. Mon petit compagnon aurait certainement pu devenir un très grand ingénieur si son père avait eu la moindre idée de l'avenir de la propulsion par réaction. Ce n'était hélas ! pas le cas, et il fut retiré de l'école à douze ans pour assister ses frères dans le bâtiment. Il devait faire, par la suite, une honorable carrière d'épicier à Saint-Denis-près-Martel dans le causse de Gramat.

Le gardiennage d'oie et l'expérimentation spatiale n'étaient, on s'en doute, qu'une partie de mes occupations. Parmi les tâches multiples qui m'incombaient, il y en avait une qui m'enchantait : c'était la lessive à la Dordogne.

Tous les quinze jours, ma tante ou ma grand-mère préparait une lessiveuse de linge, de draps, de tabliers, de torchons qu'elles faisaient bouillir avec une lessive industrielle qui avait remplacé l'émulsion de cendres du passé dans le « tinol » de chêne. Cette première opération dite de *la bugada* devait être suivie d'un rinçage à grande eau au bord de la rivière. Le linge était entassé dans une brouette et j'accompagnais l'expédition, portant un seau, un morceau de savon et une bouteille d'eau de Javel. Parvenus à pied d'œuvre, nous choisissions un emplacement dégagé, parmi les galets blanc et gris, et nous installions dans le fil du courant la planche à laver qu'une riveraine avait laissée à notre intention sous *uno aubarèda* [1] de la rive. Nous placions la brouette à portée de main de la lavandière et le rinçage commençait. Le linge était plongé dans l'eau vive et, en attendant d'être essoré, était entassé sur une pierre plate ou dans une bassine. Je ne devais intervenir qu'à la fin de l'opération pour aider à tordre vigoureusement les pièces de grand format ; en attendant, j'étais libre d'errer à ma guise dans le lit de la rivière ou sur la berge voisine

1. Saule lacinié.

L'eau était à l'époque d'une pureté cristalline et l'on voyait des bancs de poissons à l'arrêt dans le courant. Je sortais une petite ligne de ma poche, j'accrochais un hameçon, j'enfilais un vermisseau et je laissais mon fil se dévider. Parfois, je me servais d'une petite sauterelle grise que je capturais sur les grandes tiges de menthe odorante qui poussaient sur les bosses d'alluvions. Au premier frémissement perçu par mes doigts, je ferrais d'un coup sec et je ramenais soit un petit chevesne qui avait mordu en surface à ma sauterelle, soit un gardon à nageoires rouges qui s'était laissé tenter entre deux eaux par le vermisseau. Je leur coinçais les ouïes entre le pouce et l'index, et je les enfilais, la gueule ouverte et palpitante, sur une fine tige de saule cueillie sur la berge. Cette poignée de poissons que l'on me faisait frire le soir avec un peu d'ail et de persil avait une saveur dont je n'ai jamais pu retrouver la pareille.

Il y avait aussi, un peu plus loin, une falaise rocheuse au pied de laquelle s'allongeait un bras résiduel de la Dordogne; l'eau y atteignait près d'un mètre de profondeur et quelques riverains y remisaient leurs barques à fond plat. Je montais sur ces embarcations qui sentaient le goudron et le poisson séché, et je scrutais dans l'ombre portée de leur bordage le va-et-vient des alevins et des carpillons qui hantaient ces lieux. Je m'essayais également, mais avec prudence car je ne savais pas nager, à plonger ma tête sous l'eau pour explorer à la main les anfractuosités du rivage où se dissimulaient quelques belles pièces. J'ai gardé le souvenir d'un joli barbeau et d'une perche arc-en-ciel de bonne taille que j'avais extraits de leur cachette et jetés pantelants au fond du bateau. J'aurais bien voulu nager dans le beau miroir de la rivière qui reflétait si joliment les arbres et les rochers du rivage, mais je n'avais personne pour m'apprendre et le courant était trop fort.

L'émotion ressentie à la pêche était de même

nature que celle de la cueillette des champignons ; la joie viscérale de la capture et de la trouvaille, l'incertitude de la traque et de la recherche, le sentiment de victoire devant la belle pièce, que ce fût une perche frémissante avec sa nageoire dorsale hérissée et irisée de couleurs, un bolet ventru avec sa coiffe couleur châtaigne ou noire, ou une coulemelle élégante, le plaisir était identique.

C'était à la fin du mois de septembre que venait l'heure des champignons. S'il avait plu à l'équinoxe d'été, la terre avait « fleuri », c'est-à-dire qu'un grand nombre de moisissures blanches étaient apparues sur le sol dans les sentes forestières et les sous-bois de feuillus. « Il y aura des cèpes cette année », prédisait la rumeur, et bientôt la nouvelle se répandait. « Les champignons se trouvent. », et l'on citait tel coin fameux où les premiers *boutarels* étaient apparus, à moins que ce ne fût au marché de Sarlat où quelques paniers étaient déjà parvenus. Un frisson parcourait tout à coup la horde gauloise, peuple de forêt qui n'est jamais aussi à l'aise qu'autour d'une clairière. Les femmes interpellaient leur mari : « Tu pourrais peut-être aller faire un tour aux champignons ; j'aurais bien besoin de refaire mes conserves ! » Et lui, dévoré d'envie d'aller traîner dans les bois, mais soucieux de préserver son privilège de chef, répondait évasivement : « Tiens, c'est une bonne idée, je prendrai mon fusil et j'irai un de ces jours ! » Le fusil n'était, bien entendu, qu'un alibi. La réalité était un vaste panier d'osier pendu à l'avant-bras. Le départ avait lieu le lendemain matin, à la pointe de l'aube, dans la brume épaisse des matins d'automne. L'itinéraire était tracé depuis les temps hercyniens. Il comprenait, dans l'ordre, une orée broussailleuse, une châtaigneraie adulte, un bois de chênes séculaires et quelques taillis de coudriers, hêtres, frênes, charmes et pins où les belles trouvailles n'étaient pas rares.

Dès l'entrée dans les sous-bois fantomatiques,

ruisselants de rosée, chacun choisissait sa piste. La traque du champignon relève d'une stratégie que je qualifierai de gauloise; pas de chef, un itinéraire collectif et des prouesses individuelles. On se retrouvera à la cabane du Pan vers midi, on s'appellera en descendant la combe de Picot. Et la troupe s'égaillait, armée de robustes bâtons pour écarter les grandes fougères et retourner les feuilles luisantes d'humidité de la litière forestière. À partir de cet instant, il n'y avait plus dans les cervelles lancées à leur recherche que des silhouettes de champignons; c'est la coïncidence de la représentation cérébrale et de l'image réelle qui provoque la découverte. Comment pourrait-on déceler autrement un petit chapeau de cuir fauve dans un océan de formes et de couleurs trompeuses, dans une touffe de bruyère ou un amas de branches mortes? Les voilà pourtant ces fruits mystérieux de la terre, les parasols, les bagués, les lamellés, les bleuissants, les roses, les jaunes, les noirs, les mangés par les limaces et les gros inconsommables renversés par un coup de canne rageur. La forêt du petit matin était silencieuse, pourtant quelque chose furetait dans la broussaille, c'était un autre chercheur. « Alors, tu en trouves? — Presque rien, des bricoles. », répondait une voix volontairement assourdie, car la futaie est un temple, un univers plein d'esprits et de magie, il fallait être discret, pas de bulletins de victoire, car les champignons, leur père et leur mère étaient peut-être à l'écoute. De bricoles en trouvailles infimes, la matinée avançait et quand les paniers étaient rassemblés à la cabane du Pan, personne ne s'étonnait de les voir déborder de cèpes mirifiques, d'oronges rouge tendre, de girolles et de têtes-de-nègre.

Après la pénombre des sous-bois, les chercheurs étaient heureux de retrouver le soleil de la clairière et organisaient spontanément le bivouac. Le peuple des Gaules appartenait de mon temps à la civilisation du bivouac, moment suprême du repos du guerrier, du récit de l'exploit, de la mangeaille conviviale, de la communion collective. Les musettes s'ouvraient sur des reliefs de cochonaille ; une bouteille de vin, un chanteau de pain apparaissaient juste pour un casse-croûte symbolique. Au milieu des éclats de voix et des rires, la cérémonie païenne consacrait la cohésion du groupe.

Au retour à la ferme, tout le monde accourait pour jeter un coup d'œil sur la cueillette, les vieux commentaient les récoltes fabuleuses de leur jeunesse et prédisaient une baisse des cryptogames dans l'avenir. Les femmes se contentaient d'étaler la récolte sur la table et de s'armer d'un couteau pour la traiter rapidement. J'ai gardé de ma jeunesse une grande vénération pour les champignons et j'ai, durant toute ma vie, ressenti vers la fin du mois de septembre une sourde frustration de ne pouvoir m'enfoncer, un panier au bras, dans les forêts de mon enfance :

> Ciel roux, ciel de septembre
> De la pourpre et de l'ambre
> Fondues en tons brouillés
> Draperies ondulantes
> Où le soleil se plante
> Comme un vieux clou rouillé.

disait un poème de Jean Aicard, que j'avais appris à l'école. Les brumes de l'équinoxe et le soleil de la Saint-Martin achevaient de mûrir les vendanges.

Pour moi, ces vendanges n'avaient qu'un nom : le domaine du Bos. Ce lieu prestigieux était situé au-dessus de notre chaumière, sur le flanc méridional d'une colline calcaire couronnée d'une forêt sombre de chênes verts. Une maison bourgeoise avait été construite à l'orée du bois, à la fin du siècle dernier, par un certain Jean Prévot, professeur de droit à Alger et gendre du propriétaire des lieux, M. Landry, commerçant et ancien maire de Sarlat. Ambitieux de nature, l'universitaire s'était promis d'élever un château, mais ses moyens financiers réduits ne lui avaient permis que d'en ériger le bâtiment central et de laisser aux alentours, à l'état d'ébauche, les murailles, les tours et les dépendances de ses rêves. Au pied du « château » se trouvait une ferme qui comprenait plusieurs chais et une grande cave. Le terrain de dépôts de piedmont et de graves était entièrement planté de vignes qui donnaient un cru honorable.

En 1917, cette propriété avait été vendue à un ingénieur de Paris, M. Lalande, qui, en souvenir de lointaines origines périgourdines, s'était entiché de ce coin de terre. Il n'y venait cependant que pendant les vacances d'été et ne faisait pas grand effort pour gérer rationnellement son domaine. Tant que les vignes furent vigoureuses, la production de vin se maintint autour d'une centaine d'hectolitres, mais quand elles vieillirent, la décadence fut rapide et la terre retourna peu à peu à la friche.

Mon enfance coïncida, heureusement, avec le temps de l'abondance. Les petites mains étant précieuses pour dénicher les grappes sur les espaliers, toute la jeunesse des environs était invitée à la fête des vendanges. C'était bien d'une fête qu'il s'agissait en effet.

Dès 9 heures, quand le soleil avait essuyé la rosée, des bandes joyeuses de femmes, d'enfants et de jeunes gens prenaient possession des bandes de terrain entre deux rangées de vigne que l'on appelle *apalus* et des *tamarats*[1] en patois du pays et coupaient les raisins. Les vendangeurs travaillaient face à face pour explorer plus commodément les deux côtés du palissage. Ils emplissaient de grappes de petits paniers en bois qu'ils versaient dans des comportes, sortes de demi-fûts pourvus de deux

1. Vigne en espalier.

anses que l'on portait sur deux perches le long des rangées. Les raisins y étaient écrasés avec un pilon de bois, le fouloir, et le mélange de grappes et de moût était collecté dans des cuveaux de grande capacité montés sur des charrettes. Les grandes cuves des chais étaient l'étape finale de la chaîne. Là, dans l'odeur entêtante des moûts chauffés par le soleil, trois ou quatre hommes en chemise, enfoncés jusqu'au haut des cuisses dans la vendange, foulaient au pied la purée de raisins. Travail exténuant qui les assoiffait au point que les femmes devaient leur apporter en permanence des cruches d'eau fraîche. C'était le moment des rires et des allusions gauloises sur ce qui trempait dans la vendange, et l'occasion d'interpeller la porteuse d'eau d'un « *Ouh ! Germèno vole veiré mus estinlous ?* » (Oh ! Germaine, tu veux voir mes grelots ?)

La cueillette des grappes était également très éprouvante, la position courbée et le maniement du sécateur ankylosaient jeunes et vieux qui se relevaient fréquemment en gémissant, une main sur les reins. Les vendangeurs étaient nourris sur le domaine avec sobriété, mais le dernier jour du travail, *la gerbebaude*[1], donnait lieu à un véritable festin.

Dès le matin, la cour de la ferme avait retenti du cri des volailles pourchassées. Poules bréhaignes[2] et coqs sur le déclin, prestement plumés et vidés, étaient plongés dans les oules géantes où se mitonnaient les bouillons gras des vermicelles épais qui seraient servis en potage. Les brises apportaient des fourneaux des senteurs de civets, de viandes bouillies, de caramels de pâtisserie. Les hommes avaient dressé sous le hangar des tables de fortune posées sur des tréteaux. De grands draps de lit tenaient lieu de nappes, les jeunes filles de la maison

---

1. En réalité, fête de la fin des moissons. Par extension, dans le Sarladais on appelait également ainsi la fête de la fin des vendanges.
2. Devenues stériles avec la vieillesse.

ployaient sous les piles d'assiettes. À midi, la table était mise, la fête pouvait commencer. De grandes soupières fumantes étaient apportées des cuisines et chacun se servait une écuelle de vermicelle. Dans les dernières cuillerées de bouillon, les convives versaient de larges rasades de vin pour faire chabrol, ce fortifiant tonique et reconstituant de la médecine périgourdine. Les hommes s'essuyaient la moustache par une pression du doigt au ras des lèvres, les femmes se tapotaient la bouche avec leur mouchoir, le ton général montait d'un cran. Les viandes bouillies faisaient leur apparition avec leur cortège de gros sel, de moutarde et de cornichons. Les poulets en sauce ou les civets les suivaient de près. La rangée de bouteilles au garde-à-vous, au centre de la table, se reconstituait avec régularité. Le ton montait de deux crans. Les pâtés de cochon et de volaille arrivaient avec la salade, d'énormes massepains, des tartes, des beignets ou des gaufres terminaient le festin. Le ton montait alors jusqu'au troisième cran. Les convives étaient tous un peu ivres, les uns riaient à tout propos, les autres braillaient à tue-tête. Les voix réputées s'essayaient dans les rengaines à la mode ou dans les morceaux de bravoure du siècle passé : *le Temps des cerises, J'ai deux grands bœufs dans mon étable,* ou des chansons plus lestes comme *lo Morgoritou*[1]. Les grandes cafetières émaillées circulaient sur la table et les hommes s'échauffaient en buvant de copieuses lampées d'eau-de-vie maison à 60°, largement servies par le maître de céans.

Ce tintamarre m'ennuyait et je quittais la tablée pour aller rôder autour de la ferme. Il y a toujours mille choses à découvrir derrière les granges ou dans les ronciers des lieux habités, des carcasses de

---

1. Dans laquelle les mâles détaillaient, avec des voix canailles, les charmes d'une demoiselle : *Camba finotto, tsinoul roundet, kèïsso lounguetto, bas-baou rousset* (Jambe fine, genou rondelet, cuisse longuette, sexe doré).

vieilles machines, des outils abandonnés, des fleurs inconnues, des nids insoupçonnés. J'en revenais toujours avec quelque trouvaille dans mes poches dont je me promettais de tirer Dieu sait quel merveilleux parti.

Septembre était également le mois de l'ouverture de la chasse, mais, au fur et à mesure que je grandissais, je détestais tuer les animaux ; j'avais même abandonné mes petits braconnages et la cueillette des nids. La plupart de mes camarades ne rêvaient que d'accompagner leur père ou leurs aînés, un fusil à la main, à travers champs et taillis pour traquer le lièvre, les lapins ou les malheureuses perdrix. Moi, j'aimais ces petits animaux ; mon plaisir était de les surprendre et de les observer ; quand je les voyais surgir inertes et sanglants d'un carnier, mon cœur se serrait. Cette sensiblerie me semblait un handicap et j'enviais mes amis de pouvoir assister avec jubilation à la saignée d'un cochon, à l'égorgement des oies et des poulets, à l'arrachage de l'œil du lapin et à son écorchage, à l'étouffement des pigeons, au massacre des petits chatons. J'avais vu tomber les bœufs sous le merlin chez le boucher, mais leur placidité estompait un peu cette mort tragique, tandis que le cochon, qui est fort intelligent et qui sait qu'il va mourir, hurle sa détresse. J'ai retrouvé plus tard cette impression, en Afrique, devant les grands singes tirés par balles dont les râles d'agonie sont insoutenables.

De toute façon, je n'avais personne à la maison pour m'entraîner à la chasse et les portes de l'école se rouvraient pour accueillir une troupe de poulains encore éblouis par les pâturages d'été. La reprise en main se passa comme d'habitude et l'instituteur se lança dans une nouvelle expérience. Il avait remarqué que tous ses élèves du cours moyen ne pratiquaient la lecture que contraints et forcés et qu'ils avaient des difficultés à s'exprimer et à relater les faits. Il organisa donc, en accord avec un de ses collègues qui était, si je me souviens bien, un petit-fils de Pipette, instituteur à Mouzens, à dix kilomètres de La Roque, un échange de correspondance entre leurs classes respectives. Quand Mouzens lisait en classe *l'Odyssée*, La Roque se consacrait aux *Contes de Noël* de Dickens, aux *Aventures de Nils Olgerson* de Selma Lagerlöf, à moins que ce ne fût aux *Contes* de Grimm ; chaque élève avait son correspondant particulier, choisi selon des affinités communes et des aptitudes comparables appréciées par les deux maîtres. Je fus jumelé avec un certain René Vaysse, que je devais retrouver plus tard au collège de Sarlat, un très brillant sujet, qui, après avoir fait Saint-Cyr, parvint au grade d'intendant général. Il avait une belle écriture régulière, une orthographe irréprochable, et était, me dit-on, le meilleur élève de sa classe. Il m'envoyait tous les quinze jours une longue lettre de deux ou trois pages me résumant consciencieusement l'aventureux voyage d'Ulysse. Du banquet de Nausicaa au retour à Ithaque déguisé en mendiant où seul son chien le reconnut et où il retrouva la patiente et fidèle Pénélope. Rien ne m'était épargné, ni les Lotophages, ni les Cyclopes, ni la magicienne Circé qui transforma en cochons les compagnons d'Ulysse, ni le voyage aux enfers, ni la mer des Sirènes, ni la nymphe Calypso qui le retint dans son île pendant sept ans.

En échange de tant d'épisodes terrifiants et fabuleux, je lui adressai, par retour du courrier, les tribulations d'Ebenezer Scroodge, l'avare qui vécut, en une seule nuit de Noël, les trois songes du passé, du présent et de l'avenir, et qui devint bon et généreux. Je lui racontai également, avec une grande jubilation, le voyage de Nils Holgersson, ce petit paysan de Dalécarlie transformé en lutin par un méchant troll, qui s'envolait sur le jars de son troupeau et rejoignait un vol d'oies sauvages. Je me voyais à sa place sur le dos de la vieille oie grise,

Akka de Kebnekaïse survolant la Scandinavie et échappant à tous les pièges des glaces, aux renards et aux loups. La convivialité chaleureuse de ces oies m'était si familière que j'en avais déduit que la romancière Selma Lagerlöf avait dû les garder souvent dans sa jeunesse avant d'être institutrice.

Nos exercices épistolaires durèrent près de deux ans et me profitèrent énormément ; les narrations consciencieuses de René Vaysse m'obligèrent à tenir ma plume, à lire les textes avec soin et à les résumer pour l'essentiel. M. Maradène fut satisfait, je crois, de son expérience, bien que mes camarades de classe fussent peu enthousiastes. Ces histoires merveilleuses les faisaient bâiller, et la rédaction de la lettre leur apparaissait comme une intolérable corvée. « Té ! me disait Lou Catzé, on ferait mieux de s'inviter à manger une bonne fricassée de gardons », et Raymond Lacour à qui je disais beaucoup de bien de mon correspondant de Mouzens ajoutait : « Tu sais, toutes ces lettres, c'est une combine, mon père connaît le sien, c'est un facteur. »

Grâce à ces récits et à quelques autres qui nous promenaient de la Méditerranée à la Suède, de Londres au cœur de la Russie, je devins très friand de géographie et m'entichai de tous les héros. L'instituteur commença à me prêter des livres. *L'Ami Pierre* d'Anatole France, *le Grand Meaulnes, Maria Chapdelaine,* et, Périgord oblige ! *Jacquou le Croquant.* Pour ne pas m'abandonner corps et âme à l'emprise d'une littérature sans Dieu, le curé m'abonna au *Sanctuaire,* un journal fort bien fait de la Bonne Presse, qui publiait des feuilletons romancés illustrés par Damblan, un dessinateur de grand talent. Je dévorais toute cette littérature en continuant mes tâches domestiques, mais il y avait foule autour de moi, plus de ruminations solitaires, plus de monologue avec le vent ou la pluie. Le dompteur Roland Fomeray était assis à mes côtés, le bras en écharpe par suite de la morsure d'un tigre, le Grand

Meaulnes toujours à la poursuite des souvenirs perdus de son adolescence rêvait non loin de moi. Eutrope Gagnon, le Canadien ayant quitté ses raquettes, venait me dire que Jacquou le Croquant était au cachot dans la prison de Sarlat pour avoir mis le feu au château de l'Herm. J'échafaudais aussitôt plusieurs plans pour l'arracher à ses geôliers, je parvenais à le libérer et nous allions ensemble attaquer la ferme où le comte de Nansac s'était réfugié mais nous emmenions avec nous la belle Galliote qui plaisait tant à mon ami.

Jacquou le Croquant était mon héros. Il avait vécu comme moi dans les mêmes bois et les mêmes collines, mes parents étaient presque aussi pauvres que les siens, tout ce qu'il faisait soulevait chez moi des résonances inexprimables. Nous parlions la même langue et je pensais de la même façon. Son auteur, le romancier Eugène Le Roy, qui avait été percepteur à Domme et dont je connaissais la maison, décrivait nos sentiers forestiers, notre campagne, nos villages et nos gens comme je les aimais et comme j'aurais voulu les peindre.

Les coteaux du Périgord s'estompaient à peine dans la fumée des révoltes de croquants que je courais derrière Michel Strogoff, verste par verste, pour atteindre le camp des Tartares où le traître Ogarev concoctait ses félonies. Tout se déroulait comme un film, je voyais les acteurs, leurs costumes, les couleurs, je faisais les dialogues, je participais aux actions les plus risquées et, Dieu merci, je m'en tirais indemne.

C'est cet hiver-là, alors que je venais d'atteindre mes dix ans, que je fis la lecture qui allait décider de ma vie. Une compagne d'école, que je trouvais tout à fait à mon goût et dont la mère, veuve de guerre, travaillait à Paris, m'apporta un livre que sa maman, me dit-elle, avait oublié dans sa chambre à coucher pendant ses dernières vacances. « Comme tu as toujours le nez dans les bouquins, j'ai pensé que ça te ferait plaisir. »

Cet ouvrage, intitulé *Prisonnier des démons noirs*, était un roman bon marché des Éditions Ferenczi. Je ne me souviens plus du nom de l'auteur car je rendis le volume et, malgré bien des recherches, je n'ai jamais pu le retrouver.

Sur sa couverture, il y avait un avion biplan tombé dans la forêt équatoriale. L'appareil avait piqué du nez, une de ses ailes était disloquée et autour de lui on ne voyait que des troncs d'arbres et des feuillages verts. Les raids du commandant Dagneaux vers Madagascar, en 1927, et le problème que posait le survol de la forêt vierge pour les avions monomoteurs avaient sans doute inspiré l'auteur. Quelques années plus tard d'ailleurs, en 1931, les aviateurs Roux Caillol et Dodemont périrent ainsi, lors d'un raid de retour de la Grande Île.

Dans *Prisonnier des démons noirs*, les passagers s'en étaient tirés à moindre mal, mais ils étaient perdus dans la grande forêt de l'Oubangui-Chari, au nord du M'Bomou, dans l'est de Bangassou, quelque part entre le M'Ban et la Ouarra. Toutes sortes de mésaventures les attendaient : gorilles et pygmées, tribus féroces, caïmans et maringouins, arcs et flèches empoisonnées. À chaque pas, un nouveau suspense se produisait : fleurs carnassières, fruits vénéneux. Finalement, les malheureux rescapés arrivaient, exténués, au chef-lieu de la région et le lecteur n'avait plus qu'à s'éponger le front avec soulagement. Ce festival exotique me fascina, tous les ensemencements tropicaux que j'avais reçus de Tony Chambon, par la voie de ma grand-mère, du Péoux et de l'Ange Gabriel fusionnèrent dans cet ultime épisode. Voilà ! c'était clair, un jour j'irais là-bas, je tracerais mon layon à la machette dans le mur végétal, je voguerais sur le grand fleuve aux eaux boueuses, au rythme des chants et des pagaies, j'affronterais les tribus sauvages, j'en ferais des amis, je capturerais des papillons géants et que sais-je encore ! Bref, je n'eus de cesse à l'école que de repérer mon cap sur le planisphère, de m'orienter à partir de la polaire vers le quart sud-sud qui correspondait à peu près à la pointe de Roc-Beral au bout de la barre de Domme et de me dire : c'est la direction, si tu marches des jours et des jours tout droit à travers bois, mers, déserts et montagnes, tu y parviendras.

J'avais pour le moment d'autres choses à faire qu'à chercher comment je me rendrais en Afrique, mais le programme était dans mon cerveau et me tirait comme un fil conducteur.

Toujours à l'affût d'une nouvelle invention, M. Maradène avait entrepris de nous familiariser avec notre environnement et le passé de notre village. Il avait construit une grande table carrée de 1,50 m de côté et l'avait installée dans un coin de la salle de classe. Sur le plateau nu, il avait dessiné le plan cadastral de la commune et piqueté cette surface d'un certain nombre de pointes dont la hauteur était minutieusement mesurée. Il s'agissait des points altimétriques remarquables et il nous expliqua ce qu'était une échelle planimétrique et une échelle altimétrique. Il gâcha du plâtre à prise très lente et en étendit une mince couche sur le plateau. Il y dessina le cours de la rivière qu'il creusa très faiblement et modela à la main, les reliefs environnants en se servant des repères. Il esquissa ensuite la première courbe de niveau, puis la seconde et, s'aidant d'une spatule, rognant par-ci, comblant par-là, il façonna la première marche d'escalier, puis la deuxième et les suivantes jusqu'à ce qu'il eût atteint le point culminant. Quand il eut terminé, il adoucit les pentes et porta sur ce relief le tracé des routes et des chemins. Les élèves l'aidèrent de leur mieux à peindre les forêts, les escarpements et à placer les sources et les fermes du pays. Le résultat était si parlant que tous les artisans, même les plus modestes, considérèrent le plan comme leur œuvre. Il rassembla ensuite des extraits des chroniques et des archives de la mairie pour écrire une monographie historique qui nous révéla, sur un siècle, le passé jusque-là ignoré de la commune de La Roque-Gageac.

Ce maître exceptionnel était également soucieux de notre instruction civique; il nous parlait avec passion de la France, de ses heurs et malheurs. Sur la paroi du côté cour, à l'opposé du grand mots-croisés historique, il avait peint une fresque représentant l'entrée d'une bastille qu'une liberté allégorique rayonnante de lumière ouvrait avec son épée. De pauvres hères dépenaillés, dont certains étaient chargés de chaînes, sortaient de l'ombre du cachot, la main sur les yeux, éblouis par la vision radieuse de la Révolution, de la liberté et de la Déclaration des droits de l'homme.

Devant ce panneau, il nous parlait des temps anciens, sans apologie ni acrimonie, comme faisant partie des épreuves nécessaires à l'éclosion d'une nation, mais il dénonçait les guerres et insistait sur la paix, seule gloire et dignité des hommes. Sa philosophie s'inspirait d'un certain Félicien Challaye, adepte d'un pacifisme intégral, « la morale de l'universel amour ». Son communisme de jeunesse qui perçait de-ci de-là, à travers l'évocation des structures kolkhoziennes, dérivait insensiblement vers un socialisme humaniste dont les phares étaient Jean Jaurès, Freud et Charles Péguy. Il fit ainsi de moi et de la plupart de mes camarades des citoyens épris de justice et de liberté et des inconditionnels de la République française.

Quand nous eûmes terminé le chapitre de l'homme et de son environnement, il réalisa de ses mains le premier poste de T.S.F. du pays. Pendant des mois, il bobina des selfs, essaya des rhéostats, souda des fils, fixa des lampes de formats divers, déploya une antenne faite d'un fil de fer tendu entre deux perches et d'une bande de cuivre dont l'extrémité plongeait dans une fosse emplie de gravier, de charbon de bois et de grillage. Il brancha un curieux haut-parleur qui avait la forme d'un pavillon de phonographe et, dans un silence religieux, il nous fit entendre le résultat. Dans un concert de grésillements et de claquements secs, nous entendîmes distinctement « Ici radio Toulouse-Pyrénées », et quelques jours plus tard l'émotion fut encore plus intense lorsqu'il parvint, par hasard, à capter Londres. Les villageois des alentours vinrent se rendre compte du miracle mais certains repartirent sceptiques, convaincus que c'était Mme Maradène qui parlait du fond d'un placard. Le progrès était à nos portes, le dirigeable allemand *Graf-Zeppelin* qui rentrait d'Amérique du Sud survola à basse altitude le ciel de notre campagne et, quelques mois plus tard, nous eûmes un jour de congé en l'honneur des aviateurs Coste et Bellonte qui avaient réussi la première traversée de l'Atlantique d'est en ouest.

Sur la lancée, notre instituteur construisit une machine à vapeur avec des cylindres en bidons de Miror, qui grava définitivement dans nos esprits le principe essentiel des piston, bielle, manivelle et volant. Nous ayant ainsi préparés aux temps futurs, M. Maradène déclara que, l'année suivante, il présenterait au certificat d'études mon amie Claire et moi-même.

Malgré un « régent » aussi *irreya* (plein d'idées), comme disait ma grand-mère qui n'avait pas le mot instituteur dans son langage, l'école de La Roque-Gageac, qui groupait une vingtaine d'élèves, présentait peu de candidats à ce sommet de l'enseignement primaire. Quelques sujets, chaque année, étaient seuls capables d'affronter l'épreuve. Les autres, qui n'avaient pas de goût pour l'étude, se contentaient de savoir lire et écrire, de posséder un peu d'arithmétique, d'histoire, de géographie et de culture générale. Ils se destinaient à l'agriculture ou à des activités artisanales. La ferme familiale ou le métier paternel les attendaient. À quoi bon perdre son temps dans *l'Iliade* et *l'Odyssée* ? D'ailleurs, si quelques-uns avaient eu l'idée de s'instruire davantage, leur père les aurait ramenés sur terre en leur disant : « Je n'ai pas de quoi te tenir par les écoles et faire de toi un fainéant supplémentaire. » La Claire n'avait plus que sa mère, qui était veuve et pauvre, et des frères qui gagnaient leur vie à la force du poignet ; moi, je n'avais rien ni personne pour me soutenir, nous pouvions donc rêver l'impossible et, comme nous étions par ailleurs bons élèves, toutes les conditions se trouvaient réunies pour tenter l'expérience.

L'année qui suivit fut donc très active. Le « régent » nous fit subir un entraînement intensif ; nous avions tant de livres et de cahiers dans notre petit sac que nous n'avions plus de place pour ranger la gamelle où nous mettions notre déjeuner, car, hiver comme été, les élèves des terres hautes mangeaient à midi à la gamelle sous le préau de l'école ou en plein air sur une marche d'escalier. Nos pauvres manuels de classe étaient toujours maculés par les infiltrations de bouillon ou de sauce provenant de ce maudit récipient. Je réduisis considérablement mes lectures pour faire face à l'accroissement du travail scolaire et j'obtins une dispense de l'abbé Arnouil pour alléger mon service à l'église. La Claire était, depuis plus de trois ans, ma compagne de route. Nous faisions matin et soir le trajet de l'école par le chemin de Lauzier et nous répétions ensemble nos leçons en marchant. Elle était un peu plus âgée que moi et avait la réputation d'être un numéro. C'était une belle fille délurée, dynamique et intelligente, qui avait un entrain et un culot à toute épreuve.

Nous passâmes notre examen à Sarlat à la fin du mois de juin et nous fûmes reçus. C'était la première fois que je quittais mon petit univers et que je me trouvais mêlé à une foule d'écoliers inconnus, entourés de leurs parents et de leurs maîtres. Je faillis perdre pied tant mon émotion était grande, je me sentais tout petit, tout seul, mal habillé et ridicule. Heureusement que la Claire, qui était aussi dépaysée que moi mais n'avait peur de rien, me prit par le bras et me dit, en bravant la foule de son œil sombre : « Allez, Noël, on y va ! » Nous entrâmes dans la salle et nous écoutâmes le sujet de la composition française qui était : « Le chêne de la Grand-Combe raconte son histoire. » Alors là, le chêne, je connaissais. Je m'accrochai à ses branches et je dévidai une histoire si authentique qu'elle me valut la note de 9 sur 10. La partie était gagnée, et le visage de notre instituteur m'étant apparu à l'entrée de la pièce, toute angoisse se dissipa et le reste des épreuves se passa sans dommage.

Au vu de ce résultat, M. Maradène me convoqua quelques jours plus tard pour me faire part de son intention de me préparer au concours des bourses nationales de 2e série. Je ne savais pas très bien à quoi correspondait ce nouvel examen, ni à quelles études il conduisait, mais je lui donnai mon accord sans hésiter.

Quand je fis part de cette nouvelle à la maison, l'accueil fut pour le moins réservé. Ma tante pensa intimement que j'allais définitivement échapper au clergé, mais elle se fit rapidement une raison et m'encouragea puisque, si j'étais reçu, ça ne nous coûterait rien et que, plus tard, je me débrouillerais mieux dans la vie. Ma grand-mère fut songeuse ; au bout d'un moment, elle me dit : « Mais enfin, qu'est-ce qu'il te veut, ce régent, pourquoi veut-il te mettre par les écoles, tu ne veux pas être régent ni gendarme, toi ! Alors écoute, tu vas perdre ton temps. N'oublie pas que nous sommes des pauvres laboureurs, dignes et honnêtes. C'est Dieu qui l'a voulu ainsi et tu n'as pas le droit de changer ta condition. » Pauvre petite grand-mère ! Elle, si vive, si laborieuse, si réaliste, si indépendante et pleine d'humour, j'ai compris bien plus tard que mille ans de servitude, mille ans de soumission sous peine de péché contre l'ordre établi lui pesaient brusquement sur les épaules. Quarante générations de croquants résignés qui s'étaient contentés de retourner leur terre et de faire lever les récoltes pour ceux qui avaient les beaux rôles de l'Histoire et la fortune.

C'est à cette époque que les forces de ma pauvre aïeule commencèrent à décliner et sa volonté à fléchir. Elle ne me parlait plus comme avant, elle restait de longues heures à regarder de ses yeux gris-bleu marqués d'un léger cercle de cataracte les champs de récolte qui marquetaient la plaine. Elle marmonnait des phrases qui s'adressaient sans doute aux âmes du passé, à l'immense cohorte de ceux dont elle était issue. Un an plus tard, elle eut une congestion cérébrale et resta paralysée du côté droit. Immobilisée dans un fauteuil que ma tante s'efforçait de pousser au soleil, elle passait de longues heures à somnoler. Quand elle se réveillait, elle appelait ses filles et s'étonnait qu'elles soient parties au loin en la laissant seule. Elle ne me reconnaissait plus et me demandait : « Qui êtes-vous et que faites-vous ici ? Vous n'êtes pas le petit garçon de ma pauvre Noëlie, le petit Noël qui était si gentil. Il est parti lui aussi et je ne sais plus ce qu'il est devenu. » Elle n'identifiait que mon cousin Alain qui était revenu au pays avec ses parents et qui se débattait dans les problèmes de sa ferme aux Combes-Basses. Il lui parlait de ses bœufs, de ses labours et de ses espérances de récolte. Elle reprenait vie pour quelques heures et donnait des avis précis et judicieux puis repartait dans ses songes.

VIII

L'année de préparation au concours des bourses fut laborieuse et enrichissante. L'instituteur me faisait travailler sans relâche et me gardait souvent une heure ou deux après la classe pour vérifier mes connaissances. Quand je le remerciais de son dévouement et du temps qu'il me consacrait, il me répondait que c'était la chose la plus naturelle du monde, que son maître l'avait fait pour lui à Campagnac-lès-Quercy et qu'il était bien normal qu'à son tour il le fît pour moi.

Comme je n'avais plus de place dans mon sac pour loger ma gamelle, ma tante m'apportait mon déjeuner sur le chemin. J'allais à sa rencontre et nous nous asseyions au pied d'une muraille, au revers d'un talus ou près d'une fontaine devant le majestueux panorama de la vallée. Le repas était toujours frugal mais si chaud et si appétissant que je repartais réconforté et reconnaissant à cette âme tranquille de son dévouement et de son affection.

D'une façon très inattendue, je repris mes lectures malgré la charge de travail que je ramenais de l'école ; je veillais simplement plus tard et, à la lueur d'une petite lampe à pétrole, je parcourais chaque soir une cinquantaine de pages de ma bibliothèque. Je dis bien « ma » bibliothèque, car je venais d'hériter d'une trentaine d'ouvrages de l'éditeur Bernard Grasset. Ce personnage célèbre dans l'édition habitait au 6, rue Rosa-Bonheur à Paris, dans l'immeuble où ma tante était cuisinière. Ils se rencontraient dans l'escalier depuis de nombreuses années et avaient fini par faire connaissance. Bernard Grasset était un excentrique et boxait, aux heures les plus indues, son perroquet, qui poussait des clameurs à réveiller le quartier. Il s'informait ensuite auprès de ma tante de l'opinion grincheuse de l'immeuble. Un jour, il lui dit : « Tiens, tu es toujours là, toi ! Est-ce que tu lis quelque chose parfois ? » Il semble que la réponse ait été évasive, mais Grasset n'y prêta pas attention et fit transporter chez elle quelques kilogrammes de livres qui l'encombraient. Celle-ci fut bien embarrassée mais s'avisa qu'elle avait, en Périgord, un petit neveu qui, lui avait-on dit, aimait la lecture. Elle me les envoya par les messageries et c'est ainsi que j'entrai en possession de la *Jeanne d'Arc* de Joseph Delteil, prix Goncourt 1925, des *Bestiaires* de Montherlant, d'un *Hiver aux Caraïbes* de Paul Morand, de *Bella* de Giraudoux, de *Climats* d'André Maurois et de bien d'autres titres de moins grande envergure. Je rangeai ce trésor à la cave, dans un recoin bien sec où l'on faisait couver les poules.

Le style de ces ouvrages me dérouta ; non seulement leur vocabulaire était nouveau pour moi, mais je devais deviner au contexte le sens de beaucoup de mots puisque j'étais dépourvu de dictionnaire. Enfin, les références permanentes à une culture que j'ignorais et le cheminement de la réflexion tout à fait différent des enchaînements simples de cause à effet qui étaient les miens me contraignaient à un effort de déchiffrage considérable.

Cette époque coïncida également avec la clôture de mon cycle d'éducation religieuse. L'abbé Arnouil comprit qu'il était temps d'en finir avec ces atermoiements catéchistiques qui me rendaient un peu ridicule aux yeux de mes camarades. Tout le monde avait fait sa communion solennelle sauf moi qui connaissais pourtant sur le bout du doigt l'histoire sainte et le catéchisme. Il décida donc qu'au mois de mai je serais de la promotion annuelle et que je confirmerais dans les jours suivants. Je ne sais pourquoi, cette année-là, la cuvée des jeunes chrétiens fut particulièrement détestable. Plusieurs de mes compagnons étaient idiots de naissance, bègues congénitaux et hermétiques au savoir. L'un d'eux, qui avait plus de quinze ans, ne parvenait pas à comprendre ce qu'était le bon Dieu. Le curé s'était épuisé à lui expliquer que Jésus avait été crucifié pour le rachat de nos péchés et que son esprit était présent dans le tabernacle. Picard n'entendait rien à ces choses étranges. Le matin de la communion, notre bon pasteur, pris d'un ultime scrupule, lui demanda devant l'autel : « Joseph, mon fils, dis-moi s'il te plaît, où est le bon Dieu ? » et l'autre lui répondit en lui montrant la direction du grand calvaire de La Malartrie : « *Esobal qué pindolho !* » (Il est là-bas qui pendouille !)

La cérémonie fut en tout point comparable à celles que je voyais depuis cinq ans. Les communiantes avaient revêtu de grandes robes blanches et les garçons des costumes noirs avec un brassard blanc. Chacun portait un missel neuf et un chapelet de nacre autour du poignet. Ma tante, qui avait un peu souffert de ma longue attente, avait voulu marquer un grand coup auprès des autres femmes de la paroisse. Elle avait écrit à plusieurs reprises à sa sœur parisienne et avait vendu inexplicablement un mouton hors saison. Un samedi matin, elle me dit d'un air mystérieux : « Aujourd'hui, nous allons à Sarlat pour choisir ton costume de communiant. » Après un moment de stupéfaction, je me laissai aller à la joie inexprimable d'avoir un habit neuf ; le premier de mon existence, après des années de fripes retaillées.

Le voyage dans la jardinière du voisin me parut aussi merveilleux que celui de Cendrillon dans le carrosse des fées. Parvenus à la ville, nous allâmes aux magasins Batin, près de l'église Sainte-Marie, et là, entre deux vendeuses qui m'intimidaient et un tailleur ventru qui portait une pelote d'épingles fixée sur l'avant-bras, j'essayai trois ou quatre costumes bleu marine ou noirs avec veste, col rabattu, col marin, revers, régate et je ne sais plus quelle autre fantaisie. Bref, nous sortîmes tout étourdis avec un grand carton rectangulaire sous le bras contenant l'ultime fruit de notre dernier choix. Nous passâmes ensuite chez les marchands de brassards, de chaussettes et de souliers, et je me retrouvai aussi complètement équipé que mon aïeul partant pour la Crimée. Je fus si beau dans ce costume que ma tante se fit photographier en public à mes côtés, devant l'église, le jour de la cérémonie. Je la sentais si heureuse d'avoir abandonné pour un seul jour son humble condition de pauvre fille qu'elle m'attendrit au point d'en oublier les contraintes que m'imposaient cet habit inhabituel et ces chaussures étroites qui me torturaient les pieds.

La confirmation intervint quelques semaines plus tard dans la cathédrale de Sarlat. Je revêtis une nouvelle fois le costume d'apparat et je me rendis, juché sur un camion chargé de postulants de la contrée, à ce mémorable rassemblement. La cathédrale était bourdonnante de jeunes fidèles à jeun qui devaient recevoir la communion des mains de l'évêque, mais celui-ci était si en retard que les crampes d'estomac ne tardèrent pas à tenailler les fidèles et à nuire au recueillement. « Oh ! Noël, me disait ce grand pendard de Coco qui était mon voisin, qu'est-ce que tu dirais d'une demi-livre de boudin ou d'une taille de pâté de foie ? » L'église avait dû avoir bien du mal à policer, au cours des siècles, ces Périgourdins panthéistes, contestataires, amateurs de bagarres et de bonne chère.

Les rites religieux étant définitivement accomplis, je pus me consacrer sans désemparer à mon travail scolaire. La date des épreuves approchait et je m'épouvantais de mon ignorance. L'instituteur me soumettait à un gavage particulièrement contraignant et, quand l'heure du concours arriva,

M. Maradène m'emmena à la gare de Vézac pour prendre le train pour Périgueux.

C'était un après-midi du mois de juin où la vallée de la Dordogne ne m'avait jamais paru aussi belle, avec ses collines couronnées de bois sombres, ses grandes falaises d'ocre, ses damiers de cultures, ses prairies verdoyantes et cette incomparable douceur fleurant les foins coupés. Bien qu'angoissé par l'approche de l'examen, je me sentais heureux de vivre dans un si beau pays et plein de confiance envers l'homme qui me protégeait et me conduisait à la découverte du monde. Car c'était ma première échappée hors de mes horizons protecteurs et la première fois que je prenais le train. Durant tout le voyage, je ne quittai pas des yeux le ruban de forêts, de rivières, de hameaux, d'églises et de châteaux qui se déroulait à travers la portière. Le site des Eyzies m'impressionna et les noms chantants des petites gares me tinrent en haleine jusqu'à la capitale du Périgord.

Périgueux n'était alors qu'une grande bourgade mais elle m'apparut aussi imposante qu'une ville immense ; la taille et l'architecture de sa cathédrale, la dimension des immeubles et des places, les rues asphaltées et les lumières électriques m'éblouirent. Il faut comprendre qu'à douze ans je n'avais jamais vu un pouce carré de goudron, ni une lampe électrique, ni une enseigne lumineuse, ni un grand magasin.

M. Maradène avait retenu une vaste chambre dans un petit hôtel du centre qui donnait sur les allées de Tourny. Il me conduisit à la salle à manger et me fit faire trois découvertes : une graisse jaune d'un goût exquis, qui était le fameux beurre du pot du petit chaperon rouge, dont je n'avais jamais vu trace sur notre table ni sur celles des voisins ; un petit fruit vert de la grosseur d'un gland avec un gros noyau à l'intérieur : la savoureuse olive des *Lettres de mon moulin* d'Alphonse Daudet et, au dessert, une tranche ronde et plate avec un trou au milieu que M. Maradène me dit être un fruit exotique rare appelé ananas. Pour terminer cette fastueuse soirée, mon maître me conduisit à une conférence de libres penseurs que donnait, au théâtre municipal, le célèbre théoricien anarchiste Sébastien Faure. Ce personnage à barbiche blanche et à front chauve, juché sur une estrade, expliquait que Dieu n'était qu'un mythe. « Ce sont les hommes, disait-il, qui, par orgueil, se prétendent faits à son image alors que la notion de divinité n'est qu'un phantasme. » L'auditoire, composé de personnes âgées et de très jeunes gens, entendait sans broncher que les miracles n'existaient pas et que Dieu pas plus que les hommes ne saurait faire un bâton qui n'ait qu'un bout. L'orateur parlait beaucoup de la nature, à laquelle il attribuait toutes les merveilles de l'univers, et de la science : cette dernière permettrait peu à peu d'expliquer tous les phénomènes dits surnaturels. Je le trouvais diabolique avec sa barbiche et je me disais que c'était peut-être le « Belial » de ma grand-mère, le diable protéiforme. Je l'imaginais assis sur la Pierre-du-Diable, par une nuit d'orage avec de grands éclairs dans le ciel qui auraient marqué la colère de Dieu.

En rentrant à l'hôtel, M. Maradène me dit avec un sourire : « Et si nous révisions un peu les sciences ! » C'est ainsi que je repassai la boussole sur laquelle je fus interrogé longuement à l'oral du concours.

Le lendemain, nous partîmes de bonne heure pour être à temps devant la salle d'examen. Il y avait une foule de candidats fébriles, accompagnés de leurs parents, des petits citadins reconnaissables à leurs jolis costumes et à leur teint diaphane, des campagnards aux visages rouges et aux gestes empruntés, accompagnés de pères endimanchés qui arboraient de grosses moustaches et portaient des chapeaux ronds. Après l'appel alphabétique, je me retrouvai dans une grande salle devant plusieurs feuilles de papier rayé, un porte-plume et un encrier de porcelaine qu'un appariteur venait de remplir de l'encre violette des écoles primaires de la République.

Les épreuves écrites durèrent toute la journée et, à midi, mon instituteur vint aux nouvelles. En composition française, j'avais bâclé, faute de temps, ma conclusion ; en mathématiques, mes deux problèmes étaient corrects ; je n'étais pas très satisfait, mais M. Maradène me parut rassuré. L'après-midi, l'histoire, la géographie et l'orthographe ne me tendirent pas trop de pièges. Il ne restait plus que les épreuves orales ; l'interrogation de sciences commença par la boussole que j'avais révisée l'avant-veille ; je fus si intarissable que l'examinateur dût m'arrêter. Il me félicita et me prédit un brillant avenir de marin ou de voyageur.

À cinq heures de l'après-midi, les résultats furent affichés, mais j'avais tellement peur que je n'osai pas m'approcher du panneau. Ce fut mon maître, triomphant, qui m'apporta les résultats ; non seulement j'étais reçu, mais les notes que j'avais obtenues me situaient dans le peloton de tête du département. J'obtiendrais donc une bourse nationale entière pour le collège La Boétie de Sarlat et une petite subvention d'entretien du conseil général de la Dordogne. M. Maradène remplit quelques formalités et me ramena à La Roque-Gageac, heureux du couronnement de ses efforts. J'étais moi-même très satisfait de pouvoir continuer mes études secondaires, car aller au collège était un privilège rare dans le monde rural.

Pour la première fois, je notai autour de moi des sentiments divers ou plutôt des nuances dans les états d'âme. Nuances de jalousie chez les parents de mes camarades de classe : « Tu en as de la chance d'avoir gagné la bourse, au moins en faisant des études, tu ne risqueras pas d'attraper des ampoules ! » Des nuances d'envie : « Tant mieux pour toi. Quand on n'a rien au soleil, il faut bien se rattraper comme on peut ! » Nuance de dépit chez les riches : « On dit qu'il va aller au collège de Sarlat, au collège laïque bien entendu, car chez les Jésuites, il faut payer ! » Le collège privé Saint-Joseph de Sarlat, qui attirait les sujets un peu difficiles de l'armorial de France, était l'établissement promotionnel de la haute et de la moyenne bourgeoisie.

À la maison, ma tante fut contente de mon succès et ma grand-mère, qui était de plus en plus indifférente, ne fit aucun commentaire.

Les mois de juillet et d'août se passèrent en besognes champêtres ; je n'avais de répit qu'à l'approche du soir quand le bétail était rentré et que je prenais mes deux cruches et le cerceau de bois pour la corvée d'eau quotidienne. Cette promenade vespérale était à la fois l'occasion d'une longue rêverie où je bâtissais, comme toujours, maints scénarios imaginaires et un moment de réflexion sur mon présent et mon avenir.

Certes, les années d'études qui s'ouvraient désormais devant moi me semblaient rassurantes et leur finalité ne faisait pas de doute dans mon esprit ; je réussirais mes examens et j'irais en Afrique, mais j'éprouvais une angoisse indéfinissable, une sensation de rupture qui m'obsédait. L'année de préparation du concours avait distendu mes liens de solidarité affective avec mes camarades de classe. La plupart d'entre eux avaient quitté l'école, soit pour entrer en apprentissage, soit pour seconder leurs parents à la ferme. La bande du chemin de Lauzier s'était défaite. La vie nous happait un à un. La Claire était partie dans une institution religieuse de Sarlat, Jacques Bouyssou préparait une carrière de géomètre-arpenteur, Moïse Angibeau travaillait avec son frère aîné et son père dans le bâtiment, Raymond Lacour se destinait à l'agriculture. Guy Maure était entré à l'école d'enfants de troupe à Autun et, dans deux mois, je serais moi-même collégien. À l'église, de nouveaux enfants de chœur m'avaient remplacé. Jamais je n'avais ressenti un tel sentiment de solitude.

Pour la première fois, j'avais conscience d'être orphelin, sans véritable soutien et sans confident. Ma grand-mère me reconnaissait à peine au cours de ses rares instants de lucidité. Quant à ma petite tante, si pleine de cœur et d'affection pour moi, elle était si fragile et si dépendante que c'était plutôt à moi de la protéger.

Jusqu'alors, mon environnement naturel d'animaux domestiques et d'oiseaux, mes camarades, mes voisins, l'instituteur et le curé m'avaient tenu lieu de famille, et voici qu'ils s'éloignaient de moi. Alain et ses parents avaient tant de soucis avec leur ferme que je ne les concernais guère. À chacun sa route et son destin. Mes conteurs attitrés avaient déserté les parages, le Péoux, rongé par les fièvres, ne rempaillait plus les chaises du voisinage. Chavaroche était devenu métayer dans une commune voisine, laissant les blaireaux, les renards et les fouines sans porte-parole et sans défenseur. L'Ange Gabriel lui-même avait quitté le pays pour aller retrouver une de ses filles mariée dans le Bergeracois. La ferme des Landes où il vivait en squatter avait été louée à une pauvre famille dont un bon tiers des enfants étaient dégénérés. L'un d'entre eux, qui avait échappé à la disgrâce génétique, nommé Marcel, avait quelques talents ; il jouait de l'accordéon et était passionné de sport et de courses de bicyclette. Il était abonné au *Miroir des sports* et me prêta sa collection. C'est ainsi que je devins rapidement un familier des compétitions nationales et internationales. Le Tour de France avec Antonin Magne et Nicolas Franz, le tennis avec Borotra, Cochet, Lacoste et l'Américain Tilden, les grands joueurs de football, les boxeurs avec Carpentier et Sikki, les nageurs avec Jean Taris, les coureurs à pied avec Ladoumègue. Les aviateurs, qui n'en finissaient pas de battre des records de hauteur, de distance, de vitesse : Saint-Exupéry,

Guillaumet, Mermoz. Comme j'étais seul, désormais, pour veiller sur mon troupeau d'oies, je m'installais au revers d'un sillon ou sur une pierre de délimitation et je dévorais les Jules Verne prêtés par l'école : *Cinq Semaines en ballon, Voyage au centre de la terre, Vingt Mille Lieues sous les mers.* Le savant Lindenbrock et son neveu Axel, le commandant Fergusson et le capitaine Nemo m'entraînèrent dans les entrailles de la terre, dans le ciel d'Afrique ou au fond des mers.

Comme j'avais pris l'habitude de m'incorporer aux équipes de mes héros, je passais sans transition de la piste du stade Jean-Bouin à Paris, où je battais au sprint le record du 1 500 mètres devant Jules Ladoumègue, à la nacelle du ballon *Victoria* survolant le lac Tchad et les montagnes du Borkou. J'applaudissais derrière l'éperon d'acier du *Nautilus* lorsqu'il s'apprêtait à traverser, de part en part, la coque d'un navire pirate. Le *Voyage au centre de la terre* me fit découvrir la nature des roches. Jusque-là, je n'avais prêté attention qu'aux êtres vivants, les pierres et les cristaux m'indifféraient. Devant les merveilles que découvrait Axel, je me mis à scruter tous les blocs éboulés et toutes les falaises, et je fus enthousiasmé par la découverte des fossiles qu'ils contenaient. La mer avait donc déposé ces roches dans des temps très anciens, puisque les coquilles marines y étaient aussi abondantes que devant l'écran de verre du sous-marin *Nautilus.*

Un tel bouillonnement de lectures et de découvertes me mettait la tête en ébullition et je vivais dans une sorte d'état second qui me déconnectait du monde environnant. L'éloignement de mes camarades, les histoires que racontaient les paysans, les rythmes agricoles ne me concernaient plus de la même façon ; je recherchais la solitude pour rêver tout à mon aise et m'entretenir avec mes héros. Je choisissais tour à tour les refuges que j'avais fréquentés dès ma plus tendre enfance. Les recoins entre deux rochers exposés au midi, où l'odeur du thym, du serpolet et des genévriers s'exaspérait au soleil brûlant, l'ombrage d'un chêne vert d'où l'on découvrait le moutonnement sans fin des collines, une anse paisible de la Dordogne où les eaux venaient lécher la plage de gravier, ou tout simplement une vieille cabane en ruine sur les pentes du pech de Milhac. Je me blottissais dans ces abris familiers comme dans le giron d'une mère, leur compagnie muette mais tutélaire me rassurait, je leur parlais en confiance et j'étais certain qu'ils m'approuvaient.

IX

Quand les premières brumes matinales eurent empli les fonds des vallées, annonçant la venue prochaine de l'automne, le fil de mes pensées se rapprocha de terre. Dans quelques semaines, ce serait la rentrée scolaire et je ne savais rien de ce collège de Sarlat où je devais, selon M. Maradène, demander mon inscription en classe de cinquième, pour compenser la perte d'une année de préparation au concours national des bourses. Demander une inscription ? Mais à qui ? Je ne connaissais personne à Sarlat et comment pouvait bien s'appeler l'instituteur supérieur qui dirigeait cette institution ? Fallait-il lui écrire en remettant la lettre au facteur rural qui nous venait tous les matins du chef-lieu de canton ? Ma tante ne savait pas non plus comment s'y prendre. Notre embarras prit fin avec l'arrivée d'une lettre aux armes du collège La Boétie, portant salamandre sur bûcher en flammes et qui était destinée à l'enfant Guy-Noël Georgy aux bons soins de M. Maradène, instituteur public à La Roque-Gageac. L'enveloppe contenait un formulaire à remplir : nom, prénom, date et lieu de naissance, fils de et de... et le descriptif d'un trousseau à rassembler : draps de lit, serviettes de toilette, effets d'habillement, mouchoirs, chemises, chaussettes et chaussures.

La rentrée aurait lieu le 2 octobre, mais les élèves pensionnaires étaient invités à se présenter au collège, accompagnés de leurs parents, dans l'après-midi du 1er octobre, pour la mise en place et l'accomplissement des formalités administratives. Mes efforts conjugués à ceux de ma tante vinrent à bout du formulaire, mais la composition du trousseau nous plongea dans la perplexité. Deux paires de draps de lit, passe encore, il en existait d'inusables dans l'armoire de ma grand-mère, des serviettes de toilette, nous en avions quatre ou cinq, mais de là à rassembler la douzaine qui était demandée ! De costume, je n'avais que celui qui avait été acheté pour la communion, outre un habit pour tous les jours, taillé et recousu à partir d'une fripe obtenue par je ne sais quelle voie. J'avais déjà arboré le beau vêtement pour aller à Périgueux et je le trouvais un peu pompeux et trop serré. Les chaussettes étaient de bonne laine tricotée à la maison, quant aux chaussures, je disposais des souliers dits « du dimanche » et d'une paire de sabots à batte de cuir noir, artistement cloutés sur la sole, fort commodes pour les glissades sur les flaques glacées en hiver, mais déconseillés pour les escaliers et les parquets des classes. Le formulaire, une fois rempli, fut expédié, mais l'épée de Damoclès du trousseau resta suspendue au-dessus de ma tête.

Le jour de la rentrée arriva ; ma tante mit dans une vieille valise qui avait appartenu à ma mère les draps de lit, les serviettes usagées complétées par des prêts à fonds perdu de généreuses voisines, une douzaine de mouchoirs et quelques chemises. Je m'étais endimanché et j'arborais mes souliers de cuir ; je portais à la main, dans un sac en papier, mes deux sabots et leurs chaussons de basane.

Nous nous rendîmes, ma tante et moi, à Gaillardou, pour prendre le petit tramway départemental qui faisait Villefranche-du-Périgord-Sarlat.

Aux alentours de l'année 1930, ce chemin de fer miniature, qui devait disparaître quelques années plus tard, parcourait quotidiennement, à l'aller et au retour, les cinquante-deux kilomètres qui séparaient les deux villes. Il était composé d'une locomotive liliputienne à vapeur à laquelle étaient attelés, selon les foires locales et la demande de transport, cinq ou six wagons, sommairement équipés pour voyageurs et marchandises. La voie avait été établie en bordure de la route départementale et, comme les courbes de la chaussée étaient parfois trop raides, le rail changeait constamment de côté. Pour éviter les accidents et les rencontres inopinées avec des charrettes ou des troupeaux, le mécanicien actionnait en permanence le sifflet de la machine. C'est ainsi qu'à la halte facultative de Gaillardou le tramway, que l'on avait arrêté en agitant la main, m'embarqua pour un autre monde. Il était plein de paysans en blouses bleues, qui allaient traiter quelques affaires de bétail à la ville, et de fermières. Elles portaient le mouchoir de tête noué à la périgourdine avec une corne sous l'oreille gauche et se cramponnaient à d'énormes paniers d'osier débordant de poulets, de canards et de victuailles. Après deux heures de tintamarre, le convoi nous déposa à la station de La Grande-Rigaudie, au pied du collège La Boétie. Il était 11 heures et trop tôt pour se présenter au principal de l'établissement. Ma tante s'avisa qu'elle avait une cousine qui tenait une auberge, place de la Liberté, et décida de s'y rendre pour manger un morceau.

À notre arrivée, le quartier était en émoi : le boucher, qui tenait boutique à deux pas de notre parente, venait de tuer sa femme infidèle à coups de couteau. Les deux agents de police de la ville de Sarlat montaient la garde devant la maison du crime.

Notre repas fut écourté et la conversation ne porta que sur les détails du meurtre. « Il paraît qu'il lui a tranché la gorge comme à une brebis et, dans sa fureur, il avait commencé à la dépecer. Quand je pense que c'est avec le couteau qui avait servi hier soir à couper ce rôti, imaginez-vous, mes pauvres ! » Bref, nos échanges s'arrêtèrent là et nous prîmes, assombris de mauvais présages, le chemin du collège. Le concierge, mutilé de guerre et appareillé d'un pilon de bois, nous conduisit au fond de la cour et nous fit grimper au premier étage où se trouvait le bureau du principal. Dans notre hâte d'être exacts au rendez-vous, nous étions arrivés les premiers et nous fûmes introduits immédiatement dans le saint des saints.

Le principal du collège était un homme d'une quarantaine d'années, prématurément chauve et porteur d'une grosse moustache d'un roux délavé. Il avait un accent rugueux qui trahissait une origine alsacienne et se nommait Ernest Ziller. C'était apparemment un brave homme ; il nous accueillit avec cordialité, nous jugea du premier coup d'œil et nous rassura sur le trousseau. « Puisqu'il a une petite subvention d'entretien du département, nous nous débrouillerons », dit-il. Sur son bureau s'étalaient une liste de noms et des dossiers ; il les consulta, remarqua que mes appréciations scolaires étaient bonnes et observa que j'étais inscrit en 5e A latin-grec. « C'est un peu risqué à cause du retard en latin, dit-il, mais nous verrons par la suite. » La présentation était terminée, il me demanda de rejoindre une salle d'accueil pour que l'on m'indiquât où se trouvaient mon lit et le réfectoire. Ma tante, qui avait peur de manquer le tramway, était inquiète ; elle me quitta sur-le-champ et, comme d'habitude, sans grande démonstration affective, convaincue, par tradition, qu'un peu de rudesse aguerrit le soldat. « Voici 2,50 F, me dit-elle, pour payer ton billet de retour dans quinze jours. Pour le reste, débrouille-toi et fais de ton mieux. »

Je me rendis donc à la salle d'orientation pour accomplir mes formalités pratiques d'entrée, puis je fus conduit au deuxième étage où se trouvaient les dortoirs ; c'était une pièce immense qui occupait toute l'aile du bâtiment ; deux longues files de lits en fer s'y faisaient face, un lavabo collectif en zinc, avec une vingtaine de robinets, occupait le fond de la salle. Aucune trace d'appareil de chauffage n'était visible et des trous d'aération étaient percés dans le plafond. Le guide qui m'accompagnait me désigna un lit à l'extrémité opposée aux lavabos et me remit deux draps rugueux, une couverture de laine grise, un édredon, un traversin et une serviette de toilette. Allez ! fais ton lit, me dit-il, et descends dans la cour pour aller au réfectoire.

Je venais à peine de border ma couverture qu'un garçon de mon âge, au front bombé et au visage rond, vint vers moi et me demanda mon nom. Je lui répondis : « Noël Georgy, je suis de La Roque-Gageac. » Il éclata de rire et me serra vigoureusement la main. « René Vaysse de Mouzens », me dit-il. C'était donc là mon fameux correspondant de *l'Iliade* et de *l'Odyssée* que je n'avais jamais rencontré, malgré deux ans de correspondance assidue. Lui aussi était collégien et entrait en classe de quatrième. Il était déjà au collège depuis deux années, car il était pupille de la nation et n'avait pas eu à préparer le concours des bourses nationales.

Nous avions tant de choses à nous dire que nous ne nous quittâmes pas de la soirée ; c'est ensemble que nous fîmes le tour des lieux, jetâmes un coup d'œil sur les classes et inaugurâmes le réfectoire : une salle basse et voûtée, garnie de tables massives et de bancs de bois fixés au sol. Le potage et le plat de haricots du menu, la carafe d'eau et le quignon de pain ne laissèrent pas un grand souvenir dans ma mémoire ; j'étais suspendu aux lèvres de René Vaysse qui m'initiait à ce qui devait être, pendant six ans, ma nouvelle existence.

Des flots de jeunes recrues, gauches et timides, d'anciens plus délurés reconnaissables à leur aisance condescendante, se déversaient peu à peu dans la cour centrale. Des groupes se formaient, loquaces ou réservés. Les grands élèves des classes supérieures frayaient à part, dédaigneux de la « bleusaille ». Je ne connaissais personne d'autre que mon épistolier favori et je cherchais, instinctivement, un visage apeuré et solitaire qui m'aurait ressemblé comme un frère.

À 8 heures du soir, le concierge agita la cloche, deux jeunes hommes que l'on me dit être les pions battirent des mains et nous rassemblèrent au pied des grands escaliers de pierre des dortoirs. La toilette de nuit fut vite expédiée, nous avions trouvé sur nos lits de grandes chemises de nuit de toile grise, peu adaptées à nos tailles, et nous nous dirigeâmes ver le lavabo collectif. Un gros morceau de savon de Marseille circulait de main en main, et la plupart des élèves se frottaient les dents avec une petite brosse à long manche et une sorte de pommade qui sentait la menthe. Je ne m'étais jamais lavé les dents de mon existence, ni n'avais jamais vu personne se livrer à cet exercice. « Où est ton dentifrice ? », me demanda le pion « Je l'ai oublié », lui répondis-je précipitamment. « Achètes-en demain chez le concierge, car se laver les dents est obligatoire, monsieur ! D'où sort-il encore, celui-là ? »

Je me réfugiai dans mon lit, tout confus d'être dépourvu de dentifrice et fort impressionné par cette première nuit de repos collectif. Je ne parvenais pas à trouver le sommeil, j'avais les pieds glacés sous mon édredon et une sarabande d'images, d'idées, de reproches, d'angoisses s'effilochaient dans ma tête. J'avais entendu parler autour de moi de livres à acheter, de fournitures à compléter et voilà que le dentifrice entrait en scène. J'avais sept francs et cinquante centimes pour toute fortune, soit deux francs cinquante donnés par ma tante et cinq francs de reliquat d'anciennes économies d'enfant de chœur. Dieu seul savait combien pouvait coûter la brosse et le dentifrice.

La cloche me réveilla à six heures, je m'habillai promptement avec mes effets ordinaires, extraits de la valise que l'on nous avait autorisés à conserver pour quelques jours encore au pied de nos lits, et je regardai furtivement les chaussures des autres pensionnaires. Ils avaient tous de beaux souliers de cuir flambant neufs. Que devais-je faire ? Remettre mes chaussures du dimanche ou mes sabots ? D'un seul coup et pour la première fois, voilà que j'avais honte de mes sabots. Je me rappelai heureusement un conseil de ma grand-mère : « Quand tu es devant deux chemins dont l'un est trop facile et l'autre plein de cailloux et de ronces, prends d'abord le plus difficile, car, ensuite, ça ne pourra qu'aller mieux. » Je mis donc mes sabots sans plus hésiter.

Le premier jour de l'année scolaire se passa à faire la connaissance des professeurs et à recevoir livres et fournitures. On ne me demanda aucun argent et le dentifrice ne me coûta qu'un franc vingt-cinq centimes. Je fus rassuré. Peu à peu, mes compagnons de classe s'approchèrent de moi et m'interrogèrent sur un mode connu : « D'où viens-tu, que fait ton père, je n'en ai pas ! et ta mère, elle est morte ! et tes frères, je suis seul, alors ce sont tes grands-parents qui sont riches, non, ils étaient pauvres et ils sont morts également. Eh ! ben dis donc, t'es un drôle de type toi ! Moi, mon père est instituteur, agent voyer, gendarme, commerçant, cultivateur, conseiller général, médecin... » Et je voyais bien qu'ils se rengorgeaient d'avoir papa et maman, relative aisance, pignon sur rue, protection et déjà position sociale. Malgré ces traits de petite vanité, ils étaient dans l'ensemble bons garçons et j'en flairais quelques-uns avec sympathie parmi des fils d'agriculteurs ou d'artisans.

Il faut dire que le collège de Sarlat était un établissement original par son histoire, sa clientèle et sa mission. Fondé, disait une plaque apposée au fronton de l'édifice, en 1578 par Pierre Blanchier, conseiller au parlement de Bordeaux, qui avait donné à cet effet ses biens à la ville, cette institution avait connu toutes les tribulations des guerres de Religion, de la Fronde, de la Révolution, de l'Empire et de la Restauration. Elle avait même failli disparaître en 1885, époque à laquelle il n'y avait plus qu'une vingtaine d'élèves. Elle fut sauvée par miracle et remise progressivement sur pied par la troisième République. En 1930, ses effectifs atteignaient une centaine d'inscrits, pensionnaires ou externes. Son recrutement était populaire : enfants de la classe moyenne de la ville, fils d'agriculteurs aisés des campagnes environnantes, boursiers de l'État et pupilles de la nation, en général de modeste origine. Sa vocation était d'amener une poignée de bons élèves jusqu'au baccalauréat et de permettre au tout venant de compléter son éducation primaire jusqu'à la classe de troisième ou de seconde. « Un bon bagage ne pourra pas lui faire de mal. Dans le monde de demain, il faudra de l'instruction », disaient le samedi, jour de foire à Sarlat, leurs pères à gros portefeuille, autour des tables de café et de restaurant. Les artisans souhaitaient pousser leurs enfants vers les centres d'apprentissage et les professions libérales. Les élèves n'ayant pour tout bagage que leur faculté d'apprendre se retrouveraient fonctionnaires : professeurs, instituteurs, contrôleurs des contributions, agents de la Régie des tabacs. Seuls, quelques sujets d'élite aborderaient l'enseignement supérieur, mais, là, il s'agissait d'un autre monde sur lequel le collège n'avait aucune idée, ni aucune ambition.

En réalité, dans ce chef-lieu d'arrondissement de huit mille habitants, l'éducation de haut de gamme et les grandes perspectives de carrière étaient l'apanage du collège Saint-Joseph, dirigé par les Jésuites.

Ancien séminaire, construit vers 1680 par François de Salignac, évêque de Sarlat, cet établissement avait connu, comme le collège La Boétie, tous les à-coups de l'histoire et les chicaneries des différents propriétaires. Acheté par les Jésuites, mais hypothéqué par des droits anciens de la ville, victime des lois de séparation de l'Église et de l'État, ouvert, fermé, repris, désaffecté, relancé de nouveau, il s'était néanmoins acquis, sous la conduite éclairée de la Compagnie de Jésus, une grande réputation. Il hébergeait plus de quatre cents élèves venant de vingt à trente provinces appartenant aux grands noms de l'aristocratie et de la haute bourgeoisie française.

Devant ce pot de fer, la pauvre *toupine* de terre du collège laïque La Boétie faisait piètre figure. Ses frais de fonctionnement étaient, malgré l'aide de l'État, très élevés pour une municipalité désargentée qui lésinait sur tous les postes. Le matériel était laissé dans un état déplorable. Les énormes tables de classe avaient été sculptées au tisonnier rougi dans les poêles à charbon par des générations d'élèves. Les noms de ces polissons étaient gravés en creux dans chaque planche. Les murs maculés par l'âge et les fumées portaient les empreintes en demi-teinte des emplacements successifs des tableaux de la librairie Nathan montrant les inflorescences du colchique automnal ou le foie de l'alcoolique grossi vingt fois. Les salles étaient traversées, l'hiver, par les tuyaux des poêles qui brûlaient de l'anthracite dans des relents de locomotives. Au plafond pendaient encore les installations désaffectées de l'éclairage au gaz de ville. Au rez-de-chaussée, l'humidité du ruisseau de La Cuze, qui bordait l'établissement, transpirait à travers les murs. Pour se venger d'un professeur détesté, certains élèves allaient jusqu'à uriner subrepticement sur les fondements de sa cathèdre sans étioler pour autant les mousses vertes du pavage.

Le personnel enseignant était de qualité inégale, certains jeunes licenciés ne manquaient ni de dynamisme ni de compétence, les anciens étaient plutôt bons papas et le surveillant général, « le Barbol », était un vieux naturaliste pittoresque qui enseignait les sciences naturelles et parfois le dessin. Le premier principal que j'aie connu s'adonnait à la peinture et son successeur au violoncelle. Les pions étaient de pseudo-étudiants qui préparaient théoriquement des licences en courant les filles le dimanche, et qui éblouissaient les élèves des classes terminales en arborant des costumes à bon marché d'une élégance tapageuse ou en se donnant l'allure de grands sportifs désabusés. Le collège était mixte et nous avions pour compagnes de classe des demoiselles de la ville de Sarlat. Faute de pensionnat, celles de la campagne allaient dans les écoles supérieures de Gourdon, de Périgueux et de Bergerac.

Je commençais donc, sans trop d'efforts, à m'acclimater à ma nouvelle vie. La multiplicité des cours et le grand nombre des professeurs me déroutaient un peu. Habitué à un maître unique et à un enseignement personnalisé, j'éprouvais quelques difficultés à changer d'heure en heure de discipline et de méthodes pédagogiques. Le latin, surtout, me rebutait, car mes camarades avaient une année d'avance sur moi et je me perdais dans les déclinaisons et la grammaire. En revanche, en français et en mathématiques, j'étais d'un niveau acceptable.

La vie du pensionnat, malgré sa frugalité, me satisfaisait pleinement. En quelques jours, j'avais fait la connaissance de la plupart de mes compagnons. Il y avait, comme partout, une poignée de meneurs qui, bénéficiant d'un peu plus de force physique et de hardiesse que le commun, tâtaient le terrain pour dominer les faibles et les dociles et neutraliser les rivaux. Le tout-venant était constitué de bonnes pâtes, de courageux, de courtisans et de cafards.

L'un de ces derniers me prit en grippe, sans motif apparent, et s'ingénia à me provoquer, croche-pieds dans les escaliers, bousculades, sarcasmes, mais comme j'étais vindicatif et ombrageux, il changea de méthode et essaya la moquerie, ridiculisant mes mauvais vêtements, mon accent paysan et mes sabots. J'étais le seul, il est vrai, à faire résonner les marches d'escalier et les salles de classe du claquement de mes ferrures et je ne risquais pas de passer inaperçu. Dans les parties de football où je tenais le poste de garde-but, il essaya plusieurs fois de me donner quelques mauvais coups lorsque j'avais fait un plongeon sur le ballon. Je profitai donc d'une de ses charges pour assener, de la pointe aiguë de mon sabot, deux coups d'une rare violence, non pas sur le ballon mais sur ses tibias. Il s'effondra en se tordant de douleur et alla se plaindre piteusement au surveillant. Celui-ci jugea, heureusement, que dans le feu de l'action, il était souvent difficile de contrôler ses coups et que je ne pouvais pas être blâmé. Pour qu'il ne se méprenne pas toutefois sur la nature de mon geste, je montrai ensuite, sans commentaire, à mon persécuteur le bout de mes sabots. Il comprit parfaitement et me laissa définitivement en paix.

René Vaysse m'apportait son aide et ses conseils pour l'assimilation de la grammaire latine. Jean Delord, qui avait le faciès de l'homme de Neandertal et était le fils d'un modeste cultivateur d'Auriac-du-Périgord, partageait avec moi une solidarité campagnarde. Pierre Escande, fils de l'historien sarladais Jean-Joseph Escande, me prit en amitié et me séduisit par sa gentillesse, son savoir et sa fine intelligence. Il devait devenir, cinquante ans plus tard, président de la Cour de cassation. Jean-Pierre Bouyssonnie, petit-fils d'un jardinier qui avait travaillé dans le temps jadis au domaine du Mas, près de Sarlat, avec mes grands-parents, était d'un abord facile et chaleureux. Râblé comme un taurillon limousin et le poil dru, il se distinguait par une forte personnalité et des notes brillantes. Il devait s'illustrer dans la vie en entrant à l'École polytechnique et en devenant président-directeur général d'un puissant groupe industriel. Il serait fastidieux de s'attarder sur les autres et, pourtant, ces enfants issus du terroir le plus authentique présentaient des types physiques et des personnalités bien dessinées. Ils étaient en général solidement bâtis et de robuste santé, de tempérament fier et un peu fanfarons, batailleurs en diable et toujours prêts à monter des coups. Tous se vantaient de quelque exploit, de tableaux de chasse, de prouesses sportives, de bonnes fortunes auprès des filles.

À quatorze ans, les fils de paysans avaient une ombre de moustache, des mains larges, des poitrines spacieuses, pas mal d'argent en poche provenant des étrennes du tabac, et parlaient de motocyclettes. Au plan physique, certains appartenaient à des types très spécifiques qui leur valaient des surnoms révélateurs. Delord et Lesvignes, l'un d'Auriac-du-Périgord et l'autre du Moustier dans la vallée de la Vezère, étaient, à n'en pas douter, des néandertaliens. Ils étaient trapus avec des membres courts et épais, la face prognathe, le front bas, l'arcade sourcilière proéminente, l'œil petit et enfoncé, le cou bref et massif, le torse velu et une démarche pesante; on les appelait les pithécanthropes ou les hommes du Moustier. D'autres étaient au contraire de taille élancée, le nez aquilin, le front élevé, le menton saillant, les pommettes marquées, l'allure découplée. On les appelait les hommes de Cro-Magnon. D'autres, encore, étaient de petite stature, de teint mat un peu jaune ou ambré, le visage rond, les pommettes hautes, une apparence mongoloïde, quelque chose entre un bigouden breton et un Vendéen comme Clemenceau; on les appelait les hommes de Chancelade. En fait, leurs villages d'origine se nommaient : Les Eyzies-de-Tayac, Cro-Magnon, Le Moustier, La Ferrassie, Rouffignac, Laugerie-Basse, Chancelade, Combe-Grenal, Lascaux, Laussel, Marquay, Sergeac, tous des hauts lieux de la préhistoire.

On pourrait penser que ces appellations et ces types physiques étaient le fruit de notre imagination et de nos leçons de sciences naturelles. Il n'en était rien. Le phénomène avait été scientifiquement étudié et décrit par le Dr Collignon qui, à la fin du XIXe siècle, avait exercé pendant vingt-cinq ans les fonctions de médecin-inspecteur des conseils de révision de la Dordogne, de la Corrèze et du Quercy. Il avait publié ses travaux dans les annales de géographie de 1902-1903.

Contrairement à l'opinion des anthropologues universitaires qui, pour des facilités de classification, faisaient apparaître et disparaître les groupes humains identifiés sans trop se soucier de leur origine ni de leur destin, le Dr Collignon démontrait que les races successives avaient cohabité longuement et s'étaient fondues peu à peu entre elles. Les rappels génétiques des souches ancestrales étaient selon lui très fréquents dans les régions rurales, protégées par leur environnement naturel et situées à l'écart des grandes voies de passage. Bien entendu, ces épiphénomènes frappaient d'autant plus qu'ils étaient exceptionnels ; le plus grand nombre était simplement représentatif du type moyen national, issu des temps celtiques : des crânes ronds, du poil châtain et des yeux gris-bleu légèrement tirés vers les tempes. On remarquait également les iris marron et les cheveux noirs des Celtibères. À moins que ce ne fussent les paupières gothiques, le teint clair et la blondeur des guerriers wisigoths. Il n'était pas rare non plus d'observer l'œil noir et rond et le crin sombre lustré de quelques légionnaires méditerranéens perdus dans les Gaules.

Il aurait fallu ajouter encore à cette mosaïque les colons du Bas-Empire, les soldats d'Angleterre, les Hongrois forgerons du XIIIe siècle, les prisonniers des guerres napoléoniennes et de la République, les Bretons de Pont-l'Abbé de 1923, les Italiens de la Vénétie-Julienne de 1925, les Polonais de 1928, les Espagnols de toujours et quelques autres qui s'étaient, à travers l'Histoire, aventurés dans cette Aquitaine dont le poète Ausone disait déjà, au Ve siècle, qu'elle était une terre de dépeuplement.

Tout ce mélange ne donnait pas une tour de Babel mais un métal solide longuement forgé par un destin commun, des épreuves et des joies collectives identiques, un même Dieu et une même loi.

À Sarlat, il n'y avait que des Périgourdins fiers de leurs origines, bien dans leur peau et sans complexe, sans xénophobie non plus tant que leur identité culturelle et leurs valeurs n'étaient pas contestées. Sinon, ils devenaient méchants comme des gales et faisaient front comme un seul homme.

Le temps n'était pas encore très loin où, les dimanches soir, les jeunes gens des villages voisins se livraient à des batailles rangées. Combien de fois ne m'avait-on pas raconté les hauts faits de deux cousins rapprochés, Raymond et Paul Georgy, d'une force peu commune, qui avaient défenestré, à l'occasion d'une fête votive à Saint-Cybranet, tous les cavaliers d'un bal qui se tenait, malheureusement pour eux, au premier étage. Le sens tribal restait si vif dans le premier quart de ce siècle que les matchs de rugby entre Sarlat, Terrasson, Périgueux et Brive, cités réputées pour leur arrogance et leurs grandes gueules, prenaient des allures de croisades médiévales. Imaginons ce qui se serait passé contre des Huns de funeste mémoire ou des Sarrazins dont la réputation restait indélébilement liée dans le souvenir populaire à l'huile bouillante et à la poix fondue qu'ils jetaient sur les chrétiens.

Mes jeunes condisciples ne se posaient naturellement aucune question sur leurs origines lointaines tant il leur paraissait naturel d'être nés à Montcalou ou à Saint-Vincent-le-Paluel au bord de l'Énéa, mais tous se sentaient concernés par la préhistoire.

C'était, je pense, le seul collège de France et de Navarre, à l'exception peut-être de ceux de Pamiers et de Saint-Girons, où les élèves s'intéressaient à leurs lointains ancêtres. Beaucoup d'entre eux avaient dans leurs champs ou dans leurs villages des grottes, des abris sous roche ou des stations célèbres pour leurs vestiges archéologiques. Ils parlaient de Peyrony, de l'abbé Breuil ou de Teilhard de Chardin comme de personnages familiers qui venaient manger la soupe à la maison. On discutait de lames, de poinçons, de coups de poing, de rennes, d'aurochs, de chevaux, de rhinocéros laineux ou de mammouths comme d'autres auraient évoqué les faits divers de la semaine. Le surveillant général du collège, M. Ansel, dit le Barbol, était un préhistorien si convaincu qu'il convertissait tous ses élèves dès la classe de quatrième à la grande saga du paléolithique. Alors que nos ancêtres les Gaulois étaient largement laissés dans l'ombre par le professeur d'histoire, la dernière glaciation d'il y avait 80000 ans, l'homme de La Chapelle-aux-Saints, ceux de La Ferrassie, de Combe-Capelle ou de Cro-Magnon nous étaient familiers. Les professeurs Jouanet et l'abbé Audierne, natifs de Sarlat, qui avaient découvert vers le milieu du siècle précédent la grotte de Pech-de-l'Aze, et les grands paléontologues Capitan, Hausser et Mortillet nous étaient plus connus que Jules Michelet et qu'Ernest Lavisse.

Ce fut donc à partir de la quatrième que je fus happé, à mon tour, par le virus de la préhistoire, mais j'aurai l'occasion, le moment venu, d'en parler plus amplement.

Pour le moment, j'accomplissais ma cinquième et j'observais mes compagnons pour découvrir non seulement qui ils étaient mais comment ils se comportaient. Leur éducation était manifestement différente de la mienne. Ils connaissaient un peu le patois mais ne le parlaient pas volontiers, ils ignoraient les diables, les loups-garous, les sorciers, les esprits. Leurs grands-mères n'avaient pas dû leur en parler et, pourtant, pour le peu que je pouvais en juger, elles étaient en tout point comparables à la mienne. Un jour, l'un de mes camarades originaire de la forêt Barrade, un lieu fort retiré, attendit tout un samedi que son aïeule vienne le chercher pour l'emmener en congé dominical à la maison. La pauvre femme, qui était arrivée dès le matin pour faire son marché à Sarlat, n'avait pas osé traverser une place où un grand lion noir en carton, juché sur une automobile, tonitruait par haut-parleur sur les mérites d'un cirage connu. Quand la camionnette s'en fut allée, la grand-mère se précipita vers le collège et dit : « Je suis bien en retard, mais vous comprenez, je n'ai pas eu le courage de passer devant cette physique ! »

Aucun de mes nouveaux amis n'avait connu de Péoux ni d'Ange Gabriel. Il semblait que peu d'entre eux aient été enfant de chœur et s'il y en avait par hasard un qui l'avouait, c'était pour parler du vin de messe qu'il avait bu dans les burettes ou de ses vols d'hosties, ce qui m'affligeait.

Alors que beaucoup de ces fils de fermiers avaient nécessairement gardé les oies et les moutons, aucun ne voulait le reconnaître, ça ne faisait pas bien, c'était des occupations de bonnes femmes ! Quelle satisfaction pouvait-on retirer du gardiennage des oies sinon pour manger du foie gras ? Et je pensais avec une petite larme d'attendrissement à mes grands jars et à mes petits *aguzés* qui me parlaient si gentiment sous mon parapluie, les jours de bruine. Je sentais que les père et mère de mes amis les avaient formés selon d'autres critères, désir de paraître, réputation à tenir, préjugés contre un passé sans gloire qu'on rejetait, soif de promotion sociale. Devais-je regretter, moi qui avais si peu d'usage, qui roulais les « r », qui mangeais sur le pouce avec un couteau, qui buvais à la régalade, qui mettais mes mains dans les poches en sifflant et portais des sabots, de n'avoir pas été éduqué selon les canons du temps et des bonnes familles ? Certes, j'aurais pu faire illusion avec mes lectures éclectiques mais on parlait surtout de sport, de football et déjà un peu de politique. Les pères de mes camarades étaient radicaux-socialistes ou socialistes SFIO : les « culs rouges ». Ils lisaient *l'Union sarladaise* et mangeaient du curé. Les familles des autres étaient bourgeoises et bien-pensantes, les « culs blancs », et lisaient *le Glaneur sarladais*. Il y avait même un élève de première qui se disait communiste. Il mettait une pochette rouge, parlait de cellule et de comité et laissait parfois entrevoir la manchette de *l'Humanité*, pour conforter son personnage.

Tout cela me paraissait très loin de l'humanisme de M. Maradène et, à vrai dire, ne m'intéressait pas. Je me gardais de parler de mes rêves, de mes scénarios, de peur d'être moqué et incompris. Un jour cependant, je me hasardai à faire une confidence dans un groupe où chacun s'interrogeait sur son avenir. « Qu'est-ce que tu veux faire quand tu auras tes bacs ? » Les uns voulaient être professeurs, d'autres notaires, avocats, médecins ou ingénieurs. Quand mon tour fut arrivé, je déclarai : « Moi, je veux aller aux colonies ! — Aux colonies, me demanda-t-on, et pour quoi faire ? »

L'année 1931 avait été celle de l'Exposition coloniale, mais cet événement n'avait pas eu grand écho en Sarladais, moi-même je m'étais contenté de jeter un regard furtif sur un numéro de *l'Illustration* qui était passé à ma portée. Pour mes camarades, les colonies, c'était essentiellement l'Afrique, un pays désertique avec des chameaux et des marchands de tapis où un grand-oncle avait été zouave. Il en était revenu avec les fièvres et un peu délirant ; là-bas, les femmes étaient des fatmas, les médecins des toubibs, les chiens des kelbs[1], les maisons des gourbis et l'argent le flouz. Plus au sud, il y avait des forêts pleines de lions et d'éléphants, peuplées de Noirs tout nus dont beaucoup portaient des chéchias comme le tirailleur de « Y a bon banania », une réclame pour le cacao. Les soldats de la Coloniale qui étaient allés dans cette galère étaient considérés comme des têtes brûlées et des ivrognes.

1. Que nous avons déformé en klebs.

Certains traîne-savates y avaient fait fortune en achetant des cacahuètes et du café. Bref, ma profession de foi surprenait tout le monde. « Il veut aller voir les négresses à plateau », dit une voix, « s'installer comme chasseur d'éléphants », fit Jean Delord qui avait vu un film qui s'appelait *Trader Horn*, et il mima aussitôt une danse effrénée, en poussant des cris sans signification : « Taï lou maïl taï lou N'taï ! » ou quelque chose d'approchant sur un rythme de tam-tam. Il fit tant rire l'assistance qu'il porta désormais le surnom de Taï alternativement avec celui de pithécanthrope. « Mais, me fit remarquer un sage, si c'est pour acheter des cacahuètes, tu n'as pas besoin d'étudier jusqu'au bac ! » « Après tout, ajouta un garçon de Domme, il pourrait y aller comme médecin ou comme officier. Chez moi, il y a un médecin de marine qui sort de l'École de santé navale de Bordeaux et un saint-cyrien qui est allé en Afrique, en Oubangui-cheri, je crois ! » « L'Oubangui-Chari », rectifiai-je, et je pensai tout à coup à mon roman fétiche, *Prisonnier des démons noirs*, qui se déroulait dans les forêts du M'Bomou. L'assemblée changea de sujet mais je restai songeur : après tout, j'aimerais bien être médecin, je pourrais faire santé navale et aller en Afrique soigner les Noirs. Je mis cela dans un recoin de ma mémoire en attendant que le bon vent souffle dans ma voile.

Le travail scolaire était très accaparant : heures de cours et séances d'étude se succédaient, pour les internes, de 7 heures du matin à 9 heures du soir. Deux grandes récréations pour les repas de midi et du soir et une pause entre 4 heures et 5 heures pour la collation étaient les seuls moments de relâche de la journée. Heureusement, toutes les heures de classe n'avaient pas la même densité, celles de sciences naturelles et de dessin étaient, du fait de la personnalité des maîtres, des séances presque récréatives. Le professeur de dessin, Maurice Albe, était un artiste local spécialisé dans la gravure sur bois qui s'était fait un nom en illustrant les ouvrages consacrés au Périgord. Il était débonnaire, généreux mais totalement dépourvu de sens pédagogique. Il parlait vaguement de la perspective, rejetait le dessin classique et recherchait de préférence la fantaisie et la liberté d'expression de chacun. Il faisait lui-même des croquis sur le vif qu'il reprenait ensuite dans des planches plus élaborées. J'avais été frappé par sa dextérité et son économie de moyens. En quelques traits, il exprimait l'essentiel d'une figure de croquant, restituait une grand-mère courbée par l'âge et campait une silhouette de laboureur, d'artisan ou de bourgeois frappante de vérité.

Je m'essayai discrètement à cet exercice en prenant pour modèle un professeur ou un camarade ; ma première victime fut le surveillant général préhistorien le Barbol, avec son chapeau, ses lunettes, sa barbe et son bedon ; le succès dépassa mes espérances. Le deuxième fut Jean Delord, mon simiesque camarade, qui se prêtait particulièrement à la caricature. Bientôt, je pris plaisir à cet exercice et je multipliai les esquisses. Tout alla bien tant que ma production resta confidentielle et que mes flèches se limitèrent à quelques sujets pittoresques dont on s'amusait déjà ; mais quand je m'attaquai aux maîtres sourcilleux et qu'ils aperçurent mes œuvres, je compris qu'il valait mieux ne pas persister dans cette voie. Pourtant, mes portraits-charge étaient très ressemblants et celui de la demoiselle qui enseignait les mathématiques avec ses grands cernes sous les yeux, ses dents en avant et ses clavicules saillantes était criant de vérité. Elle n'apprécia pas mon talent et nos relations s'en ressentirent pendant longtemps. Il est vrai que j'avais eu tort de la représenter nue avec des seins un peu tombants en forme de pis de chèvre et des fesses en goutte d'eau.

Pour les vacances de Noël, je partis en congé à La Roque-Gageac et je pris le tramway avec toute l'équipe de la rive gauche de la Dordogne, c'est-à-dire les originaires de Domme, Saint-Martial, Daglan, Montcalou, Saint-Laurent et Saint-Pompon. Nous formions le clan du tramway sous la conduite d'Adhemar Miermont, un élève de seconde grand coureur de filles, de bals, de fêtes en tout genre qui nous émerveillait par sa faconde et ses aventures. Je fus débarqué à Gaillardou, dans les jets de vapeur de notre tortillard et je me retrouvai seul sur le chemin du Queyrel qui menait aux Landes. Je retrouvai notre petite maison qui me sembla tout à coup minuscule, ma tante préoccupée de moutons et de poules et ma grand-mère inerte, de plus en plus inconsciente. Nous parlâmes peu du collège et du trimestre qui venait de s'écouler ; mon bulletin de notes que je devais faire signer était très honorable bien qu'on y soulignât mon retard en latin. Ma tante s'inquiéta surtout de ma nourriture et d'un tricot de laine qu'elle m'avait confectionné pour l'hiver. Elle m'annonça que sa sœur Marguerite allait revenir définitivement à Domme où son patron prenait sa retraite et que cela la soulagerait à cause de ma grand-mère.

Je fis un tour au village pour rendre compte de mes activités à M. Maradène. Il me reçut avec sa gentillesse habituelle et me donna quelques conseils. « Si tu traînes en latin, change de section et fais de l'allemand, ça te sera plus utile. » Je sentais qu'il prenait la langue de César pour un symbole de classe et que son idéal culturel ne passait pas par les humanités. Le curé me remit une médaille en me recommandant de bien veiller à ne pas perdre mon âme. Mes condisciples d'hier me réservèrent des civilités d'anciens combattants. Ils traçaient leur sillon loin du mien. Seul Guy Maure, qui était élève à Autun, me parla de la hiérarchie militaire et de ses soucis scolaires. À quatorze ans, la Claire était devenue une grande fille et ses compagnes de classe me souriaient avec circonspection.

Pendant cette semaine de vacances, je me souviens d'avoir erré comme une âme en peine et de m'être rabattu sur le manoquage du tabac que mon cousin Alain se préparait à livrer à l'entrepôt de la Régie à Saint-Cyprien. Je fis également des fagots de bois mort et charriai quelques branches de gros format depuis le bois voisin pour alimenter le bûcher de la maison. Je vis venir le premier de l'an comme une délivrance et je sus, dès cet instant, que le collège était en fait devenu ma famille. Pour éviter de demander le prix du billet de retour en tramway à ma pauvre tante que je savais totalement désargentée, je décidai de faire à pied les douze kilomètres qui me séparaient de Sarlat.

La route du Cap-de-la-Garde que j'empruntai était pour partie un sentier de terre étroit et pour partie un chemin vicinal empierré qui suivait sur la crête des collines, l'ancien tracé de la voie romaine Cahors-Limoges. Entièrement située au milieu des bois avec de-ci de-là quelques clairières cultivées, elle était pratiquement déserte. Elle longeait les curieuses murailles d'un ancien oppidum gaulois, enfoui dans les chênes rouvres et les genévriers, que l'on appelait le camp de la garde ou de César, puis le bois de châtaigniers de la ferme du Pan, le dolmen de la Pierre-du-Diable et le plateau des Vayssières. Elle atteignait enfin le col de La Combe-de-Lama, de sinistre mémoire, et plongeait sur la vallée de la Cuze et Sarlat. J'effectuai le trajet en trois heures sans me presser de façon à arriver au crépuscule en vue de la ville dont les lumières me guidaient.

J'ai parcouru pendant six ans ce chemin solitaire, j'en connaissais tous les détours, tous les accidents, les points de vue remarquables et les couleurs saisonnières. Je faisais toujours une courte halte pour me reposer sur la grande dalle du dolmen et contempler les deux pignons d'une masure en ruine qui émergaient du vallon où le diable passait ses contrats. Je risquais un coup d'œil sur le sommet des tours de l'abbaye des Vayssières où La Boétie avait vécu près de son oncle, le prieur. Je longeais le haut du vallon de Lama où tant de brigands et de détrousseurs de diligences avaient sévi au siècle dernier et je dégringolais vers le Pré de Cordy. À huit heures, j'étais au collège pour le repas du soir.

Je ne fis jamais de mauvaise rencontre sur ce parcours peu fréquenté. En dehors de quelques chiens errants, d'un renard en maraude, d'un paysan rentrant des champs ou d'une bergère menant son troupeau, il n'y avait pas âme qui vive dans les parages. Contre les animaux malfaisants, j'étais armé d'un solide bâton que je choisissais dès le départ et taillais avec mon couteau. On ne sait plus aujourd'hui en ces temps d'armes à feu et de cabrioles de karaté sur les écrans combien un bon gourdin est une arme pacifique, dissuasive et efficace. J'ai connu un vieux consul de France, familier des pays difficiles, qui dissimulait toujours une trique de bonne taille derrière son bureau. Il n'y a pas mieux, disait-il, pour maintenir à distance un excité, taper sur les phalanges d'un agresseur ou s'ouvrir un passage dans la foule.

Contre les hommes, j'avais une recette que ma grand-mère m'avait enseignée et qui venait certainement des siècles obscurs d'insécurité et de brigandage. « Il faut éviter de croiser en chemin les gens que l'on ne connaît pas, disait-elle. C'est au moment du dépassement qu'ils font leurs mauvais coup. Quand tu vois venir un ou plusieurs inconnus, tu te places bien en vue au milieu de la route pour qu'ils n'ignorent pas ta présence et, d'un bond, tu disparais derrière une muraille ou un hallier. Cette disparition brutale intrigue les arrivants qui s'inquiètent, se tiennent sur leurs gardes et pressent le pas. Quand ils sont passés, tu reprends ta route. Il faut toujours te dire que l'imagination et la peur paralysent l'homme. Si tu as du sang-froid et de l'initiative, c'est toi qui fais peur aux autres. » Je n'eus jamais à mettre en œuvre ce stratagème, sauf quelquefois pour voir si c'était vrai, et je dois dire que ma grand-mère ne manquait pas de psychologie.

Le retour au collège, après mes courses solitaires à travers bois, me procurait une sensation de rentrée au bercail au sein d'une communauté vivante et chaleureuse mais ne me débarrassait pas du souci d'argent qui ne cessait de m'obséder.

L'économie d'un ticket de tramway me permettait seulement d'acheter un aller à la prochaine occasion et non de résoudre le problème des sorties hebdomadaires et du cinéma. Le jeudi après-midi était consacré à de longues promenades surveillées dans la campagne environnante, ce qui ne provoquait pas de dépense, mais le dimanche était un casse-tête ! Les surveillants nous conduisaient au cinéma de la ville où le prix des places était de deux francs et cinquante centimes à la charge des élèves. Comme je n'avais pas d'argent et que j'étais trop fier pour jouer le mendiant ou avouer ma détresse, je m'étais inventé un correspondant particulier, en l'occurrence la cousine de ma tante qui était restauratrice, place de la Liberté. Je sortais à 11 heures du matin afin d'éviter le cinéma. Je me privais du même coup du repas de midi, car si je me présentais parfois chez cette parente lointaine, je savais que je ne pouvais pas solliciter son hospitalité plus d'une fois par mois. Je dissimulais donc dans mes poches un morceau de pain sec et je prenais la clé des champs. Si c'était à la bonne saison, je chapardais quelques fruits et je faisais un repas frugal auprès d'une source. En hiver, je me mettais à l'abri d'un rocher, j'allumais un petit feu pour cuire quelques châtaignes ou une pomme de terre sous la cendre. Le reste du temps, je ramassais des plantes, des escargots ou je cherchais des fossiles. À la nuit tombante, je revenais au collège en ayant signé mon bulletin de sortie et je dînais de bon appétit. Mes camarades me parlaient de Greta Garbo ou de Charlie Chaplin et moi, d'agapes mirifiques chez mes correspondants ! Je passais pour un épicurien qui méprisait la culture.

Le besoin de me procurer quelques sous devenait chez moi une idée fixe, mais je n'avais rien à vendre et il m'était interdit de louer mes services, alors que faire ? La réponse me fut apportée l'année suivante par mon camarade Pierre Escande. Son père, historien local de renom, publiait des articles dans le journal républicain radical-socialiste *l'Union sarladaise* et avait ses entrées chez l'imprimeur Lafaysse. « Si tu faisais des poèmes, me dit-il, on pourrait les publier dans le journal. » Je m'employai donc à cet exercice. La musique des mots et la métrique me charmaient ; Rimbaud, Verlaine et Francis Jammes étaient mes favoris, je tentais de rimer des sonnets sur la nature, les saisons, la fête de ceci ou le hameau de cela. Mon premier essai sur le printemps fut retenu et me rapporta dix francs, un deuxième sur mon village me valut quinze francs parce qu'un éditeur de cartes postales, M. Daudrix, avait imprimé un de mes quatrains sur une vue de La Roque-Gageac.

Ces petits revenus épisodiques me facilitèrent la vie et me valurent le surnom de poète, réputation moins dangereuse que celle de caricaturiste, à première vue, mais néanmoins pleine d'embûches Je me piquai au jeu et laissai pousser mes cheveux qui retombaient sur mes épaules. Je plaçais des sonnets auprès de mes camarades qui les glissaient comme étant de leur main dans les lettres adressées à leurs bonnes amies ; j'écrivis en alexandrins, en m'inspirant du *Loup* d'Alfred de Vigny, une épopée à la gloire de la classe de quatrième.

Pour améliorer ma technique et le rythme de la versification, je lisais de plus en plus de poèmes, anciens, classiques et modernes, et j'en apprenais par cœur un nombre considérable. Cet exercice finit par me gêner en composition française. Je cherchais malgré moi la cadence de l'alexandrin ou de l'octosyllabe et je sacrifiais la concision de l'expression au balancement de la phrase. Enfin, je privilégiais le lyrisme, l'emphase verbale au détriment de l'analyse stricte et de la sobriété. Mes notes s'en ressentirent. De plus, les poètes romantiques et les symbolistes, toujours entre deux drames, deux désespérances, deux amertumes et deux pleurs, me mettaient du vague à l'âme. Je me surprenais à soupirer, avec « les sanglots longs des violons de l'automne », à être le prince d'Aquitaine à la tour abolie. Il me semblait qu'il ne fallait parler aux jeunes filles qu'avec des fruits, des fleurs, des feuilles et des branches et, à travers les fenêtres de la salle d'étude, je ne pouvais plus voir tomber une ondée printanière sans penser aux « cheveux d'argent de la pluie sur la chair pâle des glycines ».

Un jour, le principal m'affubla du nom de Rhapsode, ces aèdes grecs demi-griots, demi-saltimbanques qui allaient de ville en ville en chantant des poèmes épiques. Je perçus la dérision contenue dans le propos et les gloussements de la classe me mortifièrent. Il m'apparut brusquement que, si je voulais entrer un jour à l'École de santé navale pour être médecin de marine et partir outre-mer, il fallait que je sois pris au sérieux et que je m'habitue à voir les choses telles qu'elles étaient. Appeler le vent, le vent, et non pas l'aquilon ou le zéphir. Penser que le clair de lune cher à Verlaine était beau mais pas nécessairement triste, qu'il ne faisait pas rêver les oiseaux dans les arbres mais les empêchait de dormir en paix et que la palpitation d'extase des jets d'eau était due à la pression et non pas à la lumière blafarde de la reine des nuits. Il fallait donc aller chez le coiffeur et changer de comportement, c'est ce qu'avait fait d'ailleurs le génial Rimbaud qui, une fois parvenu en Éthiopie, avait abandonné les muses pour se consacrer à plein temps à ses affaires.

Je réduisis donc mon élan poétique et ne rimaillai

plus que pour des considérations alimentaires. Je ne tardai pas d'ailleurs à m'apercevoir qu'il n'était pas nécessaire de dire : « Viens, le soir descend et l'heure est charmeuse » à ma petite amie pour être parfaitement compris et apprécié.

Ces premières vacances estivales de collégien furent le prélude à ce que devaient être toutes celles de mon adolescence jusqu'à l'âge de dix-huit ans. N'ayant aucune possibilité d'aller ailleurs, je logeais chez ma tante dans la petite maison des Landes et je participais à tous les travaux agricoles du voisinage, soit à la ferme de l'Alain, soit chez les fermiers les plus proches pour certains travaux collectifs. Il faut dire, avant d'aborder ce chapitre, que des changements notables se produisirent dans mon petit monde familial dans le courant de l'année 1933.

Au début de cette deuxième année de collège, ma grand-mère mourut. Il y avait longtemps qu'elle était devenue impotente et avait perdu ses esprits. Je m'attendais depuis mon départ pour la ville à cette fatale issue, et j'avais peur d'être prévenu trop tard pour m'acquitter de la mission qu'elle m'avait confiée : mettre les deux sous de bronze dans son cercueil. J'avais placé cette pièce un peu effacée par un long usage dans un petit guide du servant de messe que j'avais reçu quelques années auparavant avec mon abonnement au *Sanctuaire*. J'avais découpé, au milieu des pages, une cavité ronde pour l'abriter et j'avais placé le tout dans ma réserve de livres près des poules couveuses. Bien entendu, je n'avais jamais parlé de cette promesse à personne de peur d'être accusé d'idôlatrie ou de sacrilège. Par chance, tout se passa comme je le souhaitais. Une voisine, venue un samedi au marché de Sarlat, me demanda à la loge du concierge et me fit part de ses alarmes. « La pauvre Françoise, me dit-elle, n'en a plus pour longtemps ! Tu devrais venir ce soir à La

Roque avec moi. » Je demandai une permission urgente et je pris le tramway. Quand j'arrivai aux Landes, ma grand-mère venait de mourir. La mère d'Alain et ma tante Nini étaient auprès de son lit où elle était étendue, déjà revêtue de sa tenue mortuaire. On lui avait mis son mouchoir de tête noir avec le nœud rabattu sous l'oreille, son corsage de satinette aux boutons brillants, sa jupe de lainage et un tablier de serge lustrée. Elle avait aux pieds ses chaussons tricotés et ses beaux sabots à batte vernie, comme les « souquettes » de sa jeunesse quand elle allait à Montauban. Ses deux mains décharnées par l'âge et la maladie étaient croisées sur un crucifix. Je me penchai sur son visage aux yeux clos pour l'embrasser et je me mis à pleurer, comme je n'ai plus jamais pleuré. Quatorze années de tendresse filiale que je lui portais, quatorze années d'échanges affectifs, bien qu'elle fût d'un caractère peu démonstratif, s'épanchaient brusquement de mon cœur désemparé. Ma pauvre petite grand-mère si active et si menue me laissait tout seul sur la route. Je la revoyais, dans un kaléïdoscope éperdu, me conduisant par la main, me portant sur son dos à « *pillaro* », disait-elle, comme les marchands de fripes ou de peaux de lapin, me menant dans les champs à la quête des herbes, me contant des histoires de loups, de diables ou de sorciers, me détaillant l'interminable chronique de notre passé et de ses souvenirs de trime et de misère. Où était-elle maintenant avec sa malice et son humour ? Peut-être avait-elle rejoint l'immense cohorte de nos ancêtres, en tout cas, je ne la laisserais pas errer loin des siens, sur cette rive. J'essuyai mes larmes et j'allai chercher discrètement ma pièce de monnaie.

La nuit était tombée et je restai longtemps devant la porte à scruter les ténèbres. Un ou deux chiens se mirent à hurler à la mort, longuement dans le voisinage, quelques hiboux leur répondirent et une flamme bizarre divagua longtemps sur la vigne des Embrenils. Je ne trouvais pas le sommeil.

Le lendemain, Martissou, le menuisier, apporta de bonne heure le cercueil de châtaignier. Je profitai de l'instant où il cherchait les vis du couvercle pour glisser du côté droit de ma grand-mère la modeste obole qui lui permettrait de payer son passage. Je ne pus assister à l'enterrement, car il me fallait être de retour le soir même au collège et j'avais trois heures de route à faire dans les coteaux. Et puis ma grand-mère à moi ne m'appartenait plus. Ses filles, l'Adrien et l'Alain s'étaient emparés d'elle. Ils se réunirent d'ailleurs dans la semaine, quand ma tante de Paris fut arrivée, pour faire l'arrangement, c'est-à-dire le partage de ses maigres biens. Ma tante Nini garda la maisonnette et l'enclos, les terres revinrent à la famille d'Alain. Quant à moi, qui étais légitimement l'héritier de la part de ma mère, je ne fis pas partie de l'affaire. « Oh ! lui, ce n'est pas la peine, estima-t-on, il est par les classes et, de toute façon, il n'en ferait rien. »

Je ne revins donc qu'à l'été, après avoir accompli une année sans problème au cours de laquelle j'avais découvert les sciences naturelles. Le vieux Barbol, qui les enseignait, était un homme si plein de sciences et de passion qu'il me conquit sans difficultés. Je retrouvai avec lui les bêtes et les plantes au milieu desquelles j'avais passé mon enfance et, surtout, je découvris la préhistoire. Il connaissait toutes les cavernes du pays et s'était constitué une collection particulière de pierres taillées qu'il entreposait dans son laboratoire. Je m'enthousiasmai donc pour l'acheuléen, le moustérien et le magdalénien, distinguant les coups-de-poing, les poinçons et les burins, les lames à dos abattu, les feuilles de saule du solutréen et la fine industrie de l'aurignacien.

Ces connaissances nouvelles avaient transformé

profondément mes sorties personnelles du dimanche après-midi. Désormais, je mettais le cap dès 9 heures du matin sur un gisement connu, je m'enfonçais dans les tranchées de fouille désertées et je remplissais mes poches de silex, de dents de chevaux, d'os de rennes ou de fragments d'omoplates de mammouth. En ce temps-là, il n'y avait aucune protection autour des sites et n'importe qui pouvait les saccager à sa guise. Très rapidement, un grand respect me gagna pour ces vestiges et je renonçai à mes cueillettes. Cette prise de conscience engendra même un remords si tenace qu'il fut décisif.

En prospectant la falaise de Gageac, dans mon village, avec un de mes camarades, nous avions découvert une petite grotte qui contenait des dépôts magdaléniens d'une grande richesse, de belles lames de silex blanc, des pièces en os, un micro-outillage original, des perles de quartz en grand nombre et des coquillages percés. Le tout était mélangé aux cendres de plusieurs foyers et à des ossements brisés ou refendus. Nous défonçâmes ce précieux gisement à la pioche pour recueillir les belles pièces que mon camarade, élève aux enfants de troupe à Autun, donnait à ses professeurs.

Je renonçai donc pour toujours aux fouilles sauvages, mais je restai fidèle aux grottes. Que d'après-midi délicieux je leur dois ! Je m'asseyais sous leurs auvents parmi les blocs éboulés de l'entrée, et je rêvais devant le paysage. En hiver, du haut du Roc à Vézac, je contemplais la plaine enneigée et je m'imaginais la steppe à peine arborée des temps glaciaires avec des troupeaux de rennes ou d'antilopes saïga qui remontaient les berges de la Dordogne ; à l'horizon, cette masse sombre était un troupeau d'aurochs en transhumance ou peut-être des mammouths. Un chapelet de loups s'égrenait vers la vallée du Céou. Les hommes préhistoriques, autour de moi, préparaient leurs sagaies et leurs massues, le vent rabattait la fumée des foyers que les femmes gavaient de branchages. D'autres fois, à Combe-Grenal ou au Pech-de-l'Aze, je vivais un retour tumultueux de pêche ou de grande chasse quand les troupeaux d'herbivores remontaient des plaines chaudes vers les alpages du Lioran. Le temps me semblait aboli et pour un peu j'aurais conversé avec le chaman de la horde et je l'aurais émerveillé en lui apprenant à forger le fer qu'il ne connaissait pas ou à rouir le chanvre sauvage pour tisser des étoffes ou mailler des filets.

Au cours de mes promenades, je repérais systématiquement tous les lieux qui auraient pu servir d'abri à nos lointains ancêtres — un silex finement retouché au bord d'un champ ou d'un chemin me mettait en éveil, je scrutais, au pied des falaises ou des ados rocheux, les déblais des terriers de blaireaux, de lapins ou de renards qui pouvaient révéler des couches masquées par les éboulis et la végétation. Je fis plusieurs découvertes et je garde toujours le secret de leur emplacement que nul ne connaît encore, pour permettre à la science de demain de les déchiffrer avec toutes les clés de son savoir.

On ne s'étonnera pas qu'avec une telle soif de connaissance j'ai été gratifié des premiers prix de sciences naturelles, d'histoire et de géographie. Ce qui pourrait en revanche surprendre, c'est le mauvais souvenir que j'ai gardé, jusqu'à la fin de mes études, de ces récompenses et d'une façon générale de la clôture de l'année scolaire. Pour comprendre ce phénomène, il faut savoir ce qu'était une distribution des prix au collège de Sarlat. Il y avait d'abord le grand conseil des professeurs qui se tenait une semaine avant les prix et qui, au vu des résultats de l'année, des tableaux d'honneur et des rapports des maîtres et surveillants, décernait les trophées. La liste de ceux-ci était imprimée secrètement dans le palmarès et donnait lieu à des rumeurs et à des confidences contradictoires qui fleurissaient tant chez les externes que chez les pensionnaires.

Dès le matin du grand jour, l'internat était en effervescence. Les parents d'élèves affluaient dans la cour du collège. Les chefs de famille garaient leurs voitures à cheval ou leurs automobiles sur la place voisine et venaient avec leur épouse retrouver leur rejeton au parloir ou dans les dortoirs. Il fallait voir ces paysannes attendries par leurs savantes progénitures s'affairer autour d'elles, étaler les valises, plier le linge et les habits, rassembler les draps et les couvertures, ranger les chaussures en un tour de main. Les pères, aux mains puissantes, enlevaient comme fétus de paille ces bagages rebondis et mes camarades faisaient les princes, folâtraient de-ci, de-là, insouciants et joyeux, sans même consentir un regard à celui qui n'avait pas leur chance. À dix heures, tout le monde se retrouvait au théâtre municipal. Sur une large estrade parée de drapeaux tricolores, se tenait l'invité d'honneur, un conseiller municipal ou général, parfois le député, un personnage de renom, professeur, militaire, notable qui était chargé de prononcer le discours. À sa droite, se trouvait le principal et, sur ses deux ailes, le personnel enseignant. La salle bourdonnait d'impatience. L'orateur se levait et prononçait le discours insipide que la tradition française impose à travers les siècles à tous les rassemblements de ce genre. Un petit couplet sur l'honneur ressenti devant une telle responsabilité, quelques formules latines pêchées au hasard, des souvenirs de potache, un mélange d'allusions à des personnages sortis de l'*Epitome,* de l'Olympe ou des *Précieuses ridicules,* une homélie à la belle jeunesse et au dévouement inlassable du corps enseignant, un zeste d'éloge républicain et une finesse guillerette pour faire rire en conclusion. Le principal, lui, répondait avec des préoccupations budgétaires et des programmes qui ne manqueraient pas de..., etc.

La lecture du palmarès commençait ; la pile des

prix s'effritait à un rythme accéléré et l'orphéon jouait *la Marseillaise.* L'assistance se levait, les couronnés de laurier portaient fièrement leurs livres. Tout le monde s'égaillait vers le domicile familial ou les restaurants de la ville selon qu'il s'agissait de citadins ou de campagnards. Les pensionnaires, qui appartenaient tous à la seconde catégorie, étaient, ce jour-là, conviés par leurs parents aux fastes gastronomiques du Périgord.

Les laissés-pour-compte, c'est-à-dire la poignée de malheureux qui n'avaient pas de famille couveuse, devaient se débrouiller seuls jusqu'à l'heure du train ou de l'autobus. Il y avait d'abord le retour à pied au collège, ce qui représentait, quand les nouveaux bâtiments furent inaugurés, un trajet de près d'un kilomètre. L'accueil au réfectoire de ces quelques délaissés était déplorable. Le personnel festoyait déjà les vacances et grommelait contre les intrus en leur jetant sur la table un plat de pommes de terre ou de lentilles grattées au fond des réserves. Après cela, il y avait la corvée des bagages.

Personnellement, je n'avais que ma vieille valise et une bourriche de jonc qu'il fallait remplir de mes hardes, de mes livres, de mes prix et des vieilleries inutiles accumulées en cours d'année. Je devais ensuite me procurer une brouette pour transporter cet équipage à la station du tramway, à plus de neuf cents mètres de là. J'allais donc chez le concierge. « Sociale ! s'il vous plaît. » On l'appelait ainsi à cause de ses convictions politiques. « Pouvez-vous me prêter la brouette ? » Il se levait de table à contrecœur, le visage enluminé par le bon vin et la bonne chère du grand jour et renaudait. « Parce que ça ne vous suffit pas de m'avoir emmerdé toute l'année, il faut encore que vous m'embêtiez jusqu'à la dernière seconde ! Je vous en foutrais, moi, des brouettes, tas de. ! » « Mais Sociale ! c'est pour porter nos bagages au train. » Comme c'était un brave homme, il finissait par s'apaiser. « Bon ! va la chercher dans la remise et tu la ramènes dans une heure, compris ! Sinon je le dirai au principal et méfie-toi, parce que ta bourse aurait vite sauté, tu sais ! » Tout était dit, c'était dans l'ordre des choses ; le réflexe des humbles était toujours de brandir le retrait de la bourse devant ceux qu'ils savaient plus humbles qu'eux. Pour un manquement disciplinaire, une punition collective, une ronchonnade avec un surveillant, l'épée de Damoclès de la bourse sortait instantanément du fourreau. Je partais avec la brouette surchargée et un ou deux camarades qui partageaient mon infortune. Je les laissais à la gare pour prendre les billets et faire l'enregistrement et je repartais au plus vite pour le collège afin de rassurer le concierge. « Merci Sociale, la brouette est dans la remise ! » Il ne répondait pas. Je regardais l'heure à l'horloge de la cour, j'avais juste le temps d'attraper le tramway en fonçant à travers les rues. Quand, au bout du voyage, je débarquais à Gaillardou, j'étais encore à plus d'un kilomètre de la maison. J'allais solliciter la brouette de la mère de Claire qui me l'accordait bien volontiers et je partais à travers les champs du Queyrel avec mon fourniment.

À l'arrivée, ma tante me disait : « Tiens te voilà ! Alors c'est déjà les vacances, va rendre cette brouette tout de suite, la Louise pourrait en avoir besoin. »

C'est pourquoi je détestais la distribution des prix et les prémices des grandes vacances.

Le jour suivant, je rendais visite à l'Alain qui ne savait où donner de la tête dans les labeurs de l'été.

Depuis la mort de ma grand-mère, c'est lui qui cultivait le petit enclos dont ma tante avait hérité ; il lui donnait en échange un crédit en blé chez le boulanger, quelques sacs de pommes de terre, un peu de vin et des légumes. J'allais constituer pendant trois mois une bouche supplémentaire à nourrir, il était donc équitable que je travaille pour n'être à la charge de personne. Mon cousin n'était pas regardant, mais il pensait comme mon aïeule que l'oisiveté était une offense à Dieu et que le pain se gagnait à la sueur de son front. « Tu tombes à point, me disait-il. Je coupe les blés à partir de demain, je commence à 6 heures à cause de la chaleur et des mouches qui fatiguent les bœufs. » Je savais ce qui me restait à faire. En trois jours, tout était en meule mais les voisins me demandaient immanquablement si je ne pouvais pas leur donner un coup de main pour la javelle, ce qui m'accaparait pour une semaine, juste le temps de passer dans le champ de tabac dont les bourgeons commençaient à fleurir, au grand dam des contrôleurs de la Régie — 20000 pieds de tabac Paraguay réglés à douze feuilles et à un bourgeon par aisselle, cela représentait 240000 pousses à éradiquer, de quoi avoir les ongles rongés jusqu'à la lunule.

J'ai déjà parlé du cycle des moissons, du blé sur pied jusqu'au battage. À partir de quinze ans, je fus de tous les dépiquages dans les fermes voisines.

Cette opération était à la fois une prouesse mécanique et une véritable épreuve de résistance physique pour les utilisateurs. Le matériel était composé d'une pesante locomobile à vapeur à roues de fer et d'un énorme appareil de battage, bardé de poulies et de ventilateurs, qui pesait plus de dix tonnes. Il fallait préparer plusieurs jours à l'avance des provisions d'eau et de bois de chauffe et dégager des aires suffisantes pour se mettre à l'abri des escarbilles et des flammèches. Ce convoi allait de ferme en ferme par des chemins de terre presque impraticables à grand renfort d'attelages de bœufs, dans une avalanche de cris et de vociférations. Souvent, la pente était si raide que les machines s'immobilisaient et que les braves bœufs mettaient le genou à terre et plaquaient leur museau contre le sol, arc-boutés de tous leurs muscles bandés pour ne pas reculer. Un ou deux autres attelages étaient accrochés en pointe et les monuments de ferraille se remettaient en route. Nul chantre de la terre n'a jamais rendu l'hommage qui conviendrait à ces puissants et dociles auxiliaires de l'homme.

Mon cousin Alain les aimait comme s'il s'était agi d'une fidèle et dévouée compagne ; il s'asseyait sur leur croupe frémissante quand ils ruminaient, couchés sur leur litière, et leur disait des mots tendres avec de grandes tapes sonores. Combien de fois avais-je surpris le père du grand Bouyssou, qu'on apelait « lou Machin », un vieux militant communiste et athée, étirant délicatement la peau de la nuque de ses bœufs sous le coussin protecteur placé au-dessous du joug pour éviter les faux plis et les blessures. Il posait discrètement sa main sur leur front et se signait, renouvelant ainsi inconsciemment le pacte magique qui unissait depuis les fresques de Lascaux l'homme et les grands bovidés.

Une fois la locomobile installée, les longues courroies de transmission déployées, la batteuse calée, la vapeur giclant des grands cylindres, le battage pouvait commencer.

J'aimais à me tenir au sommet de la batteuse à la réception des gerbes que l'on balançait d'un coup de fourche vigoureux. Je tranchais le lien d'un coup de couteau et je laissais couler le flot de paille le long de ma jambe, légèrement avancée jusqu'aux deux cardeurs qui engouffraient d'un mouvement continu la nappe de blé dans la machine. Ce poste était très fatigant et exigeait une cadence rapide mais il était le plus aéré. Aux autres emplacements, la poussière et les barbules brisées des épis, en suspension dans l'air, me brûlaient les poumons et m'étouffaient.

À ce régime, malgré la nourriture et la boisson abondantes des festins quotidiens, je me retrouvais rapidement exténué et brûlé de soleil, mais singulièrement endurci. Du haut de ma mécanique trépidante, je voyais souvent les jeunes bourgeois ou les vacanciers du pays venir contempler de loin le travail de la ferme. Ils étaient vêtus de toile claire, en short et chaussures blanches. Les filles arboraient des robes légères de couleur qui soulignaient leurs tailles fines, elles avaient des foulards sur la tête pour protéger leurs cheveux des poussières. Parfois, un domestique jovial les interpellait pour leur faire remuer un peu de paille avec une fourche, elles pépiaient de plaisir et s'esclaffaient en pensant qu'elles avaient fait le battage avec les paysans. Les garçons étaient plus lointains, l'air ennuyé et condescendant, ils pensaient sans doute à leurs raquettes de tennis, à leur crawl musclé dans la Dordogne, à leurs parties fines en automobile. Je les connaissais parfaitement, puisque j'étais au collège comme eux, mais quand j'étais au milieu des miens, il me semblait qu'ils appartenaient à une autre planète.

Le mois d'août était l'époque des fêtes votives; chaque dimanche, un village voisin célébrait son saint patron. Les programmes de réjouissance se ressemblaient tous : réveil en fanfare et salves d'artillerie, entendez un clairon cacophonique à 6 heures du matin et quelques pétards. Messe solennelle et apéritif d'honneur : c'est-à-dire peu d'hommes à l'église et tournée des bistrots comme d'habitude. Grande course cycliste dotée de nombreux prix, présence possible de Garrigou, champion toute catégorie qui a vu deux fois passer le Tour de France. Jeux divers : mât de cocagne, course en sac, course au canard dans la Dordogne, course d'ânes, concours de jeu de quilles. Bal public animé par Gardette, le roi de l'accordéon, feux d'artifice. Embrasement de n'importe quoi, châ teaux, église, rochers, monument aux morts : signé le comité des fêtes.

Je m'y rendais toujours sans grande conviction, n'ayant pas d'argent à dépenser; le brouhaha me fatiguait, les mirlitons et la musique des orgues de Barbarie m'étourdissaient, mais c'était l'occasion de rencontrer quelques camarades filles ou garçons et d'avoir des nouvelles de leurs activités et de leurs projets.

C'était surtout à la nuit tombante que j'aimais ces réjouissances. La douceur des soirs d'été est incomparable au bord de la Dordogne ; les jeux des lumières, les feux d'artifice même modestes donnaient à la rivière ou aux bosquets environnants des chatoiements féeriques. Je rentrais très tard dans la nuit, car j'ai toujours apprécié le silence des ténèbres, la nature et les animaux semblant à l'écoute. À la lumière du jour, la vie est dominée par la rumeur, par le spectacle changeant de l'entourage ; la nuit, tout est dense et profond. Les hommes dorment, ils n'encombrent plus les chemins, les champs et les bois de leur dangereuse présence, les chasseurs sont désarmés, les traqueurs sont aveugles : tous ceux qui pillent, violent et détruisent mettent une sourdine à leurs activités. La vie sauvage reprend son souffle naturel pour quelques heures, le cœur de la terre se remet à battre comme il battait durant les millions d'années où l'homme était absent.

Je retrouvai le collège avec les feuilles mortes de l'automne pour entrer en troisième. Les potaches de la saison dernière étaient devenus des adolescents, les barbes avaient poussé et les voix s'étaient faites plus graves. Un nouveau principal venait de remplacer le bon M. Ziller, c'était un Bourguignon de haute taille, M. Marc Desrozier, qui enseignait l'allemand et avait eu le premier prix de violoncelle du conservatoire de Dijon. Il jouait avec assiduité de cet instrument et se flattait de posséder plusieurs milliers de disques 78 tours où étaient reproduites les œuvres des grands compositeurs du monde.

Il entreprit de nous enseigner l'histoire de la musique et commença par une présentation visuelle et auditive des principaux instruments, du rebec à la viole de gambe, du luth au Stradivarius, de l'épinette au saxophone. Il passa ensuite aux règles de l'harmonie et de la composition, puis il aborda la grande fresque des musiciens célèbres.

Son enseignement était celui d'un praticien et d'un passionné ; chaque séance était illustrée par des auditions de fragments d'œuvres fameuses tirées de son imposante collection. Parfois, il amenait son violoncelle qu'il utilisait comme instrument pédagogique. Ses causeries n'étant pas programmées, il les donnait bénévolement à une poignée de volontaires. Nous n'étions pas très nombreux, car l'enseignement de la troisième République ne privilégiait pas la connaissance des arts dans le secondaire. La plupart de mes compagnons réputés sérieux rappelaient en toute occasion une prétendue sentence de Malherbe qui disait qu'un bon joueur de quilles était plus utile à la nation qu'un poète ou un violoneux !

Je m'étais déjà fourvoyé en méritant le surnom de poète et voici que j'inclinais vers le violon. J'aurais bien voulu apprendre à jouer du piano ou du violoncelle mais comment me procurer ces coûteux instruments ? Après bien des réflexions et des sacrifices, je finis par en commander un au Bon Marché, qui valait quarante francs, port payé, mais ce n'était qu'une mauvaise mandoline au son criard dont le grattage laborieux n'avait aucune chance de me conduire à la cour d'Euterpe.

Cette pénurie d'argent paralysait toujours mes plus modestes ambitions et les quelques dizaines de francs que je tirais de temps à autre de mes productions poétiques étaient dérisoires.

La caricature étant davantage source de déboires que de profit, je m'inscrivis à un concours de dessin patronné par je ne sais plus quelle maison d'édition, parmi les élèves de latin des classes de troisième. Trois sujets étaient proposés aux courageux artistes : « le pollice verso, dans le Colisée de Rome », « un riche Romain montre à ses amis sa collection de statues » et « le triomphe d'un empereur romain sous la Porte noire de Trèves ». Le tout traité sur papier Canson dans un format bizarre : 80 × 40, à la plume et à l'aquarelle. Je choisis le troisième sujet parce que je pouvais m'amuser à dessiner non seulement les légionnaires, mais la foule et les prisonniers barbares enchaînés au char impérial. La perspective du défilé sortant de la porte était trop conventionnelle et la multitude ressemblait davantage à un dessin de Dubout, un dessinateur humoriste de l'entre-deux-guerres, qu'à Paolo Uccello ou à Édouard Detaille.

Je fus très surpris de décrocher un troisième prix. Le deuxième avait été attribué à une jeune camarade de classe, Josette Baudel, qui était la fille d'un architecte, et dont la collection de statues, rassemblées dans un atrium de Pompéi, se ressentait d'un passage familial à l'École des beaux-arts. Ce travail mémorable me rapporta trois cents francs, combla le coût de la mandoline et me permit d'acheter un costume. Il me valut une réputation bien imméritée d'artiste et de fantaisiste, ce qui me complexa, car j'aurais voulu passer pour un élève sérieux.

En cette année 1934, le sérieux imprégnait progressivement tous les esprits ; après la joie de vivre et l'insouciance des années d'après-guerre dont le débridement était parvenu jusqu'à Sarlat, des nuages se levaient sur l'horizon. La paix universelle et éternelle, que les combattants de 1914 croyaient avoir conquise au prix de tant de massacres et de souffrances, semblait à nouveau menacée par des vols de vampires. Les journaux et les stations de T.S.F., de plus en plus puissantes, apportaient quotidiennement des nouvelles alarmantes.

En Allemagne, Hitler avait été appelé, en 1933, par le président Hindenburg à la chancellerie du Reich. Sa consolidation au pouvoir semblait imparable, la majorité des députés venait de lui accorder les pleins pouvoirs pour quatre ans. Il profitait de la crise intérieure et de l'incendie du Reichstag pour interdire le parti communiste, pour réorganiser l'Allemagne et assurer sa domination. Vers la fin du mois de juin, il faisait assassiner, au cours de la Nuit des longs couteaux, ses adversaires politiques, Röhm, Straser, Schleicher. Au mois d'août, Hindenburg mourait et Hitler devenait à la fois président et chancelier d'Allemagne, puis prenait le titre de Reichführer. La France, qui avait évacué la Rhénanie en 1930 et qui connaissait le programme du Führer, largement exposé dans *Mein Kampf*, s'inquiétait de la remontée du nationalisme allemand et de la mystique du *Lebensraum*. En Italie, Benito Mussolini avait remplacé progressivement l'État libéral constitutionnel par l'État fasciste. Ses méthodes expéditives, son nationalisme virulent, son culte de la personnalité et son opportunisme politique préoccupaient en France à la fois la droite et la gauche.

Dans l'immense Russie devenue l'URSS, Staline se révélait, après des purges massives et la mise sur pied d'un appareil policier à sa dévotion, le maître absolu de l'empire des tsars. Violemment anticapitaliste et apôtre de l'Internationale communiste, il provoquait les plus vives réticences dans les démocraties occidentales.

La France ne parvenait pas à se remettre des blessures de la guerre mondiale ; la ruine d'un tiers de son territoire et la perte d'un million cinq cent mille hommes se traduisaient par une crise économique persistante depuis le krach de 1929 et une crise morale caractérisée par une psychologie défensive et conservatrice. Les querelles entre la gauche et la droite, endémiques dans la nation, avaient repris de plus belle. Depuis quelques années, les scandales financiers comme l'affaire Stavisky, l'instabilité ministérielle, les joutes idéologiques discréditaient le régime parlementaire. De nombreuses formations de droite avaient vu le jour, regroupant particulièrement les anciens combattants, dans une union nationale, l'Action française et les Croix de feu. À gauche, socialistes et communistes, longtemps divisés, prenaient conscience de cette montée d'une sorte de fascisme et s'orientaient vers un pacte d'unité d'action qui devait, deux ans plus tard, les conduire au Front populaire.

Longtemps à l'abri de ces courants d'opinion, le collège de Sarlat se mit à prêter l'oreille aux rumeurs extérieures. Les élèves des classes supérieures s'intéressèrent davantage aux journaux que les externes apportaient chaque matin. Ceux qui retournaient fréquemment dans leur village en ramenaient un sentiment d'inquiétude sur la montée des périls extérieurs et se faisaient l'écho des discussions qu'ils avaient entendues. Mais, au lieu de parler d'une seule voix, des groupes se formaient, « fachos et socialos blancs et rouges », comme d'habitude dans la tribu gauloise, quand le Romain est aux portes. Un élève de seconde annonça qu'il constituait une section Croix de feu et rassembla, en quelques jours, une vingtaine d'adeptes. Ces Croix de feu étaient, à l'origine, une association fondée par des anciens combattants qui, au fil des années, sous l'impulsion du lieutenant-colonel de La Roque, avaient regroupé toutes les tendances nationalistes dans une structure rigide et hiérarchique. Leur idéologie était antiparlementaire, anticommuniste et, avec ses militants enrégimentés, s'apparentait aux ligues factieuses.

Le comportement de la section du collège tourna rapidement à la provocation. Son initiateur se faisait photographier dans des poses songeuses, pour sacrifier au culte du chef. Il multipliait les conciliabules secrets avec ses adeptes auxquels il distribuait des paquets de tracts et de directives reçus de l'extérieur ; son groupe d'intervention, « les dispos », était fractionné en « mains » de cinq militants. Ils commencèrent à endoctriner les mous et les indécis dans un prêchi-prêcha vertueux, national, réformateur et moralisateur. En d'autres termes, ils empoisonnèrent l'atmosphère bon enfant de l'établissement et provoquèrent la naissance d'un contre-rassemblement des gauches républicaines, ce qui ne fit qu'ajouter à la confusion générale.

Je trouvais cette agitation grotesque et je refusais catégoriquement tout enrôlement. Ma sympathie profonde allait à l'ordre républicain que l'on m'avait enseigné, un régime qui avait promu le peuple, les ouvriers, les paysans et les opprimés. Les manifestations parisiennes de février 1934 organisées par les ligues de droite, qui firent plus de vingt morts et de deux cents blessés et dont on voyait des photographies dans *l'Illustration*, me convainquirent qu'on voulait renverser la République. Pour moi, la République et la France, c'était la même chose. C'était la patrie du peuple des campagnes qui sortait de la Bastille peinte sur les murs de mon école. C'était la France des grèves d'Anzin et de Carmeaux où les femmes marchaient en tête en portant leurs enfants affamés. C'était enfin la France de tous ces pauvres bougres de Mauléon, de Landivisiau, de Collonge-la-Rouge et de Caudebec-en-Caux, qui étaient morts pour elle et dont on m'avait tant parlé dans ma prime enfance. Je trouvais que nous étions tous des imbéciles et que nous aurions mieux fait de nous préparer à défendre, comme un seul homme, notre pays affaibli en ces temps de menace.

Je partageais ce point de vue avec un petit groupe de camarades et nous passions, aux yeux des ligueurs, pour des « mollusques », des faux-culs, quand ce n'était pas des « traîtres » à la cause des élites pures qu'ils se flattaient de représenter.

Un de mes amis, Roger Ussel, dont le père était maire socialiste de Sireuil et qui ne faisait pas plus que moi partie de l'élite nationale, prit, cette année-là, l'habitude de m'inviter chez lui au moulin de

Beyssac, sur la petite Beune. C'était un heureux complément à mes promenades solitaires du dimanche. Ce lieu providentiel se situait à une douzaine de kilomètres de Sarlat, la même distance que pour aller dans mon village. Je quittais le collège à 3 heures de l'après-midi et en deux heures de marche rapide, j'arrivais chez mon ami. J'avais depuis longtemps étalonné mon pas et je pouvais, à la vitesse de six kilomètres à l'heure, abattre sans fatigue des distances bien plus considérables.

La famille Ussel m'accueillait comme un enfant de la maison. Le père, petit et rond avec un nez pointu qui saillait sous un béret basque, était un personnage plein d'esprit et d'anecdotes. La mère, une femme de taille élancée au visage fin, menait rondement sa famille et ses affaires. Les deux filles aînées étaient gracieuses et charmantes, quant à mon camarade et à son jeune frère, ils avaient pour moi une amabilité qui me touchait.

Leur maison et le vaste hangar où ils cardaient et filaient la laine étaient à cheval sur le ruisseau de la Petite Beune. Une grande roue à aube installée sur un bief latéral fournissait la force motrice. Le soir, quand la roue était arrêtée, on mettait en marche une petite turbine pour fournir un éclairage jaune et sautillant aux pièces de la maison. Souvent, au cours des soirées, la lumière s'interrompait brusquement. « Ce n'est rien, disait M. Ussel, c'est encore une anguille ! » Il prenait sa lampe tempête et disparaissait dans les ténèbres. Il revenait en portant un seau où deux ou trois captures se débattaient. Les responsables de la panne, qui s'étaient prises dans les palettes de la turbine, allaient terminer leur remontée ou leur descente saisonnière dans un savoureux court-bouillon.

La Petite Beune, qui paressait sous les branches des saules, des vergnes ou des aubarèdes, était très riche en écrevisses. Leur pêche, quand on vidait le canal du moulin, était aussi fabuleuse que celle des pilchards à Lew dont parlait Rudyard Kipling.

La vallée, taillée dans les calcaires jaunes, était étroite et peu peuplée, quelques fermes de-ci, de-là, des prairies souvent marécageuses et de rares champs bordés de peupliers meublaient le paysage. En face de la carderie, sur une petite falaise ocrée dominant la route menant de Sarlat jusqu'aux Eyzies, se dressait un bijou de château crénelé, avec tourelles et mâchicoulis, qui appartenait à un certain M. Paris, fondateur de la Casa Velasquez à Madrid et dont le fils Yann était un sculpteur parisien renommé. M. Ussel était gardien, gérant, homme à tout faire du château et de la ferme attenante et me faisait visiter les collections du propriétaire riches de vestiges archéologiques, de tableaux, de gravures anciennes et de livres. Souvent, nous poussions nos promenades jusqu'aux ruines du château de Commarques, à quelques milliers de mètres de là.

Ces courses à travers les bois touffus étaient un enchantement. Au bout d'une allée de hêtres et de charmes géants sortis du burin de Gustave Doré apparaissait brusquement le donjon de Commarques, ses fenêtres béantes et son pont-levis. Du haut des murailles en ruine, on découvrait la vallée de la Grande Beune avec, sur l'autre versant, le château de Laussel. C'est au pied de ce castel restauré qu'on avait exhumé la fameuse Vénus préhistorique de Laussel et les grands et célèbres bas-reliefs des bisons. Selon la saison, le décor prenait des dimensions et des formes irréelles. Les soirs de novembre, à travers les lambeaux de brumes accrochés aux ramures, tous les rêves d'Ossian et les légendes du Rhin semblaient prendre corps sous nos yeux. Au printemps, dans les fleurs, la verdure tendre et les taches de lumière qui dansaient sur le sol, la palette des impressionnistes éclatait dans une transparence aérienne que jamais la main des hommes n'est parvenue à reproduire.

Le dimanche soir, je rentrais au collège, heureux quand un paysan regagnant la ville m'invitait sur sa jardinière ou que le chauffeur d'une camionnette providentielle, intrigué par le jeune marcheur solitaire, s'arrêtait pour me prendre à son bord. Le plus souvent, je ne rencontrais personne et je marchais d'un pas rapide, mais j'avais la tête si pleine des joies de mon séjour que je ne ressentais ni la distance ni la fatigue du voyage.

Au collège, la ronde des cours et des heures d'étude se poursuivait. Je consacrais une ou deux heures par jour à la lecture, car j'avais découvert la littérature classique, ce qui me changeait des romans de qualité mais par trop hétéroclites de mes douze ou treize ans. Victor Hugo, Alexandre Dumas et Balzac étaient mon brouet quotidien. *Les Trois Mousquetaires* et leurs descendants, *le Comte de Monte-Cristo* et *la Dame de Montsoreau, les Misérables, Han d'Islande* et *Notre-Dame de Paris, le Lys dans la vallée, César Birotteau* et *la Peau de chagrin* défilèrent tome après tome. J'y ajoutais un peu de George Sand et de Stendhal. Le cinéaste Raymond Bernard venait de réaliser *les Misérables* avec des acteurs célèbres comme Harry Baur, Charles Vanel, Dullin et Marguerite Moreno. J'assistai aux trois séances que comportait cette fresque, ce qui me coûta 7,50 F. Heureusement, mes finances s'étaient améliorées avec le prix de dessin, ce qui me permit de découvrir, avec quelque retard, le cinéma parlant et les comédies sans grande consistance de l'époque où Henri Garat et Lilian Harvey poussaient des romances sirupeuses.

Mes notes étaient bonnes dans toutes les matières sauf en latin ; je n'étais pas parvenu à rattraper l'année de retard initiale et une invincible allergie à la grammaire latine me valait des zéros appuyés en thème et des résultats très médiocres en version. L'appréciation du professeur sur l'avant-dernier bulletin trimestriel fut catastrophique. « Cet élève ne travaille pas et ne fait pas d'efforts en classe. Au vu de ses autres résultats, il semble qu'il serait nécessaire de le changer de section. »

Le principal avait conclu : « En revanche, bon élève, mais devrait abandonner le latin pour les langues vivantes. »

Quand je présentai ce bulletin à ma tante pour qu'elle le signe, elle le mit de côté et ne fit aucune remarque. En réalité, elle en parla avec sa sœur Marguerite, qui venait de s'installer définitivement à Domme où son patron, un intendant général, avait pris sa retraite. Cette tante, qui ne s'était jamais particulièrement occupée de moi et qui s'était débarrassée de ses deux enfants naturels en les mettant à l'Assistance publique ou dans les orphelinats, avait pris, dès son retour en Périgord, un ascendant décisif sur sa sœur cadette.

Comment la conversation entre les deux femmes était-elle venue sur moi et sur mon bulletin, je l'ignore, ni l'une ni l'autre n'avaient des vues très précises sur la nature ni sur la consistance de mes études. La tante Marguerite prit mon relevé de notes et le porta à son patron le général. Ce dernier, un homme autoritaire et péremptoire, ancien polytechnicien et officier d'artillerie passé dans l'intendance, avait ramené de ses campagnes coloniales marocaines et extrême-orientales un sens abrupt du commandement et un jugement tranchant sans appel. « Je vois ce que c'est, dit-il, je m'en occupe. »

Il arriva donc à l'impromptu au collège de Sarlat et me fit convoquer par le principal. « Alors, tu es nul en latin, me dit-il ? Tu perds ton temps dans ce collège ! Sans bases latines, pas d'humanités, tu échoueras partout, car sans l'esprit de la version et du thème latin, pas de véritable intelligence. Tu ne comprendras rien aux mathématiques, ni aux sciences, quant au français et au reste, c'est de la foutaise. »

Le principal se demandait apparemment à qui il avait affaire, mais l'autre poursuivait sans désemparer : « Tu connais la règle du cœur tranché ? » Non ! Je n'en avais jamais entendu parler ! « C'est la règle *liber petri*, je crois », hasarda le principal.

« Bon ! vous voyez, il ne sait rien, il faut donc qu'il arrête là ses études et entre le plus vite possible dans une école professionnelle pour apprendre un métier. Je connais sa famille, c'est ce qui lui conviendra le mieux. Il est boursier, évidemment, alors il faut obtenir dès maintenant un transfert de sa bourse à Périgueux ou à Cahors. » « Je... S'il vous plaît, monsieur », dit enfin le principal. « Appelez-moi mon général, n'est-ce pas ! » « Bien mon général, mais à quel titre intervenez-vous pour cet élève, êtes-vous son tuteur ? » Non, il n'était pas mon tuteur et il n'agissait que par sympathie pour ma tante qui était sa cuisinière. « Alors, c'est cette personne qui est la tutrice légale ? » « Non, je ne crois pas, avoua le général, c'est peut-être une autre tante qui est une brave fille un peu simple, mais qu'importe ! » « Il importe beaucoup, au contraire, reprit le principal qui feuilletait mon dossier qu'on venait de lui apporter. Cet enfant est orphelin et je ne vois pas de nom de tuteur. » Effectivement, personne autour de moi ne s'était jamais préoccupé de cette formalité. « Alors, dit le principal, je considère jusqu'à plus ample informé que c'est moi qui suis responsable de cet élève, puisqu'il est boursier de la République. De plus, vous en conviendrez, je suis le mieux placé pour savoir ce qui lui convient. » « Si vous l'entendez ainsi, dit le général, j'en parlerai à sa tante ! » Il se leva, prit congé et partit. « Ça alors ! mais qu'est-ce que c'est que cet olibrius », remarqua pour lui-même le principal.

J'avais eu tellement peur que je pleurais. Il me prit par la main. « Alors, vous me gardez, monsieur le principal ? » lui demandai-je. « Mais bien sûr que je te garde et je peux t'affirmer que personne ne t'embêtera plus. » Pour la seconde fois, un membre du corps enseignant venait de me tirer d'un mauvais pas. Nul ne saurait s'étonner de la reconnaissance que je garderai jusqu'à la fin de mes jours à l'égard de mes maîtres et envers l'enseignement public.

Le lendemain, je fus changé de section et me présentai en classe d'allemand. J'étais enfin soulagé du fardeau du latin, je détestais cette langue compliquée qui me semblait morte à tous les titres. À cause des histoires fossiles et de sa lecture, un ânonnement d'enfant de sacristie qui n'avait certainement rien à voir avec l'éloquence de Cicéron. Ces querelles de Romains, ces proconsuls félons, ces assassinats en chaîne et ces jeux du cirque où l'on faisait s'entretuer les pauvres Gaulois pour amuser la galerie m'horripilaient. Quant à la guerre des Gaules et aux peuplades vaincues dites barbares qu'on enchaînait derrière le char triomphal, elles me laissaient une grande amertume. On a beau savoir que ces tribus celtiques étaient pagailleuses et inconstantes, c'était quand même nos grands-parents et j'en voulais particulièrement à César d'avoir fait couper les mains aux courageux défenseurs d'Uxellodunum. À tout considérer, je préférais les Grecs. Ils n'étaient pas aussi prétentieux et cafards que les Romains. Ils banquetaient, faisaient du sport, buvaient du vin, leurs dieux et tout l'Olympe étaient un sacré lupanar de belles déesses et de robustes divinités. Ils étaient les inventeurs de la galéjade, des douze travaux d'Hercule, des voyages d'Ulysse, de la guerre de Troie. Ils avaient passé leur recette aux Marseillais via les Phocéens. Avec eux on pouvait parler pour le plaisir, raconter des blagues, bâtir des temples pour la beauté, tandis qu'avec les Romains et leurs centurions...

Le malheur était qu'avec la conception française du savoir, il ne pouvait pas y avoir de grec sans le latin, donc plus de latin, plus d'*Epitome*.

L'allemand me consolait de tous mes déboires humanistes avec sa diction bien articulée, sa littérature, ses contes et légendes, ses forêts profondes, ses landes et ses fleuves, ses cités vivantes bien ordonnées, ses guerriers disciplinés. Cette langue me semblait indispensable à connaître.

Je fis dans son apprentissage des progrès si rapides que je pris sans difficultés la tête de la classe.

Quand je revins à La Roque et que je rencontrai ma tante Marguerite, elle me fit grise mine, pinça la bouche et me dit : « Tu n'as pas voulu écouter le monsieur, tu as bien eu tort, tant pis pour toi ! »

X

C'est à partir des grandes vacances de 1933-1934, que je commençai sérieusement à penser à mon avenir. Il y avait dans la classe de première un grand élève nommé Émile Denis dont on disait qu'il se destinait à l'École de santé navale ; je le regardais avec admiration, mais soit qu'il fût peu causeur de nature ou méprisant pour les élèves moins âgés, je ne pus jamais lui arracher quelques précisions ou confidences tant sur sa vocation que sur ses projets. Je le savais fils d'une institutrice d'Aillac et à mes yeux fort riche puisqu'il dépliait parfois avec son frère Jean un billet de mille francs. Je m'imaginais, d'après les signes d'une telle fortune, qu'il n'aurait pas de peine à faire des études supérieures et que mon cas n'avait rien de comparable au sien.

Au cours des vacances suivantes, j'entendis parler du Dr Mazet de Domme, qui était sorti quelques années auparavant de cette fameuse école. Il était en service en Oubangui-Chari et je tentai de m'informer auprès d'un de ses proches des conditions d'accès, de la durée et de la nature de l'enseignement dispensé dans cet établissement. Mon interlocuteur me toisa comme si je postulais le royaume de France et me dit avec un soupir de commisération : « Mon pauvre enfant, passe d'abord tes bacs et si tu y parviens, nous en reparlerons. » Je restai donc sur ma soif mais je persévérais dans mes rêves exotiques et je lisais *Batouala* et *Djouma, chien de brousse* de René Maran.

Après les moissons et les battages, je fus appelé

au château du Bos par la maîtresse de maison qui me proposa de m'occuper des devoirs de vacances de ses petits-enfants, à qui je pouvais donner également des leçons d'anglais et de français. J'acceptai sur-le-champ et me mis à l'œuvre.

Cette famille, qui ne venait au pays que pour les vacances d'été, était charmante et non conformiste. Mme Lalande, fille d'acteurs de théâtre, aimait à s'entourer d'artistes, de peintres et de musiciens. Ses trois filles étaient de grandes et belles femmes et ses gendres vivaient en parfaite intelligence malgré des personnalités très différentes. Les enfants étaient bien élevés et relativement dociles et appliqués. Quand la fin des vacances arriva, je reçus une somme d'argent si rondelette qu'elle m'éblouit. J'achetai aussitôt de solides chaussures et un costume de sport à pantalon knickerbocker. Je donnai cent francs à ma tante et je gardai en poche un viatique si conséquent que j'en éprouvais un sentiment de sécurité sans précédent dans ma mémoire. Était-ce l'euphorie de l'adolescence, la fierté du premier salaire ou la conscience de pouvoir désormais assurer seul mon destin qui m'animaient, bref, il me semblait que la chrysalide était brisée et que j'étais devenu quelqu'un d'autre. Autour de moi, je sentais également qu'un grand vent de mutation s'était levé sur le monde. Sortie difficilement des décombres de la Grande Guerre et de la crise économique de 1930, la France reprenait confiance et se modernisait à grands pas.

Les progrès étaient perceptibles jusqu'au fond des campagnes. Depuis deux années, l'électrification s'était avancée vers les hameaux les plus retirés. Sur les paysages immuables qui avaient entouré mon enfance, l'établissement des lignes à haute tension avait tracé dans l'épaisseur des bois de profondes balafres. Les fermes dispersées s'éclairaient une à une. Les routes départementales, qui n'avaient pas changé depuis les diligences, s'élargissaient et troquaient leurs ornières et leur poussière blanche pour des tapis asphaltés qui faisaient craindre aux paysans des glissades dangereuses pour leurs attelages. Notre tramway si pittoresque venait d'être remplacé par un service d'autobus. Les premiers tracteurs à gasoil apparaissaient dans les exploitations. Les planteurs de tabac achetaient des camionnettes et les riches propriétaires des automobiles Citroën à traction avant. Les facteurs ruraux apportaient des revues illustrées que les femmes parcouraient avec avidité. Il y avait des photographies de cuisines, d'éviers et de salles de bains qui faisaient paraître insupportables les corvées d'eau, la margelle du puits et l'anse coupante des seaux. Les fermières disaient à leur mari : « Serai-je la dernière du pays à avoir l'eau dans la maison ? J'ai honte pour toi d'être aussi incapable. » Ce genre de honte stimulait curieusement l'imagination des mâles et faisait prospérer l'industrie des plombiers et des carreleurs. Les garçons achetaient des motocyclettes et partaient dans de longues randonnées dominicales avec leur petite amie calée sur le tan-sad.

Ce renouveau des enlèvements de légende avait le plus grand succès auprès des amoureux qui échappaient ainsi au contrôle de la famille et du village. Depuis les temps les plus anciens, une liaison même passagère ne pouvait se former sans qu'un témoin surgisse inopinément de derrière un pan de mur ou une haie pour annoncer à la cantonade qu'il y avait du neuf entre un tel et une telle et qu'il se pourrait que bientôt... Désormais, à cinquante kilomètres du bercail, la délation n'était plus possible. La motocyclette effaçait la retenue, la pudeur et les craintes. Beaucoup de jeunes gens ramenaient au foyer, d'au-delà des collines, des conquêtes étrangères, et, quand une union était envisagée, leurs parents faisaient connaissance et se découvraient souvent plus d'affinités qu'avec les voisins de leur propre village.

Les jeunes gens partaient davantage à la ville

comme employés ou ouvriers, les jeunes filles allaient peupler les administrations et les centraux téléphoniques. Les nouvelles apportées par les journaux à grand tirage et par les postes de T.S.F. qui se multipliaient faisaient irruption dans les foyers. Les femmes écoutaient les chansons de Tino Rossi dans Parade de France de Vincent Scotto et les hommes tournaient les boutons de la radio pour avoir les cours du bétail de La Villette à Radio-Limoges ou Radio-Toulouse.

La mode évoluait très vite. Les jeunes gens portaient des costumes sport avec des pantalons de golf ou à pattes d'éléphant, des vestes à épaules rembourrées, ils s'enduisaient les cheveux de brillantine ou gomina, fumaient des cigarettes anglaises et dansaient le tango. Les jeunes filles raccourcissaient leurs robes au genou et portaient des corsages à fleurs. Les femmes mûres abandonnaient les jupes longues et sévères pour des tenues plus amples et plus légères, le tailleur Chanel et les tissus industriels reléguaient définitivement au fond des greniers les lainages et les futaines de jadis. Certaines paysannes se faisaient couper les cheveux et les plus élégantes n'hésitaient pas, de temps en temps, à se faire friser chez la coiffeuse.

Au collège aussi, des transformations profondes étaient en cours, les travaux de construction de nouveaux bâtiments sur l'emplacement de l'ancienne prison cellulaire à la périphérie de Sarlat approchaient de leur fin. Le transfert s'effectua dans les plâtres frais tant la direction avait hâte de quitter la tanière où elle croupissait depuis le XVIe siècle. Le nouvel établissement était spacieux et de ligne agréable, les salles de classe étaient lumineuses, le matériel flambant neuf, dortoirs et réfectoires nous paraissaient d'un luxe prodigieux en comparaison du bric-à-brac d'antan. Le chauffage central, les lavabos individuels, la literie, l'équipement des cours de récréation apportaient un confort inconnu aux enfants de paysans que nous étions tous. Le parloir lui-même, orné de boiseries et d'un grand tableau de Lucien de Malleville représentant le château de La Boétie, était si majestueux que les visiteurs enlevaient leur coiffure en entrant et chuchotaient avec une réserve de confessionnal.

Dans les salles de cours et les laboratoires pleins de chrome, les maîtres les plus anciens prenaient des airs de jeunesse et les débutants semblaient plus compétents. Les programmes étaient malheureusement les mêmes et j'ai surtout gardé de cette année le souvenir de nombreuses lectures. Les œuvres maîtresses de Balzac et de Zola et les romans d'aventure de Melville, de Jack London, des frères Tharaud, de Conrad et de Kipling. Je découvris également, grâce aux ouvrages de vulgarisation de Norbert Casteret, une occupation associée à la préhistoire : la spéléologie.

Pendant les grandes vacances, je me confectionnai une coiffure faite d'un casque de la guerre de 1914 appareillé d'une lampe électrique et je plongeai dans toutes les grottes, galeries et boyaux de la région. Je n'avais malheureusement que de rares compagnons pour mes randonnées souterraines car mes camarades d'âge préféraient les baignades dans la rivière ou le bronzage au soleil. Quelques-uns pratiquaient même le tennis sur le nouveau court de Domme avec des airs distingués. Ils étaient généralement vêtus de blanc, portaient en toute occasion une raquette sous le bras et se moquaient éperdument des stalactites, des reptations acrobatiques, des mœurs des chauves-souris et des résurgences aquatiques. Je commis au cours de mes courses solitaires un si grand nombre d'imprudences que le pire aurait pu m'arriver. Je ne disposais que d'un attirail rudimentaire : deux bougies de secours, une boîte d'allumettes, une corde de vingt-cinq mètres et deux bobines de fil au conscrit que je dévidais derrière moi dans les dédales compliqués pour retrouver le chemin du retour. Je ne risquais pas de faire une mauvaise rencontre ou de me trouver nez à nez avec un blaireau furieux ou un renard, car j'étudiais préalablement toutes les traces. Je risquais simplement de me perdre ou de tomber dans un puits ou un aven.

Je rapportai de ces voyages « au centre de la terre » une solide connaissance de la topographie karstique et une bonne domination de la peur et des ténèbres. Mes condisciples n'avaient qu'apitoiement et ironie pour un comportement aussi inexplicable.

Malgré cette distraction du dimanche, je ne négligeais pas pour autant mes occupations agricoles traditionnelles, ni mes tâches pédagogiques auprès de mes jeunes vacanciers. La générosité de leur grand-mère me confondit une fois de plus, et c'est avec une assurance redoublée et un pécule substantiel que j'entrai en classe de seconde.

La proximité d'une vaste fenêtre donnant sur la campagne et d'un radiateur orientèrent mon choix pour une bonne place à l'étude et je me trouvai ainsi aux côtés d'Adhemar Miermont, du clan du tramway puis de l'autobus départemental. Il commençait sa première plus fringant que jamais.

Grand et beau garçon, loquace et charmeur en diable, toujours vêtu avec une élégance un peu voyante, il était très populaire chez les professeurs, les surveillants et tout particulièrement auprès des enseignantes stagiaires qu'il tourneboulait par des numéros de séduction savamment mis au point. Grand coureur de jupons, il avait une vie amoureuse compliquée et très accaparante. Il entretenait simultanément quatre ou cinq fers au feu, disait-il, dans les écoles supérieures de filles du département, dans les magasins de la ville et dans une ou deux alcôves plus mûres des environs. Il écrivait de longues lettres soigneusement adaptées à chacune de ses bonnes fortunes. Romantiques aux lycéennes, robustes et directes aux serveuses de pâtisserie ou de mercerie, sensuelles et mélancoliques aux dames à problèmes de la bonne société. Toutes ces missives commençaient par « Ce soir dans cette vieille étude, je suis triste, il me manque la douce chaleur de... ». Après ce préambule venaient les variantes ; il manquait en effet de beaucoup de choses, notamment d'écharpes, qu'il faisait tricoter par les bonnes élèves du brevet supérieur, de délicieux mokas de la pâtisserie, de chaussettes ou de jerseys du prêt-à-porter, de parfums et de mouchoirs de baptiste brodés à ses initiales par des mains averties.

Il tenait une comptabilité précise de ses demandes, de ses conquêtes, un agenda de ses déplacements pour ne pas se couper et me réclamait sans cesse des rondeaux ou des sonnets pour étayer sa prose. Modeste Cyrano, je lui en élaborais quelques-uns en m'inspirant de Louise Labé ou de Christine de Pisan, mais actualisés par le rappel de faits précis qui m'étaient imposés. Une fois, j'eus la bonne fortune de lui succéder auprès d'une gentille personne qu'il avait accidentellement perdue de vue. Tandis que j'embrassais et caressais la demoiselle, elle avait l'œil vague et pensait à Miermont. « Tu le connais ? me demanda-t-elle. Quel type tout de même ! Regarde ce poème qu'il m'a écrit un jour. » Et elle sortit de son sac un de mes rondeaux où l'on retrouvait en substance le « Ô doux sommeil, ô nuit à moy heureuse ! Plaisant repos, plein de tranquillité, continuez toutes les nuiz mon songe. Et si jamais ma pauvre âme amoureuse, ne doit avoir de bien en vérité, faites au moins qu'elle en ait le mensonge... » Je compris avec tristesse qu'à côté du bel Adhemar je ne faisais pas le poids mais je respectai le mensonge.

Malgré ce voisinage divertissant et le temps que je perdais à écouter dans le détail les exploits amoureux de mon Casanova des fins de semaine, nous travaillions ferme l'un et l'autre pour réussir nos examens. Il n'avait pas plus que moi la possibilité de risquer un échec ; pupille de la nation et fils de modestes cultivateurs, il voulait devenir pharmacien et se préoccupait déjà de la façon dont il financerait ses études supérieures. Grâce à mes gains de vacances, je pouvais enfin aller un peu plus souvent au cinéma et, en échange de ses faits d'armes, je lui racontais les derniers films.

Le Palace de Sarlat n'était pas des mieux pourvus en films, mais ses programmes suffisaient pour graver quelques noms de stars dans ma mémoire et nourrir nos fantasmes d'adolescents.

À la fin de l'année scolaire, Adhemar fut brillamment reçu à sa première partie de baccalauréat, ce qui me donna l'espérance d'en faire autant à la session suivante.

À la rentrée d'octobre 1935, après des vacances sans autre relief que quelques courses spéléologiques, des parties de pêche sur la rivière et mes tâches de préceptorat saisonnier, je fis mon entrée en première et retrouvai ma place de prédilection à l'étude. Adhémar, passé dans la catégorie des philosophes, m'abandonna pour rejoindre le groupe prestigieux des bacheliers de première partie, qui se réservait le fond de la salle. Il faisait désormais partie des très grands et affichait un air d'austérité qui m'étonna ; il ne portait plus de cravates zébrées, ni de veste à carreaux, mais une grande blouse grise et semblait muet sur ses amours. Il entourait ses sorties du dimanche d'un rideau de mystère et il répandait une subtile odeur de pharmacie qui me fit penser à quelque incident de parcours. C'était bien le cas et, quand il fut guéri, il réapparut avec un costume beige mastic de coupe excentrique et son œil s'alluma de nouveau.

La famille des pensionnaires avait subi, au fil des ans, des modifications profondes ; les élèves des grandes classes étaient partis. Les frères Denis, Albert Carrier, Odette Lemort, qui devait épouser le poète Paul Eluard, les frères Brethes, dont l'un préparait Polytechnique, Arnouil, qui faisait sa médecine. Les effectifs de ma classe avaient fondu de moitié. Nous restions à peine une douzaine. Selon la tradition, je voyais de très loin les jeunes recrues des classes inférieures. Les professeurs et les surveillants changeaient fréquemment. Seuls les pères fondateurs semblaient aussi immuables que le buste de La Boétie. Le Barbol avait acquis avec la préhistoire un air d'éternité, Eugène Balsente, le professeur d'allemand, arborait sans variante sa grande cape noire, son col cassé en celluloïd et sa lavallière à pois, ses vestes d'alpaga sombres et son pantalon pied-de-poule. Il portait hiver comme été sur ses cheveux blancs bouffants un panama de paille claire et jetait sur le monde, derrière un lorgnon à cordon noir, un regard amusé et plein de malice. Le professeur de physique, Edmond Combessie, étonnait ses élèves par son air de jeunesse et sa silhouette élégante. Quant à la victime de mes caricatures, elle enseignait toujours les mathématiques avec le même œil charbonneux, le teint brouillé, la poitrine plate et la hanche anatomique.

Enfermés dans nos murailles modernes à bonne distance de la ville, la rumeur extérieure nous parvenait plus amortie. Seul le concierge avait un poste de radio et nous n'apprenions les grandes nouvelles que par les bulletins d'information lus avec l'accent claironnant et grandiloquent des speakers de jadis. C'est ainsi que nous apprîmes la chute du cabinet Doumergue, le nouveau gouvernement de Laval, la montée en puissance d'Hitler et le réarmement allemand. Mussolini était pris de passion conquérante. Les salariés s'agitaient devant la politique déflationniste du pouvoir. Les mouvements de droite foisonnaient, les Croix de feu défilaient, et la gauche resserrait les rangs et annonçait le Front populaire. Dès les premiers jours de janvier 1936, le professeur d'anglais, M. Billaud, nous fit savoir qu'il allait organiser pour le printemps un voyage en Angleterre. Je ne sais pas de quels appuis, ni de quels subsides il disposait, mais il ouvrit immédiatement une liste d'inscription et sélectionna une quinzaine d'élèves des classes de première, de seconde et de troisième. Le programme comportait essentiellement un séjour de deux semaines à Londres et la participation demandée était relativement modeste. Je comptai et recomptai mon petit pécule et je me portai candidat. La perspective de faire une telle excursion m'enthousiasmait. Enfin, j'allais connaître la mer, des navires, une grande ville, des monuments, des musées. Peut-être ferait-on une escale à Paris et je verrais la tour Eiffel, cette construction fabuleuse dont ma grand-mère prétendait que les gens de La Roque qui allaient dans la capitale n'avaient pas le temps de pisser à son pied et d'attendre que ce soit sec pour avoir oublié le patois.

Le second semestre fut dominé par la préparation du voyage, et, le jour des vacances de Pâques, M. Billaud nous rassembla pour le départ. Un autobus nous déversa sur le quai de la gare de Souillac où un jeune élève du lycée de Périgueux nous attendait pour se joindre à notre groupe. C'était un adolescent de seize ans, au physique séduisant, aux cheveux bruns, à la lèvre charnue et au regard de velours. Il se révéla immédiatement le plus aimable et le plus disert des compagnons de route. Il s'appelait Pierre Moinot et devait devenir, cinquante ans plus tard, écrivain de renom, procureur général près la Cour des comptes et membre de l'Académie française.

Je n'avais jamais rencontré de camarade aussi charmant et aussi spontané ; un courant de sympathie s'établit entre nous, et nous ne nous quittâmes plus durant tout le voyage. Notre traversée de Paris fut si rapide, après une nuit sans sommeil dans le train, que je ne vis qu'une grande ville aux vastes avenues et à l'aspect monumental. Le moindre immeuble avec ses balcons, ses sculptures, ses six ou sept étages aurait fait sensation à Sarlat ! Le trafic me parut étourdissant et l'odeur de l'essence, qui agressait mes narines de Périgourdin habituées à l'odeur des prairies et des bois, me sembla pestilentielle.

Je dois souligner, à ce propos, que j'ai toujours été doté d'un odorat très développé. Ce qui m'a valu de la part de mes amis un nombre considérable de remarques sur les vertus olfactives des cochons de mon pays pour la recherche truffière. Je peux déceler et identifier la plus légère trace de parfum, le moindre effluve. Je trouvai donc que Paris puait l'essence, un peu le caoutchouc brûlé avec un arrière-fond de latrines.

Notre séjour ne dura qu'une matinée. J'entrevis au loin la tour Eiffel, le dôme des Invalides et la cathédrale de Notre-Dame, car nous fîmes un léger détour pour aller à la gare du Nord prendre le train pour Dieppe.

C'était une journée à giboulées. Des nuages blancs encombraient le ciel, et le vert des arbres fraîchement lavés resplendissait. Je n'avais jamais vu autant de marronniers en fleur et de platanes au garde-à-vous le long des avenues.

La gare du Nord me parut immense et le vacarme des jets de vapeur émis par les puissantes locomotives de l'époque me donna le tournis. Mon nouveau compagnon, Pierre Moinot, ne semblait pas plus habitué que moi à ces temples de la ferraille et du tintamarre.

Docilement conduits par M. Billaud, nous embarquâmes dans un wagon réservé et nous arrivâmes, après deux heures de voyage, à travers une campagne désespérément verte et plate au port de Dieppe. Le train allait jusqu'au quai et nous débarquâmes à deux pas de la rade. C'était donc ça la mer ! une eau jaune verdâtre clapotante qui sentait l'iode et la saumure, des bateaux de toutes formes qui tiraient sur leurs chaînes, des mouettes qui plongeaient, planaient ou s'alignaient en chapelet sur les cordages, avec des cris stridents et des glapissements brefs. Au-delà de la rade, on voyait un phare blanc planté sur un tapis vert clair au sommet d'une falaise blanche. Un gros navire avec une cheminée qui fumait se dandinait entre ses amarres ; notre guide nous dit que c'était le *Versailles,* qui allait nous transporter à Newhaven. De nombreux passagers se pressaient à sa coupée. Un ancien du collège de Sarlat, J. Brèthes, qui était ingénieur des arts et manufactures à Dieppe, vint saluer ses compatriotes.

La jeune tribu des collines périgourdines monta à bord comme durent monter les chèvres du Quercy sur l'arche de Noé. Il y avait des bancs dans l'entrepont et un vaste pont dégagé à la poupe ; j'optai pour le grand air. Je ne sais quel imbécile ou quel mauvais plaisant m'avait dit : « Mets-toi à l'arrière à l'aplomb du gouvernail, c'est là que tu auras le moins le mal de mer. » J'allai m'installer avec l'ami Moinot à ce point stratégique et nous surveillâmes les manœuvres du départ.

Les amarres furent larguées, la trompe du navire mugit à plusieurs reprises et le bâtiment, halé par un remorqueur, se dirigea en tanguant mollement vers la passe d'entrée entre la pointe de la longue digue et la falaise. À peine le musoir fut-il franchi que la vaste mer s'ouvrit devant nous. Une étendue d'eau verdâtre, couverte de vagues écumantes avec de longues risées de vent qui fumaient sur les flots. Une violente bourrasque de pluie et de grêle balaya le pont et nous tassa contre les bastingages. Le *Versailles* se mit à danser, à rouler, à tanguer et à frémir de toutes ses membrures. Le pont arrière s'élevait dans les airs et retombait lourdement en chassant les vagues de part et d'autre du sillage. Je trouvais ce mouvement d'ascenseur délicieux, la descente en plongeon me produisait une sensation de vide agréable sous le diaphragme, le roulis avait des effets berceurs, bref, je me félicitais d'avoir choisi ce lieu privilégié, lorsque Pierre Moinot devint tout pâle et se précipita vers l'entrepont.

Effectivement, le pont s'était vidé brusquement et de nombreux passagers, pliés en deux sur le bastingage, vomissaient à qui mieux mieux dans des spasmes convulsifs. Les risées de vent qui couraient le long du bordage m'apportaient les embruns de ces violentes expectorations, sans me donner la moindre nausée. Au contraire, j'appréciais l'air salin glacé qui me fouettait le visage et je ne quittai pas d'un pouce la fine pointe de la poupe où les montées et les descentes me faisaient penser à ce toboggan de fête foraine où un neveu de ma grand-mère m'avait une fois payé un tour.

Le débarquement ressembla à la débâcle de la Berezina, les belles dames du départ étaient défaites et méconnaissables, certaines étaient étendues jambes au vent sur les bancs des coursives, d'autres étanchaient avec des mouchoirs et des serviettes les filets de salive qui fuyaient de leurs lèvres, des hommes hébétés essayaient de débarrasser leur pantalon et leurs chaussures des reliefs de leur dernier repas. Les Périgourdins étaient groggy. On s'étonna de ma bonne santé et je dis avec conviction que c'était dû à mon bon emplacement sur le pont arrière du navire. M. Billaud hocha la tête en se tapotant la tempe et me démontra que c'était au contraire le point de plus grande turbulence J'appris donc ce jour-là que j'étais naturellement insensible au mal de mer, comme je le fus plus tard au mal de l'air et que j'éprouve toujours une sensation voluptueuse aux descentes rapides d'ascenseur, aux trous d'air des avions ou aux glissades des toboggans.

Le voyage en train, de Newhaven à Londres, fut une longue reprise de souffle La traversée des Downs me parut d'une grande monotonie et je ne gardai de cette première intrusion dans la campagne anglaise que le souvenir d'innombrables terriers de lapins dans les talus de la voie ferrée et celui de la fuite éperdue de milliers de petits derrières blancs au passage du convoi.

À six heures du soir, dans la noirceur du ciel, des rues et des façades d'un Londre nébuleux, nous fîmes notre entrée au *Mills Hotel* dans Gower Street, où nous avions gîte et couvert pour deux semaines.

Cette excursion londonienne fut pour moi une révélation et une source d'enrichissement incomparable. Je ne pouvais rêver leçon de chose plus encyclopédique et plus merveilleuse que cette promenade de quinze jours dans une ville fabuleuse où s'entassaient toutes les richesses de la terre. Je n'avais encore rien vu, mais j'avais entendu parler des montagnes de curiosités que recelait le vaste monde. Plus heureux que la petite Alice du conte de Lewis Carroll, je n'avais pas eu besoin de rencontrer de lapin blanc aux yeux rouges tirant une montre de son gilet pour m'entraîner dans un terrier sans fond où gisaient les merveilles ; elles étaient là, tout autour de moi, les merveilles, et je n'avais qu'à ouvrir les yeux.

J'étais comme une pellicule vierge qui vient de recevoir sa dernière émulsion, je recevais et enregistrais instantanément tous les clichés qui se présentaient, l'abbaye de Westminster, Buckingham, la Tour de Londres, le British Museum, le musée des Sciences [1], le zoo de Regent's Park, Trafalgar Square, la National Gallery, Greenwich. Je ne transcrirai pas le journal que je tenais chaque soir, il était trop foisonnant et fastidieux, je retiendrai seulement les grands souvenirs qui émergent de ma mémoire comme le dôme de Saint-Paul domine la City.

Notre hôtel étant situé dans le quartier de l'université, nous étions tout près de Tottenham Court

1. Science Museum

Road et à deux pas de Regent's Park. C'est par là que nous commençâmes notre visite. L'étendue du parc et de la pièce d'eau me parut grandiose, mais c'est le parc zoologique qui m'enthousiasma. C'était la première fois que je voyais des lions, des tigres, des éléphants d'Asie et d'Afrique, des girafes, des buffles, des hippopotames et des antilopes de toutes tailles et de tout cornage. Je m'attardai devant les volières d'oiseaux exotiques, devant les serpents géants, l'anaconda et le python royal, devant les singes, des « bandarlogs » de Rudyard Kipling aux gorilles d'Afrique centrale et aux orangs-outangs de Bornéo. On ne peut plus imaginer aujourd'hui combien la diffusion de la photographie a pu enrichir la mémoire du public. Les adultes et à plus forte raison les enfants du début du siècle ne disposaient que de quelques clichés grossiers ou de gravures sur bois dans les journaux illustrés ; les livres de classe eux-mêmes étaient très peu illustrés, les éditions artistiques n'existaient pas et les encyclopédies étaient rares.

Au début de l'année 1935, les bandes dessinées que nous lisions avaient pour thème des histoires burlesques, *les Pieds Nickelés, la Famille Fenouillard* ou les premiers *Babar*. Seul *Tarzan*, dessiné par des artistes aux traits purs comme Edgar Ryce Burroughs ou Alex Raymond, mettait en scène quelques fauves de la jungle, mais le bestiaire était peu varié. De telle sorte que la découverte des animaux sauvages en chair et en os avait sur moi un pouvoir de fascination que les adolescents d'aujourd'hui, gavés de films télévisés, de cinéma documentaire et d'ouvrages sur la nature, ne sauraient comprendre.

Un autre phénomène de réceptivité se produisit au British Museum. Nous le visitâmes à deux reprises pendant la première semaine et je succombai sous l'abondance des matières : l'archéologie de l'Égypte ancienne avec ses milliers de momies, la Grèce antique avec la frise des Panathénées et sa foule de statues aux yeux sans regard, Rome, ses légions et ses maquettes de monuments, l'Inde, convulsée et grimaçante, la Chine, remplie de dragons écailleux, de nuages ourlés d'or et de temples d'ivoire sur fond sauce tomate, me brouillèrent la vue.

Dans les bibliothèques, les codex rares, les manuscrits enluminés, les collections de timbres et d'estampes, les esquisses de Vinci, de Michel-Ange, de Dürer ou de Callot me donnèrent finalement l'impression de visiter la grotte des quarante voleurs et d'être le témoin d'une rapine gigantesque à l'échelle planétaire. Le musée d'Histoire naturelle[1] et la National Gallery firent heureusement vibrer d'autres cordes. Du premier, je retins la perfection des dioramas et la vérité des naturalisations. Dans la seconde, je découvris de merveilleux artistes que j'ignorais, Constable, Gainsborough, Turner et Millais dont l'*Ophélie se noyant* était reproduite sur un de mes recueils de poésie, cliché en noir et blanc, qui me parut ensuite une véritable injure à la fraîcheur pimpante des coloris préraphaélites.

Pierre Moinot, mon inséparable compagnon, était le plus disert et le plus sensible des accompagnateurs. Son érudition exceptionnelle et sa gentillesse avaient conquis toute la troupe. Il émaillait de remarques pleines d'humour la contemplation de la vie anglaise, depuis les corbeaux de la Tour de Londres jusqu'au sac de laine du Parlement. Il s'amusait à relever le nom de nos défaites sur les plaques des rues et les comparait à l'étalage de nos victoires sur les murs de Paris. Il appréciait le canotage sur la Serpentine et les frimousses blondes des filles d'ascenseur du *Selfridge*. Bref, quand nous retrouvâmes la terre de France et qu'il dut rejoindre Périgueux, il emporta avec lui une moisson de cœurs et des gerbes de bons souvenirs.

1. Natural History Museum.

Comme toujours après une période de grande excitation et de plaisir, la vie de tous les jours me parut, par contraste, d'une morosité insupportable. Il fallait pourtant reprendre le collier car le baccalauréat approchait. J'éprouvais de grandes difficultés à fixer mon attention, les théorèmes et les équations dansaient devant mes yeux tandis que les images de Londres submergeaient ma mémoire. Je tombai même amoureux d'une jeune Parisienne, une blonde à l'œil bleu que me présenta une de mes compagnes de voyage, qui me fit croire pendant quelques semaines qu'elle était anglaise. Heureusement ma lucidité eut rapidement raison des fantasmes d'Albion et des artifices linguistiques de ma Parisienne.

Je passai les deux mois qui suivirent dans la plus complète austérité. J'avais englouti toutes mes économies dans le voyage et je me trouvais dans un dénuement désespérant. Je me consacrai donc à un travail de bachotage assidu et aux révisions indispensables. Un camarade qui faisait les bals de la région comme accordéoniste amateur me dépanna et me permit de prendre le train pour Périgueux où avaient lieu les épreuves du bac. Pierre Moinot m'avait invité chez lui et m'attendait à la descente du train. Je passai quatre journées délicieuses au parc des Cèdres, dans cette famille accueillante. Le père de mon ami dirigeait le secrétariat général de l'inspecteur d'académie. C'était un Poitevin trapu comme le sont souvent les hommes de l'Ouest. Il était très féru d'archéologie et de préhistoire, et me parla de ses trouvailles avec une précision d'enseignant. Mme Moinot était directrice de l'école de la Cité et fut pour moi une mère attentive.

J'affrontai donc l'écrit, puis l'oral, de cette première partie du baccalauréat et je fus reçu.

L'été 1936 fut particulièrement riche en événements, des bouleversements politiques agitant la

France. Depuis deux ans, la droite et la gauche s'affrontaient sans ménagement. Socialistes et communistes avaient enfin signé un pacte d'unité d'action auquel s'étaient joints les radicaux. Les formations de droite et les ligues s'essoufflaient devant le mécontentement populaire, les conflits sociaux se multipliaient, les centrales syndicales organisaient grèves et occupations d'usine.

Les élections de mai 1936 sur le thème « Pain, paix et liberté » donnèrent une large majorité au Front populaire. Léon Blum et Maurice Thorez formèrent un gouvernement de vaste union de la gauche et présentèrent un imposant programme de réformes, qui fut accueilli avec allégresse par la classe ouvrière. Les discussions qui s'ouvrirent avec les organisations de travailleurs aboutirent à des conventions collectives, à des relèvements de salaires, à la reconnaissance des libertés syndicales, aux congés payés et à la semaine de quarante heures.

Les nouvelles de Paris se répandirent instantanément dans les campagnes et provoquèrent d'âpres discussions dans le monde paysan.

Les victoires de la classe ouvrière n'enthousiasmaient pas les ruraux, qui se sentaient mis à l'écart. Traditionalistes et jaloux de leur particularisme, les travailleurs de la terre méprisaient les salariés. Tant qu'il ne s'agissait que de combattre les deux cents familles ou de chanter *l'Internationale,* les fortes têtes étaient d'accord, mais si l'on nationalisait les banques, les chemins de fer ou la propriété privée, l'ombre des partageux revenait de plus belle et la société semblait menacée. Les congés payés et la semaine de quarante heures, notamment, indisposaient les cultivateurs. Et nous alors ! on n'a pas le droit aux vacances ? Les citadins sont des fainéants et on va les payer à ne rien faire ? Quel gâchis ! La petite et moyenne bourgeoisie pinçait les lèvres, la populace allait envahir les plages, répandre ses papiers gras, les usines fermeraient leur porte car ils cassent tout, même leur gagne-pain, ces imbéciles.

Bientôt, on vit arriver les premiers vacanciers à bicyclette ou en tandem, maris et femmes sac au dos, le bambin sur le porte-bagages. Les plus à l'aise conduisaient de vieilles Renault ou des Peugeot d'occasion. On découvrait que c'était de braves gens, fils ou petits-fils de paysans, heureux de retrouver la nature et même de donner un coup de main à leurs cousins.

Le député radical de Sarlat, l'inamovible Yvon Delbos, toujours en ballottage au premier tour pour qu'il ne se monte pas le bourrichon et élu triomphalement au second scrutin pour lui témoigner sa confiance, faisait partie du gouvernement. C'était la preuve que le ciel n'allait pas nous tomber sur la tête. Pourtant la réoccupation de la Rhénanie, les troubles en Espagne, les rodomontades mussoliniennes étaient annonciatrices de mauvais temps.

Le 14 juillet 1936, le jeune ministre de l'Éducation, Jean Zay, vint inaugurer en grande pompe le nouveau collège, et la Périgourdine Suzanne Laccore, secrétaire d'État, rendit visite aux Sarladais.

Je passai mes vacances selon le rituel laborieux des années précédentes, mais je m'octroyai quelques échappées dans les environs. Mon camarade Moïse Angibeau avait acheté une motocyclette et m'emmenait chaque dimanche à la découverte de nouveaux sites. Je suis redevable à ce vieux complice de mon initiation aux merveilles touristiques de ma région. Je reçus de longues lettres de Pierre Moinot qui venait de remporter le premier prix au concours général de français, et qui me parlait de ses lunes de miel.

Ma rentrée en classe de philosophie ne posa aucun problème. Il n'y avait en tout et pour tout que six élèves dans les classes supérieures, quatre en philo et deux en mathématiques. Les cours, qui ressemblaient à des leçons particulières, eurent les plus heureux effets sur ces six candidats qui furent brillamment reçus avec quatre mentions à la session du mois de juin.

L'oral se passait à la faculté des lettres et des sciences de Bordeaux et il y avait grande affluence, car les candidats venaient de toute la province d'Aquitaine. À l'interrogation de géographie, l'examinateur me demanda : « Voulez-vous me parler des colonies françaises de l'Afrique-Équatoriale et plus particulièrement de l'Oubangui-Chari ? » Je fus convaincu dans l'instant que les démons noirs veillaient sur moi, car j'avais acquis, depuis ma neuvième année, une connaissance encyclopédique de ce territoire. Je me lançai dans un exposé si étoffé, si précis que le professeur abasourdi me demanda si j'en étais originaire et me donna la note 20.

Ma jolie voisine, qui venait d'ahaner laborieusement sur une colle mal préparée, me regardait avec un air ébahi. Nous sortîmes ensemble et elle me dit simplement : « Eh bien ! toi, alors, tu en sais des choses ! » Dans le vaste hall de la faculté, son grand-père, appuyé sur une canne, l'attendait. C'était un grand vieillard avec une immense barbe blanche, drapé dans une vaste cape noire et coiffé d'un large béret béarnais aplati sur sa tête. Il sourit à la jeune fille qui me fit un signe d'amitié et partit avec lui. « Tu ne le reconnais pas, me dit un candidat qui passait, c'est le poète Francis Jammes. » Les vers de Maurice de Guérin me jaillirent alors à l'esprit. « Ô Jammes, ta maison ressemble à ton visage, une barbe de lierre y grimpe, un pin l'ombrage » Je restai un moment étourdi à regarder les deux silhouettes qui s'éloignaient, la jeune fille et le vieillard. Le poète de *Clara d'Ellébeuse,* c'était donc lui, Francis Jammes, le poète limpide des âmes simples ouvertes aux seules beautés de la nature, qui ne se raisonnent, ni ne se discutent, le poète des fleurs, des bêtes, des villages, des jardins, de la nostalgie des îles. Francis Jammes, l'auteur de *La prière des petits ânes pour monter au paradis.*

Je profitai de mon bref séjour à Bordeaux pour me renseigner enfin sur les conditions d'entrée à l'École de santé navale. Je n'avais jamais pensé que c'était un établissement militaire et je dus passer devant un poste de garde avant d'accéder au secrétariat. Le préposé aux renseignements me remit une petite brochure et me précisa que l'école recrutait sur concours les candidats titulaires du P.C.B., physique-chimie-biologie, et ayant suivi comme étudiants libres les classes préparatoires spéciales de Brest, Rochefort et Toulon.

Je repartis pour La Roque-Gageac avec mon baccalauréat en poche et la petite brochure qui me donnait bien du tracas.

Comment faire pour être étudiant dans un de ces trois ports militaires ? Je n'avais pas un sou vaillant et personne pour m'entretenir pendant mes études. Il ne me restait que la solution de demander un poste de maître d'internat dans les lycées et collèges de ces trois villes. Je recherchai donc avec beaucoup de difficultés, dans un vieil annuaire du collège La Boétie, les adresses de ces établissements et je leur proposai mes services.

Le mois d'août se passa sans réponse, et l'inquiétude me gagnait au fil des jours. Dès le début du mois de septembre, trois ou quatre lettres me parvinrent : toutes négatives. On avait pris note de ma candidature, malheureusement les postes avaient été pourvus. On ne manquerait pas de m'informer si une vacance venait à se produire.

Je voyais s'évanouir mon vieux rêve colonial et je me sentais désemparé. Il y avait peut-être d'autres écoles qui pourraient me convenir. Mais lesquelles ? Je consultai le *Petit Larousse illustré* dont un voisin m'avait fait cadeau quelques années auparavant ; un pauvre dictionnaire dépenaillé dont la couverture et nombre de pages avaient disparu, mais dont la lettre E était encore intacte. Il y avait des quantités de grandes écoles succinctement présentées parmi lesquelles figurait l'École coloniale, une école qui formait les administrateurs et les magistrats des colonies. Aucune autre indication n'était fournie, ni sur les conditions d'admission ni sur la durée des études. Il fallait donc que je m'informe au plus vite. Je décidai d'aller à Sarlat dès le lendemain pour explorer encore la documentation du collège. C'était un samedi, jour de marché, et la foule emplissait les rues. Je rencontrai par hasard un de mes camarades qui me demanda ce que je devenais. Je lui racontai mes déboires et fis allusion aux renseignements que je cherchais sur une certaine École coloniale. « Tu sais, me dit-il, je crois que ça ne s'appelle plus ainsi, mais l'École nationale de la France d'outre-mer. Mon cousin Eugène Buisson, qui habite à Bordeaux, vient d'en réussir le concours d'entrée. Nous l'attendons demain pour les vacances, nous pourrions venir mardi à Gaillardou pour nous baigner dans la Dordogne, il te donnerait toutes les explications que tu souhaites. »

Eugène Buisson fut exact au rendez-vous et n'eut pas assez de l'après-midi pour m'exposer les tenants et les aboutissants de cette école. Il me fit une peinture si enthousiaste de sa vocation et du métier qui l'attendait que je troquai sur-le-champ ma casquette de médecin de marine pour le casque colonial.

Je devais, sans perdre un instant, obtenir le transfert de ma bourse nationale au lycée Montaigne à Bordeaux et demander mon inscription en classe préparatoire. Le concours était difficile, mais les matières me plaisaient et je me sentais capable de tout braver pour réussir.

Dès le lendemain, je me rendis à mon collège pour en parler au principal et accomplir les formalités nécessaires. M. Desrozier n'avait pas d'idées très précises sur les carrières d'outre-mer, et je compris qu'il n'avait guère lu sur le sujet que Gide et Albert Londres, mais il ne me découragea pas.

Une dizaine de jours plus tard, alors que j'errais sur le chemin de mon enfance, le facteur me rattrapa et me remit une lettre du lycée Montaigne m'annonçant que tout était réglé et que j'étais convoqué pour la rentrée. Le soulagement que j'en éprouvai et le bonheur qui m'inonda étaient inexprimables. J'étais enfin sur le bateau et je voguais presque vers l'Afrique.

« Qu'est-ce qui t'arrive ? » me demanda ma tante, tu as l'air bien joyeux ! » Je lui révélai quelles avaient été mes inquiétudes au cours des derniers mois, l'effondrement progressif de mes rêves maritimes et médicaux, faute d'argent et de relations. Mais j'avais trouvé une autre voie, j'allais partir au lycée de Bordeaux pour préparer l'École coloniale, une école de Paris qui formait les administrateurs, les juges et les gouverneurs des colonies. Si j'étais reçu à ce concours, je ferais encore trois ans d'études dans la capitale et je partirais enfin de l'autre côté des mers. Elle me regarda avec une indéniable tristesse et un balancement de tête qui en disait encore plus long sur son incompréhension. « Je trouve que ça te fait encore beaucoup d'années d'études à traîner, alors que tu as déjà dix-huit ans. Tu ne crois pas qu'un bon poste d'instituteur dans la région, ce serait plus sage ? De toute façon, ajouta-t-elle, tu n'en as jamais fait qu'à ta tête et puis j'ai toujours su que tu n'étais qu'une graine apportée par le vent ou par un oiseau de passage et que tu t'envolerais aujourd'hui ou demain pour ne plus revenir. Moi, j'ai toujours été seule ici et j'y resterai jusqu'à la fin des mes jours, c'est le bon Dieu qui l'a décidé ainsi, mais je voudrais bien que tu ne m'oublies pas ! »

Le ciel m'est témoin qu'elle ne risquait pas que je l'oublie, elle, si discrète et si généreuse. Une fois encore, malgré sa solitude et son dénuement, elle allait me prouver son immense affection en vendant deux agneaux pour m'aider à faire face aux dépenses occasionnées par mon équipement et par mon voyage à Bordeaux.

Je ne trouvai pas beaucoup d'approbation autour

de moi pour ce nouveau projet. Nos voisins, qui m'avaient en estime pour ma modeste condition et mes participations occasionnelles à leurs travaux, pensaient intimement que s'ils avaient eu la chance d'avoir un fils reçu au baccalauréat, ils l'auraient établi sans plus tarder au service de l'État ou dans les entreprises de la ville.

Le curé savait que, de toute façon, j'allais continuer à être happé par le siècle et qu'il perdrait une âme ; mon instituteur avait quitté le village pour un poste plus important, l'Alain accomplissait son service militaire en avant de la ligne Maginot. Seul le vieil intendant général, qui avait tenté en vain de m'envoyer dans les écoles professionnelles, me convoqua pour approuver mon choix et me raconta sa campagne de Chine contre les Boxers en 1901 et son ambassade en Corée avec le général Nivelle. Peu m'importaient d'ailleurs les opinions des gens. J'entassai mes hardes et le fameux trousseau dans deux valises et, huit jours plus tard, je pris le train pour Bordeaux.

Le lycée Montaigne me surprit par ses dimensions, et les sections réservées aux préparations aux grandes écoles m'étonnèrent encore davantage par leur rythme de travail et leurs étranges pratiques. Je n'avais aucune idée des bizutages ni des hiérarchies complexes qui réglaient les rapports entre les élèves. Dans une atmosphère de noviciat de monastère, une discipline de fer régnait dans les « corniches » : futurs polytechniciens, normaliens, saint-cyriens, agronomes, navalais ou coloniaux obéissaient au doigt et à l'œil à leurs anciens, organisés en pachas et ministres divers. Le moindre manquement au code d'honneur du groupe était sanctionné par une pression collective sans faille et des brimades à la fois burlesques et cuisantes.

L'Administration trouvait son compte dans cette autodiscipline parfaitement acceptée et propice à l'ardeur des études. Habitué à la dure, je n'eus aucun mal à me couler dans le système et quand je fus choisi, l'année suivante, comme Z ou pacha de la « colo des îles », je maintins la tradition avec fermeté et sans complexe Chaque « corniche » avait ses personnalités et ses légendes, ses grands anciens devenus généraux, ingénieurs ou héros dans leur spécialité. Tous les ans, à l'approche des concours, les « préparations » organisaient chacune à tour de rôle un grand banquet dans un restaurant fameux de Bordeaux. Ces beuveries donnaient lieu à des pitreries extraordinaires. Beaucoup d'élèves étaient les fils des propriétaires des grands crus de la Gironde et apportaient des caisses de vins millésimés dont le gâchis était un véritable scandale et une injure au label bordelais. En dehors du défoulement collectif qu'elles constituaient, ces agapes contribuaient à sceller la solidarité des classes et à meubler de souvenirs attendris les futures gloires des promotions. Il y avait, dans cette capitale de l'Aquitaine, des représentants de toutes les régions du Sud-Ouest, des Saintongeais, des Béarnais, des Basques, grands joueurs de pelote, des Landais et des Palois, férus de rugby, des Limousins et des Corréziens râblés, taciturnes et bûcheurs, des fils de colons marocains, venus de Casablanca, et de nombreux Antillais sentant l'épice et l'évasion. Bien que le lycée fût situé à plusieurs centaines de mètres du port, le mugissement assourdi des sirènes de navires et le cri des mouettes parvenaient par bouffées jusqu'au fond des salles austères. Enfin, il n'y avait pas de sortie dominicale qui ne se terminât sur les quais au pied des grands navires. Ceux qui transportaient le rhum et les denrées des îles ouvraient toujours des sacs de sucre roux en paille au pied de la coupée pour permettre aux Guadeloupéens de la ville de venir puiser quelques poignées de cassonade de leur terre lointaine. Il y avait également les caboteurs des côtes d'Afrique et de Madagascar, aux coques mangées de rouille et de planctons exotiques, dont les marins proposaient des perroquets parleurs, des singes gris aux yeux fous, des pirogues souvenir et des éléphants d'ébène.

Pour le candidat à l'évasion, Bordeaux était la porte idéale du grand large ; même ceux qui se destinaient aux horizons français ne pouvaient s'empêcher de ressentir l'appel insidieux des mers du Sud et de regarder les candidats à l'École coloniale avec une pointe d'envie. Beaucoup d'ingénieurs, d'officiers, d'agronomes, que je devais retrouver plus tard dans les brousses africaines, avaient été mes compagnons d'études à Montaigne et avaient finalement succombé à l'appel des sirènes. Je ne sais pourquoi, à cette époque, la mode s'était établie de décorer les classes et de rivaliser entre « prépa » de fresques suggestives. Tous les barbouilleurs d'occasion avaient été repérés et engagés dans la compétition. Je m'étais rappelé imprudemment mes exercices sarladais et je devins un homme providentiel pour l'iconographie au ripolin. Je peignis non seulement les parois de la « colo des îles », mais également la classe de khâgne et en partie celle des « taupins ». Dans la première, des philosophes et des poètes grecs cherchaient l'inspiration sous les cyprès et les frontons des temples aux inscriptions savantes rédigées par Robert Escarpit. Dans la seconde, j'avais ajouté quelques engrenages dans un univers de triangles et d'équations. Ce passe-temps me valut un traitement privilégié en temps de bizutage et, comme toujours, une réputation de fantaisiste qui m'agaçait, moi qui voulais tant passer pour un garçon sérieux.

Le programme de la préparation à « colo » me convenait. L'histoire de la colonisation française, la géographie physique et humaine, les sciences biologiques, botaniques et géologiques, le français, les langues et le droit correspondaient à mes points forts. Je regrettais qu'il n'y ait pas un peu de physique et de chimie, mais j'avais tiré un trait définitif sur la médecine. Les professeurs étaient de haute qualité et l'ambiance remarquablement studieuse. La fréquentation des facultés de droit et des sciences permettait de s'aérer l'esprit et d'échapper à la claustration rigide du lycée.

La concentration sur les études éloignait de nos esprits les préoccupations politiques de l'heure. Toutefois, la montée irrésistible du nazisme et du fascisme, les déboires des républicains espagnols et la démarche hésitante des démocraties occidentales dont parlait la station de Bordeaux-Lafayette, captée sur nos postes à galène, entretenait un malaise latent. Une inquiétude bien compréhensible chez des adolescents nés dans les derniers soubresauts de la Grande Guerre et qui avaient eu leur jeunesse bercée par les récits hallucinants des rescapés du massacre.

Nous affections l'optimisme et l'insouciance, mais notre subconscient savait que nous allions vers la guerre et cela d'autant plus que les numéros spéciaux avaient déjà été rappelés sur les frontières. Nous avions hâte de passer nos concours et d'intégrer coûte que coûte nos grandes écoles avant la mobilisation générale.

Il est bien difficile, aujourd'hui, de comprendre les états d'âme et les convictions de cette génération. Nous avions foi dans la puissance de la France. Nos pères avaient été victorieux au prix des plus grands sacrifices, nous serions dignes d'eux. Nos généraux s'étaient égalés aux meilleurs, nos armées savaient se battre, la ligne Maginot était un bouclier d'airain pour parer à toute éventualité. Notre pays était admiré du monde entier, nous rivalisions avec l'Angleterre et les États-Unis, notre langue et notre savoir-faire atteignaient les limites de l'univers. Ce qui comptait, c'était l'Occident, nous jalousions l'Empire britannique, nous redoutions l'Allemagne, nous plaisantions les Italiens, nous admirions l'Amérique. Pour le reste. les Japonais étaient des copieurs et des fanatiques, les Russes des Tartares révoltés et déboussolés, les Chinois une fourmilière archaïque, le tiers monde représentait un simple terrain de parcours, les Arabes s'étaient endormis dans les rêves de leur première grandeur, quant aux Espagnols, nos voisins pyrénéens, ils n'en finissaient pas « de se fusiller comme on déboise », disait Saint-Exupéry, et leur malheur nous attristait, car Bordeaux avait toujours été une antichambre de l'Ibérie.

Comme à Sarlat, tous mes compagnons étaient provinciaux et enfants de la République. Ils plongeaient tous des racines directes dans les boulbènes, les graves et les glaises de leur terroir. Ils appartenaient à des familles de ruraux, d'artisans, de notables, à des vieilles cités de la Gascogne. Leurs grands-parents gardaient encore d'antiques traditions. Ils avaient des petites amies au pays et des vestiges de patois dans le langage. Dans le cœur de chacun, on devinait pourtant une résille de minuscules fêlures, et le pressentiment que rien ne serait plus jamais pareil dans l'avenir laissait entrevoir des bouleversements profonds. Déjà un regard nouveau sur la condition humaine, des correspondants potaches à l'étranger, des pulsions humanitaires, des rencontres de jeunes, des sentiments pacifistes, des interrogations sur la société, le capital, le prolétariat et la justice.

Certains élèves de la préparation à l'École normale supérieure se disaient marxistes, mais l'écho des purges de Staline tempérait leur internationalisme qui restait à l'état de parure intellectuelle.

Les candidats à l'École coloniale ajoutaient à ce bagage commun une mystique de l'empire colonial français. Jean Daladier, le fils du président du Conseil, élève dans une classe préparatoire parisienne, venait de créer les jeunesses de l'Empire français. La Ligue maritime et coloniale, les associations d'outre-mer, l'Agence des colonies attisaient leur propagande. Une légion d'écrivains, les frères Tharaud, Marius et Harry Leblond, Pierre Guillot, Robert Delavignette, Jean Sermaye, Blaise Cendrars célébraient la vie africaine, malgache ou indochinoise.

À côté d'un exotisme conventionnel, il n'était question dans leurs œuvres que de soldats valeureux, de braves tirailleurs, inflexibles sur la consigne et dévoués à leurs officiers, de paysans noirs, de bâtisseurs, de justiciers, de médecins au dévouement admirable, de missionnaires, de colons et de voyageurs.

L'histoire de la colonisation nous semblait elle même un interminable roman d'aventures. De Nicolas de Villegaignon fondant Copacabana au XVIe siècle au maréchal Lyautey à Casablanca, de Jacques Cartier à Van Vollenhoven, combien de Cavelier de La Salle, de Varennes de La Verendrie, de Gallieni, de Faidherbe et de Savorgnan de Brazza ! Nos héros du jour étaient des gouverneurs généraux en uniforme blanc et casquette dorée, vice-rois fabuleux de terres de cocagne, des commandants en saharienne et casque couleur sable, des explorateurs bravant tous les dangers depuis les rapides du Mékong jusqu'aux immensités sahariennes, des ténèbres de la forêt vierge aux atolls féeriques du Pacifique. Nous étions jaloux des Anglais pour leur empire des Indes, qu'ils avaient ravi à Dupleix. Nous enragions en voyant ce pauvre Montcalm tomber devant Québec, et nous maudissions le traité de Paris de 1763 qui nous avait dépouillés des îles Fortunées.

Il nous semblait que la terre nous appartenait encore et qu'il y avait toujours des monceaux de peuplades et de plages désertes à découvrir. Le monde était divisé en deux camps. L'Occident civilisé, riche de sciences et d'industries, avec ses lumières, ses certitudes, son universalisme et son droit du plus fort, et le « Reste », véritable mosaïque de laissés-pour-compte, de peuplades inorganisées souvent féroces, figées dans leur ignorance et incapables de mettre en valeur les richesses de leur sol. Certes, le message chrétien leur était destiné, mais il leur faudrait subir pendant longtemps nos contraintes et notre aide pour accéder à la grande communauté des hommes. Nous nous sentions prêts à affronter tous les dangers pour aller à leur conquête, pour braver les endémies tropicales, les sagaies des guerriers bariolés et les pièges de la nature. Aucun d'entre nous ne pensait à l'argent, ni à l'eldorado, mais à servir au mieux notre pays pour assurer sa puissance et sa gloire. Tant d'enthousiasme n'allait pourtant pas sans les fêlures secrètes de notre génération. Nous réprouvions instinctivement tous les abus d'un passé plus ou moins lointain, et la devise de notre préparation était : « Se connaître et s'aimer. » La vie quotidienne au lycée était monotone et astreignante. Le rythme des cours se poursuivait selon des horaires impériaux. De 7 heures à 21 heures, les sonneries battaient la mesure de l'internat, les courtes récréations et l'évasion dominicale étaient les seules occasions de défoulement collectif. Les uns filaient au stade pour sacrifier aux plaisirs du football ou du rugby, ce dernier étant moins un sport qu'une religion dont les hauts lieux s'appelaient Bayonne, Pau, Mont-de-Marsan et le « Bordeaux étudiants club » et dont la litanie des saints était peuplée de Daugas, de Sorrondo, d'Urruty et autres Doumenc, capitaines fameux, grands prêtres de la secte.

D'autres allaient au cinéma ou faire les bals de la région, car il y avait toujours une fête votive ou une frairie exceptionnelle à Lormont, à La Barrière-de-Pessac, à Gradignan ou à Talence. Un de mes bons amis, Gérard W., pratiquait même un passe-temps original. Il faisait toutes les caves de la rue de l'Horloge. Il faut savoir que cette venelle, qui allait du cours Victor-Hugo à la Garonne, abritait un très grand nombre de débits de vin, de minuscules estaminets comportant un bar rudimentaire pour consommer debout et quelques barriques en perce dont on vendait le contenu au gobelet.

Il y avait là tous les crus du Bordelais, les graves, les sauternes, les médocs, les haut-brion. Gérard W en avait sélectionné une gamme étendue, qu'il dégustait en échangeant des commentaires savants avec les mastroquets. Quand il parvenait en fin de tournée au quai Richelieu, il était dans un état d'euphorie communicative, et prenait les passants à témoin qu'il se sentait l'âme œcuménique et qu'il était enfin délivré de ses angoisses. Ce stress n'était pas le fruit de son imagination mais un état d'âme permanent chez beaucoup d'élèves des classes supérieures. Les concours aux grandes écoles étaient extrêmement difficiles Un candidat sur cinq ou sur dix, selon les filières et les quotas annuels, avait une chance de réussir. C'est ainsi que l'École coloniale, devenue depuis quelques années l'École nationale de la France d'outre-mer, ne recrutait annuellement que des promotions de quarante à cinquante élèves. Gérard W. avait déjà tenté trois fois l'épreuve sans succès, et ce n'est qu'à la cinquième qu'il finit par être admis. Un candidat de bonne qualité se donnait en général deux ou trois ans pour parvenir à ses fins. Comme le premier certificat de licence en droit était obligatoire pour se présenter au concours, les élèves privilégiaient les sciences juridiques en première année et portaient le coup de collier général sur les deuxième et troisième années.

La poursuite de licences parallèles dans les facultés des lettres ou des sciences permettait, heureusement, de se prémunir contre l'échec et de se réinsérer sans trop de dommage dans les circuits traditionnels.

Personnellement, j'avais une confiance absolue dans l'issue de mes études, les matières me convenaient. Je les apprenais, selon mon habitude, en écoutant très attentivement le cours du professeur et en prenant quelques notes. Quand l'heure du contrôle de connaissances arrivait, je révisais rapidement mon acquis en me fiant à ma bonne mémoire et tout allait bien. Grâce à cette capacité d'enregistrement, je faisais l'économie des longues heures de relecture que mes camarades passaient autour de moi, le crayon à la main, l'œil aimanté par leurs livres et leurs cahiers. Dans les premiers temps, j'avais essayé, par scrupule de conscience, de faire comme eux, mais je m'endormais ou ma cervelle prenait la clé des champs. Je compris bientôt au vu de mes bons résultats que cet effort était inutile et qu'il valait mieux consacrer ces moments de loisir aux biographies des grands hommes, à l'histoire du droit et à la géologie. Cette dernière discipline, qui faisait partie de notre programme, me fascinait depuis mon adolescence dans les collines du Périgord. Je m'inscrivis donc pour un certificat à la faculté des sciences. François Daguin, qui devait périr quelques années plus tard dans l'explosion en vol de l'hydravion *Latécoère* entre Bordeaux et les Antilles, m'enseigna la stratigraphie et son assistant, Schœller, la minéralogie. Cette science de la terre m'ouvrit, plus que toute autre, le chemin de la connaissance des hommes à travers leur environnement.

Au terme de ma première année, je fus reçu à l'examen de droit et je fis un galop honorable aux épreuves d'essai du concours.

De la deuxième année, je garde surtout le souvenir d'un travail intense, de quelques excursions dans les environs de Bordeaux et des nombreux banquets auxquels ma qualité de « Z » de la « colo » me valait d'être invité par les différentes « préparations ».

Le printemps 1939 fut particulièrement fiévreux : la tension internationale, perceptible à nos portes, jointe à l'échauffement de nos cerveaux gavés de savoir entretenaient dans l'internat une atmosphère électrique qui provoquait à tout propos des querelles incongrues aussi vives que sans lendemain.

Le mois de juin arriva avec ses kyrielles d'examens. Je fus reçu en deuxième année de droit et j'entrai à l'École coloniale : numéro un de la préparation bordelaise et vingt-deuxième au plan national. Je fus, bien entendu, satisfait de ce résultat mais sans éprouver de joie excessive, car il allait de soi, dans mon esprit, que je ne pouvais être que reçu. Bienheureuse certitude qui ne pouvait résulter que d'une vocation sans faille entretenue pendant dix ans par le sortilège des démons noirs.

Quand je revins à La Roque-Gageac, porteur de la bonne nouvelle, personne ne me parut y prêter attention. Le monde rural n'était pas enclin aux compliments et le moindre attendrissement lui semblait contraire à la virilité : « Alors ! me demandait-on, tu es tiré d'affaire maintenant ou non ? On dit que tu vas encore aller étudier à Paris ! » Dans la petite bourgeoisie qui se saignait pourtant pour payer des études à ses enfants, on me disait du bout des lèvres : « Il paraît que tu as passé un concours, mais qu'est-ce que c'est que cette École coloniale ? À quoi ça sert ? » Comme je savais que par-derrière on ajoutait : « C'est une petite école, vous savez, pour former les sous-officiers de la Coloniale et les fonctionnaires subalternes... », je leur faisais le plaisir de ne pas les détromper.

Ma petite tante fut heureuse et ce fut ma récompense. « Tu devrais aller le dire, me recommanda-t-elle, à ta mère et à ta grand-mère, quand tu passeras près du cimetière, je sais que cela leur fera plaisir. »

Quelques jours plus tard, je me rendis au village par le chemin creux au flanc des collines et je poussai la vieille grille au pied des cyprès. Les premières pluies d'été avaient fait germer sur toutes les tombes les graines des mauvaises herbes disséminées par les vents du printemps. J'entrepris de les arracher sur celles de mon aïeule et de ma mère pour leur témoigner mes affectueuses pensées Il y avait là toute la flore sauvage qui pousse spontanément avec vigueur : des chardons, des ravenelles, du chiendent, du *brenil*[1] et des grandes touffes frémissantes de folle avoine.

Le 16 août 1939, la Seconde Guerre mondiale éclata et je reçus mon appel sous les drapeaux.

---

1. *Cf.* note p. 78.

Achevé d'imprimer en septembre 1993
N° ES 93160 / N° d'impression 13-1686
Dépôt légal : octobre 1993
Imprimé en France

ISBN 2-73-82-0638-7
33-12-5638-01-3